王维诗

〔唐〕王维◎著

张晨◎解译

全鉴

中国纺织出版社有限公司 | 国家一级出版社
全国百佳图书出版单位

内 容 提 要

王维，字摩诘，号摩诘居士。所作山水田园诗兴象超远、意趣幽玄、色韵清绝，广受后世读者喜爱。本书选取了王维诗中的精华部分，分为原文、注释、译文、赏析四大部分，方便国学爱好者阅读及理解，博览国学知识的同时，获得文学熏陶。

图书在版编目（CIP）数据

王维诗全鉴 /（唐）王维著；张晨解译. --北京：中国纺织出版社有限公司，2020.8

ISBN 978 - 7 - 5180 - 7619 - 2

Ⅰ. ①王… Ⅱ. ①王… ②张… Ⅲ. ①王维（699-759）—唐诗—诗歌欣赏 Ⅳ. ①I207.227.42

中国版本图书馆CIP数据核字（2020）第126910号

策划编辑：张淑媛　　　　责任编辑：段子君
责任校对：楼旭红　　　　责任印制：储志伟

中国纺织出版社有限公司出版发行
地址：北京市朝阳区百子湾东里 A407 号楼　邮政编码：100124
销售电话：010—67004422　传真：010—87155801
http://www.c-textilep.com
中国纺织出版社天猫旗舰店
官方微博 http://weibo.com/2119887771
天津千鹤文化传播有限公司印刷　各地新华书店经销
2020 年 8 月第 1 版第 1 次印刷
开本：710×1000　1/16　印张：20
字数：256 千字　定价：48.00 元

前言

　　王维（701—761 年），字摩诘，号摩诘居士。河东蒲州（今山西运城）人，祖籍山西祁县。王维是一位山水田园诗人，这是现今人们对其人其诗的一般印象。他的山水田园诗，兴象超远、意趣幽玄，如《山居秋暝》："空山新雨后，天气晚来秋。明月松间照，清泉石上流。竹喧归浣女，莲动下渔舟。随意春芳歇，王孙自可留。"色韵清绝，广受后世读者喜爱。但王维其人，却从未真正成为山水田园之人。

　　王维少年时聪颖过人，兼善写诗与绘画，博学多才，十五岁就离开家乡到长安、洛阳谋求进取，先后受到岐王、玉真公主等王公贵族的青睐。开元九年（721 年）进士及第，被任命为太乐丞。状元及第、诗才璀璨的王维初入政坛时，犹如一颗耀眼的新星。也许由于状元的光芒过于耀眼，他很快就卷入了京城的政治旋涡之中，于同年贬为济州司仓参军，用现代的职位类比，就相当于济州仓库管理员。状元郎在"仓库管理员"任期届满后闲居在家，直到开元二十三年（735 年）张九龄执政时，才被拔擢为右拾遗。开元二十五年（737 年）张九龄受李林甫排挤远离朝廷中枢，王维对此感到很沮丧，心生隐退之意。一方面，他对官场感到厌倦；另一方面，他又始终下不了决心辞官而去，在天宝年间过着半官半隐的生活。不巧的是，安史之乱爆发时，王维在长安城被叛军俘获，被迫出任伪职。战乱平息后，其弟王缙平反有功，并上表愿意削籍为兄赎罪，再加上王维被俘时曾作《凝碧池》诗思念朝廷，所以得到宽宥处理。王维晚年官居尚书右丞，也因此他被后世之人称为"王右丞"。

隐逸并非王维的志向，尤其是开元盛世之时，社会欣欣向荣，王维风华正茂，他一心寻找机会，想施展自己的才华，命运却似乎与他开玩笑般地让他蹉跎了十余年的光阴，又在盛世走向尾声之时，给了他报效国家的机会。玄宗晚年，盛世之景尤在；肃宗年间，士大夫渴望朝廷中兴。在这样的历史机缘下，山水田园对于才学满腹的士大夫而言，并非安身立命的地方，只是修身养性、排遣郁结之所。

王维早期的诗歌，洋溢着少年英豪之气。他希望能够"致君光帝典""动为苍生谋""忘身辞凤阙，报国取龙廷"，歌行体《少年行》《夷门歌》《燕支行》等慷慨激昂；边塞诗《使至塞上》《送刘司直赴安西》《送平澹然判官》等雄浑开阔；山水诗《终南山》《汉江临泛》《华岳》等清雅流丽。王维的少年英气逐渐在时局中沉沦。张九龄被奸相李林甫排挤出朝廷后，玄宗朝政日益腐败，王维退居辋川作《辋川集》，多用《楚辞》中香草美人之典故，以"桂尊迎帝子，杜若赠佳人"言志，希望能够怀抱高洁的品德，迎来明君。然而唐玄宗终究没有幡然悔悟，王维也日益信禅笃佛。不仅王维，王昌龄、裴迪等许多贤能之士都在寻觅解脱之道。士大夫纷纷寻觅解脱之道，说明当时的社会已陷入病入膏肓之态。安史之乱后的王维得以安居京城，诗作中再也没有少年时的锋芒，诗语多词气雍和，浅深合度，有时又有些老年颓唐之语。天才诗人也逃不过时代的沉浮，为岁月所磨洗。

王维诗集最早版本为宋蜀本与建昌本，校注则有刘须溪《王右丞集》、顾起经《类笺王右丞全集》、赵殿成《王右丞集笺注》及今人陈铁民《王维集校注》。本书在刘须溪《王右丞集》的基础上，精选出王维人生各个阶段富有特色和代表性的内容，呈现王维多姿多彩的诗歌面貌，希望读者通过阅读本书，能够领略到山水田园和山水田园之外的王维诗歌。

解译者

2020 年 1 月

目录

5

过香积寺

【原文】

不知香积寺①，数里入云峰。

古木无人径，深山何处钟。

泉声咽危石②，日色冷青松。

薄暮空潭曲③，安禅制毒龙④。

【注释】

①香积寺：中国净土宗的祖庭，唐高宗永隆二年（680年）建，故址在今陕西省长安县。香积：出自《维摩诘经》："天竺有众香之国，佛名香积。"

②咽危石：咽，低声哭泣。危：高。

③薄暮：傍晚。曲：隐僻之处。

④安禅：佛教语，指静坐入定，俗称打坐。毒龙：《大智度论》中说，佛本身曾作大力毒龙，众生受害。但受戒以后，忍受猎人剥皮，小虫食身，以至身干命终，后卒成佛。后来用"毒龙"比喻"妄心"。

【译文】

不知道香积寺在哪里，攀登好几里路，已经到达云中的高峰。古木参天却没有人行路径，听到深山里不知何处传来古寺鸣钟。山中泉水撞上高峻的石头，响声幽咽，松林里，日光照来也觉得阴冷。黄昏时来到澄澈偏僻的水潭边，安然地打坐，抑制心中妄念。

【赏析】

此诗诗题"香积寺",却多从山景铺写,突出香积寺迥离人世、洁净玄微的特色。

首句以"不知"起笔,让读者随着诗人的笔墨,一起去寻找深山古寺,"数里"写出了路程之远,"云峰"不但写出了山之高峻,也道出了人在云端的缥缈之感。因为"不知"路径,已经行走到了没有人的地方,正犯愁怎么走的时候,听到了远处传来的寺庙钟声,指引诗人前行,景色也由寻路时四下张望的远景,转到了山径边的近景。"古木无人径,深山何处钟"出语平淡,妙在趣味,而"泉声咽危石,日色冷青松"语言生新,景物别致。上句"咽"字非常奇巧地传达出山间泉水汩汩之声,而下句巧在搭配。一般阳光下的景物,都是暖色调的,而诗人却用"日色"与"冷"搭配,一个"冷"字就写出了山林、古寺的幽深。末联"薄暮"既点明时间,又暗写了颇为费时的山路旅途,"空潭"点明已到寂静空幽的寺中。在洁净玄微的寺庙环境下,诗人安然参禅,心中的妄念都已放下。山寺之景已是极静,而诗人心中亦是极静。

康熙年间编著的《全唐诗》中,此诗下注:一作王昌龄诗。王昌龄有《香积寺礼拜万回平等二圣僧塔》诗:"真无御化来,借有乘化归。如彼双塔内,孰能知是非。愚也骇苍生,圣哉为帝师。当为时世出,不由天地资。万回主此方,平等性无违。今我一礼心,亿劫同不移。肃肃松柏下,诸天来有时。"但一般认为这首诗是王维所作,这首诗的语言风格也与王维诗作更为接近。

九月九日忆山东兄弟

【原文】

独在异乡为异客①，

每逢佳节倍思亲②。

遥知兄弟登高处，

遍插茱萸少一人③。

【注释】

①异客：作客他乡的人。

②佳节：美好的节日。

③茱萸：一种香气浓烈的植物，可入药。古时风俗，人们在农历九月九日重阳节佩戴装有茱萸的锦囊，相传有祛邪的作用。

【译文】

我孤身一人作客他乡，每当佳节来临，总是倍加挂念亲朋，思绪悠长。我向远方眺望，知道兄弟们今日登临秋山，随身佩戴着茱萸锦囊，而我却不在他们身旁。

【赏析】

中国传统文化中的"安土重迁"的思想源远流长。汉代《古诗十九首》中就有"胡马依北风，越鸟巢南枝"的句子，其中饱含着远行游子对故乡的无穷眷恋。"安土重迁"的思想，影响了一代又一代中国人，人们在这种弥漫着浓厚乡土思绪的文化环境中，出生，长大，成熟，最终叶落归根，魂归故土。这个无数人魂牵梦绕、生死相依的中国，作为文化沃土和精神家园的中国，就被称为"乡土中国"。《九月九日忆山东兄弟》就是乡土中国孕育出的不朽诗篇。

九月九日是传统的"重阳节"。古人认为奇数是"阳数"，偶数是"阴数"，而数字"九"代表阳数的极致。因此九月九日就被称为"重阳日"。魏晋以后，有重阳日登高的习俗。农历九月初九，我国北方地区通常天清气爽，正是游览的好时机。王维写这首诗的时候，大概正在长安游历。唐代的长安城拥有百万人口，如果在长安附近的山上眺望，想必能见到一派忙碌繁荣的景象。而诗人面对"长安百万家"，心中却思念着在家乡的亲族兄弟。题目中的"忆"字，就是从诗人眼前所见转换到内心所感的关键。

第一句中的"异乡"就是诗人孤身一人所在的"他乡"。有时人们背井离乡，去陌生的地方谋求发展，如果有幸遇到志气相投的朋友或者遇到能欣赏、帮助自己的人，那么多少会有些"在家"的感觉。而诗人把自己称为"异客"，似乎在暗示，他不仅在别人的"故乡"是外来人，在客寄他乡的人中也不合群。

第二句的"每逢佳节"正好与"独在异乡"形成对照。"每逢"说明诗人离开家乡已经有一段时间，"独在异乡"的感受，恐怕也从突然而至的激烈转化成日夜不绝的绵长。而"佳节"正是诗人思乡情绪重新觉醒的时间。"思亲"本来是每个人常有的想法，而诗人之所以"倍思亲"，既由于他对自己身为"异客"的感慨，恐怕也是因为想到了在家乡时与亲人共度佳节的事情。

诗的三、四句意思一气呵成，而运笔章法十分细密。"遥知"是照应题中的"忆"字，正因为回忆到家乡之事，诗人即便身处他乡，也能知晓"兄弟登高处"。第四句中的"遍插茱萸"照应题中的"九月九日"，实际上仍然属于"忆"的内容。"少一人"对应第一句中的"异客",而"少"字又与第二句中的"倍"字相辅相成。这三个字表明,诗人的思绪最终从"思亲"又转回到对自身"为异客"的感触。

前人在点评这首诗时,喜欢称赞三、四句的写法,例如认为"在兄弟处想来,便远","不说我想他,却说他想我,加一倍凄凉"。然而,结合诗题来看,王维并没有从"山东兄弟"处落笔,他说的"遥知"是自己知晓,"登高处"和"遍插茱萸"都是回忆的内容。反之,如果的确是"从兄弟处想来",那么"遥知"之后的内容,就都应该是"山东兄弟"对王维的想象,这样的话,"少一人"就很难讲通。实际上,三、四句的妙处,还在于对题目含义和前两句意思的承接,要理解这种巧妙,还是要落实到对诗中句法、章法的把握。

过始皇墓

【原文】

古墓成苍岭,幽宫象紫台①。星辰七曜隔②,河汉九泉开③。

有海人宁渡,无春雁不回④。更闻松韵切,疑是大夫哀⑤。

【注释】

①幽宫:坟墓,即秦始皇墓。紫台:谓王宫,即紫宫,紫微宫省称。

②七曜:指日、月和金、木、水、火、土五星。此处指日月星辰间隔排列于墓顶。

③河汉:银河。九泉:犹黄泉,指人死后的葬处。开:展开。

④雁：《汉书·刘向传》载秦始皇墓中"水银为江海，黄金为凫雁"。

⑤大夫哀：《史记·秦始皇本纪》载，秦始皇上泰山封禅，突然遭遇下雨，在松树下避雨，后来将这棵松树封为五大夫（五大夫，爵位名。秦、汉二十等爵的第九级）。

【译文】

古代的坟墓已经变成了苍翠的山岭，曾经在这里建造过像王宫一样的地宫。地宫中的墓顶上日月星辰间隔排列，仿佛银河在九泉之下得以展开。墓中有水银江海，人难道会去乘渡吗？虽然有黄金做的大雁，但是地下阴冷没有春天，雁子并不会飞回。更亲耳听到墓旁松林传来风声，仿佛当年被封为五大夫的松树还在为秦始皇哀悼。

【赏析】

开元三年（715年），王维离家赴京，路过秦始皇陵，作此诗，时年十五岁左右。

秦汉时人流行厚葬，"事死如事生"，认为人到了阴间仍然能享用墓葬中的荣华富贵。秦始皇为了自己在阴间的奢华享受，在修建陵墓时极尽铺张之能事。据《史记·秦始皇本纪》记载，秦始皇陵经三十多年的修筑而成，非常奢华，陵墓内不仅有地宫，而且"上具天文，下具地理"，填满了稀世珍宝，灌满水银，多设机关弓弩。本诗前四句极力敷写秦始皇墓的华丽铺张，而五、六句流露出嘲讽：墓中的水银海，难道人会乘渡吗？就算雕镂金雁，可是没有春天的气息，终究也是无趣。一千年以后，谁还在想到秦始皇呢？或许受过秦始皇封赏的大夫们从未忘记秦始皇的恩德。秦朝在暴政中走向灭亡，大夫们伤感也好，怀念也罢，却无力阻止、改变秦始皇的行径，唯有哀愁感叹而已。

洛阳女儿行

【原文】

洛阳女儿对门居，才可容颜十五馀①。良人玉勒乘骢马②，侍女金盘鲙鲤鱼③。画阁朱楼尽相望④，红桃绿柳垂檐向。罗帏送上七香车⑤，宝扇迎归九华帐⑥。狂夫富贵在青春⑦，意气骄奢剧季伦⑧。自怜碧玉亲教舞⑨，不惜珊瑚持与人。春窗曙灭九微火，九微片片飞花璃⑩。戏罢曾无理曲时，妆成祗是薰香坐。城中相识尽繁华⑪，日夜经过赵李家⑫。谁怜越女颜如玉，贫贱江头自浣纱⑬。

【注释】

①才可：恰好。

②良人：古时女子对丈夫的称呼。玉勒：玉饰的马衔。骢（cōng）马：青白色的马。

③金盘：金属制成的餐盘。鲙（kuài）：把肉切成细丝。此句化用辛延年《羽林郎》："就我求珍肴，金盘鲙鲤鱼。"

④画阁：彩绘华丽的楼阁。朱楼：富丽华美的楼阁。

⑤罗帏：罗帐。七香车：用多种香料涂饰或用多种香木制作的车，亦泛指华美的车。

⑥宝扇：仪仗用扇子。九华帐：华丽的帐子。句中七九之数都非确指，而用来泛指以形容数目繁多。

⑦狂夫：古代妇人自称其夫的谦词。

⑧剧：甚于，比……还厉害。季伦：石崇，西晋时期的富豪，他担任荆州刺史时抢劫远行商客，取得巨额财物。后来结交外戚贾谧，在贾后被赵王司马伦杀死后，他被司马伦党羽孙秀杀害。石崇生前生活奢靡，并高调地与国舅王恺斗富，后世常以石崇代指富裕之人。

⑨碧玉：借指美丽的女子。梁元帝萧绎《采莲曲》："碧玉小家女，来嫁汝南王。"

⑩九微：灯名。《博物志》载，汉武帝在九华殿设帐，供九微灯以待西王母。花璁（suǒ）：雕画窗格。

⑪繁华：指富贵之家。

⑫赵李：代指贵戚。汉成帝皇后赵飞燕及婕妤李平的并称（一说为赵飞燕与汉武帝李夫人的并称）。

⑬越女：指春秋战国时期越国美女西施。传闻西施在河边浣纱时，鱼儿看见她的倒影而忘记游水，渐渐地沉到河底。

【译文】

洛阳城中的一位女子与我门户相对，她才十五岁，正值青春美貌。她的丈夫乘着佩戴玉马衔的青白色骏马，侍女用精致的金属盘呈上细细鲙制的鲤鱼。她家彩绘华丽的楼阁栋栋对立，红桃和绿柳在屋檐下垂立。洛阳女子在罗帐的掩饰下登上七香车，归来的时候仪仗宝扇簇拥着她的九华帐。丈夫在青春年少时既富且贵，富贵气象、骄横奢侈比当年的石崇还厉害。自我怜惜碧玉般美好的容貌亲自教习舞蹈，将珊瑚这样的宝物赠与他人也毫不怜惜。春天在曙光初现时才熄灭灯火，九微灯灭后，灯花片片飞上窗格的雕画。嬉戏完有时并不演奏乐曲，画好妆容只是熏香独坐。城中认识的人都是富贵之家，天天到赵家、李家等贵戚之家串门。谁又可怜越国的女子容颜如玉一般美好，但却贫穷低贱，在江头亲自浣洗纱衣。

【赏析】

这首诗大约作于开元六年（718年）前后，王维此时已经凭其诗歌才华与音乐天赋在京城的王公贵族中小有名气，但尚未正式入仕。

这首诗借鉴了初唐歌行体诗歌的写法，铺排华丽，卒章见志，即用华丽精致的笔法描摹主题，但结尾显露作者的真志，而诗歌也往往是为卒章见志而作，寓讽谏于铺排之中。

此诗大致可以分为三层，前八句敷写洛阳女儿家的华丽排场，中间十句写出洛阳女儿及其良人的为人气质。末二句转写美丽的西施过着贫穷低贱的日子。虽然同样是铺排敷写，但前八句与中间十句的语词选择是有一定差异的。前八句只是单纯地刻画描摹，所用语词典雅、美好，讽刺其奢丽的诗意皆在句意之外。中间十句将讽喻的诗意更点透了一层。诗人使用了石崇的典故来形容洛阳女儿的丈夫，而石崇在历史上被认为是奢靡过度的反面人物，且石崇为人人品卑劣。赵、李两家贵戚都出身卑微，赵飞燕杀害皇子、陷害妃嫔，李夫人的兄长投降匈奴，对国家社稷造成了极差的影响。王维用此典故，含蓄地表达出洛阳女儿及其良人无益于世道之意。"春窗曙灭九微火，九微片片飞花璩"描写灯火至曙才熄灭，以侧面写出他们通宵达旦地欢愉，而欢愉之后，又是一种"戏罢曾无理曲时，妆成祇是薰香坐"的空虚。真正美好的女子并不是这繁华富贵中的洛阳女儿，而是贫穷低贱的越国美女。

诗人年少来到京城，自负才高，轻视那些富贵子弟，且自以为没有受到与自己才华相匹配的赏识、待遇。此诗句句在写女儿，但句句都流露出作者的"少年意气"与"少年才气"。

西施咏

【原文】

艳色天下重，西施宁久微①。朝为越溪女，暮作吴宫妃。贱日岂殊众②，贵来方悟稀。邀人傅脂粉，不自著罗衣③。君宠益娇态，君怜无是非④。当时浣纱伴，莫得同车归⑤。持谢邻家子⑥，效颦安可希⑦。

【注释】

①微：低微。

②贱日：贫贱之时。殊众：不同于众；出众。

③罗衣：轻软丝织品制成的衣服。

④无是非：没有是和非；分不出是和非。

⑤莫得：不得；休要。同车：同乘一车。用以形容同心、同志。

⑥持谢：奉告。《河岳英灵集》作寄谢，《唐诗纪事》作寄言。

⑦效颦：相传春秋时美女西施有心痛病，经常捧心皱眉。邻居有丑女认为西施这个姿态很美，也学着捧心皱眉，反而显得更丑，大家见了都避开她。后因以"效颦"等指不善模仿，弄巧成拙。语出《庄子·天运》："西施病心而颦其里，其里丑人，见而美之，归亦捧心而颦其里。其里之富人见之，坚闭门而不出；贫人见之，挈妻子而去之走"。

【译文】

艳丽的容颜向来为天下人看重，西施怎么会久处低微？早上还是越溪边一名普通女子，傍晚已经进入吴王宫庭成为嫔妃。贫贱之时难道有什么与众不同？显贵了才惊悟她的丽质天下稀有。请侍女来为她搭抹脂粉，自己从不动手穿罗衣。君王的偏宠让她的姿态更加娇媚，君王怜爱她，不与她计较是非。过去一起浣纱的女伴，再不能与她同车归去。奉告邻人家的女孩子，学别人皱眉难道能指望别人稀罕！

【赏析】

此诗大约作于天宝年间（742—756年）。李林甫得势后，多有奸佞小人成为朝廷新贵。此诗极力描摹古代美女西施得宠后的娇态，而现实中那些暴起新贵的神致已是呼之欲出。此诗的结句颇有深意：皱眉的西施被他人夸赞，但这种皱眉的美丽却是邻家子学不来的。当时像李林甫这一类人以"口蜜腹剑"的手腕获得权势、地位、富贵，"邻家子"要不要学呢？要不要稀罕这种手腕所得到的东西呢？那些得意扬扬的新贵值不值得羡慕呢？

李陵咏

【原文】

汉家李将军，三代将门子。结发有奇策①，少年成壮士。长驱塞上儿，深入单于垒。旌旗列相向，箫鼓悲何已。日暮沙漠陲②，战声烟尘里。将令骄虏灭③，岂独名王侍④。既失大军援，遂婴穿庐耻⑤。少小蒙汉恩，何堪坐思此。深衷欲有报，投躯未能死⑥。引领望子卿⑦，非君谁相理？

【注释】

①结发：束发。古代男子自成童开始束发，因以指初成年。

②陲：边疆、靠近边界的地方。

③骄虏：骄横的胡虏。

④名王：指古代少数民族声名显赫的王。

⑤穹庐：古代游牧民族居住的毡帐。婴：缠绕。

⑥投躯：舍身；献身。

⑦引领：伸颈远望。多用来形容期望殷切。子卿：苏武，字子卿，天汉元年（前100年）奉命以中郎将持节出使匈奴，被扣留。匈奴贵族多次威胁利诱，欲使其投降；后将他迁到北海边牧羊，扬言要公羊生子方可释放他回国。苏武历尽艰辛，留居匈奴十九年持节不屈，至始元六年（前81年），方得以获释回汉。

【译文】

汉朝的李将军，三代都是将门虎子。刚刚成年就颇具兵法奇策，年纪轻轻已具壮士气概。长驱直入追逐塞上的匈奴人，深入单于的壁垒中。旌旗面对面地陈列，响起悲壮的军乐声。太阳在沙漠的边陲落下，烟尘里依然不断传出战争的喧嚣。计划一举歼灭骄横的胡虏，而不只是消灭匈奴王的侍从。然而（李陵）失去了大军的援助，于是背负上了投降游牧民族的耻辱。从小就蒙受汉庭的恩德，怎能忍受坐下来思考这种屈辱？内心期待着自己能够报效朝廷，没能舍身就死。殷切期望子卿你啊，除了你谁还能理解我呢？

【赏析】

王维创作此诗时，年仅十九岁。这首诗是一首"复古"的作品，诗歌语言质朴流畅，不像六朝诗那样语词雕琢华美。在王维之前，陈子昂曾经提倡学习汉魏五言诗："汉魏风骨，晋宋莫传，然而文献有可征者。仆尝暇时观齐梁间诗，彩丽竞繁，而兴寄都绝……"（《修竹篇序》），期望诗歌能够传达人的情怀寄托，而不仅仅追求诗歌语言的形式美。

李陵骁勇善战，在浚稽山之战中以五千兵力对抗匈奴八万主力，斩杀匈奴万余人，但孤军奋战没有后援，李陵在与十余人突围时被俘。李陵本打算假意投降匈奴再寻求机会逃回汉朝，但汉武帝诛杀了李陵全家。李陵的悲剧人生有着复杂的政治背景。当时太子的舅舅、大将军卫青战功赫赫，在军中颇有威望。汉武帝可能出于政治平衡的考虑，一心扶持昌邑王的舅舅李广利建立军功，但李广利无论是征大宛还是征匈奴，军队损失都很大，而且李广利的军官贪财、不爱护士兵。李陵的女儿是太子的姬妾。李陵参与的这次北征，主将正是李广利，本来汉武帝只打算让李陵运送粮草，而李陵自请出征。李陵被围后，无人救援以致兵败被俘。汉武帝虽然一开始很愤怒，但是后来醒悟到李陵兵败是没有援兵的缘故，于是派人接李陵回国。但前来匈奴接李陵回国的公孙敖不但没有接回李陵，而且对武帝报告李陵帮匈奴练兵的谣言（当时李陵尚未真正投降匈奴，为匈奴人效力），导致李陵全家被杀。公孙敖多次随卫青出征，结果都战绩平平，甚至因为损失惨重被判死罪，却诈死逃亡。李陵空有一身将才，而每到人生拐点，总是遇人不淑。苏武出使匈奴被困多年，坚持气节没有投降匈奴，传闻李陵与苏武有一定交情。像苏武这样的君子，应该能在一定程度上感受、理解李陵的无奈吧。

桃源行

【原文】

渔舟逐水爱山春，两岸桃花夹古津①。坐看红树不知远，行尽青溪不见人。山口潜行始隈隩②，山开旷望旋平陆③。遥看一处攒云树④，近入千家散花竹。樵客初传汉姓名，居人未改秦衣服⑤。居人共住武陵源，还从物外起田园⑥。月明松下房栊静，日出云中鸡犬喧。惊闻俗客争来集，竞引还家问都邑。平明闾巷扫花开⑦，薄暮渔樵乘水入。初因避地去人间⑧，及至成仙遂不还。峡里谁知有人事，世中遥望空云山。不疑灵境难闻见⑨，尘心未尽思乡县。出洞无论隔山水，辞家终拟长游衍⑩。自谓经过旧不迷，安知峰壑今来变。当时只记入山深，青溪几曲到云林。春来遍是桃花水⑪，不辨仙源何处寻。

【注释】

①津：渡口。

②隈隩：曲折幽深的山坳河岸。

③平陆：平原；陆地。

④攒（cuán）：聚集。

⑤樵客：出门采薪的人。居人：居民。

⑥物外：世外。谓超脱于尘世之外。

⑦平明：犹黎明，天刚亮的时候。闾巷：里巷；乡里。闾：指里巷的门。

⑧避地：迁地以避灾祸。

⑨灵境：庄严妙土，吉祥福地。

⑩衍：发挥、开展。

⑪桃花水：雨水、冰雪融水汇合而成的春汛。

【译文】

渔舟随着水流欣赏着山中的风景，两岸桃花夹着古时候的渡口。坐在船上看岸边开着红花的花树，竟忘记了行进很远，走到碧绿溪水的尽头，也没有看到人。在山口处悄悄沿着幽暗曲折的河岸前进，忽然间山门大开，眼前一片平原。远远地看上去聚拢着白云和绿树，走近一看，零散地分布着上千的人家，种着鲜花和竹子。出门打柴的人报上自己的姓名，当地的居民仍然穿着秦朝时的服饰。居民住在武陵的桃花源，在尘世之外建设出一片家园。明亮的月光中，松树下的房舍分外安静。太阳从云中升起的时候，鸡犬纷纷喧哗起来。（大家）听说有尘世间的客人来访，纷纷聚集，竟然还邀请外客回家询问故里的事情。黎明巷门因扫花而开，傍晚渔人与樵夫从水路归来。起初是因为躲避战争离开外界，等到成仙之后，就没有再回去。山峡里谁也不知道外面的人事，从尘世看这里，只是空有云和山。（外客）没有考虑到这种洞天福地难以亲自听闻见识，凡俗之心尚未化尽，十分思念家乡。出洞之后，无论仙境相隔多远，最终还是打算离开家作一番长游。自认为曾经去过不会迷路，没想到山峰山谷这次来的时候竟然发生了变化。当时只记得山径幽深，碧绿的溪水蜿蜒到云中的树木。春天里到处都是桃花春汛，不能分辨寻觅到去仙源的路。

【赏析】

王维十九岁时作此诗。此诗将陶渊明《桃花源记》改写成了诗歌。很多改写名篇的作品，往往是"狗尾续貂"，只在主题上沾惹名篇的名气，作品本身却无甚佳处。王维改写《桃花源记》而成的《桃源行》，风流嫣秀，另开妙境。

陶渊明《桃花源记》中的桃花源，充满了田园乡村气息："土地平旷，屋舍俨然，有良田美池桑竹之属。阡陌交通，鸡犬相闻。其中往来种作，男女衣着，悉如外人。黄发垂髫，并怡然自乐"，与外界的平静乡村没有什么差别。王维的《桃源行》，则将桃花源描写为仙境中的地方，以"人事""俗客""尘心"与"物外""灵境""仙源"相对立，并且多次使用"云"字将桃花源放入茫茫云中加以朦胧化："遥看一处攒云树""日出云中鸡犬喧""世中遥望空云山""青溪几曲到云林"。在陶渊明《桃花源记》中，桃花林只是桃花源入口处的标志物，而在桃花源的村落中，只是平实质朴的"良田美池桑竹之属"，王维的桃花源则是鲜花美景遍地，颇具浪漫气息："近入千家散花竹""月明松下房栊静""平明闾巷扫花开"。田园中的农民几乎不会大清早起来专门去扫花，扫花开门，完全是一种贵族情调。

陶渊明生在乱世，东晋末年征伐不断，有一处不受打扰，不被强征军粮，能够安然度过一生的地方，在当时看来已是无比向往的世外清净地了。王维年轻之时，正逢开元盛世，明君在位，贤相当朝，中原地区"土地平旷，屋舍俨然，有良田美池桑竹之属"的农村田园比比皆是，无甚稀罕。王维倾向于将"世外桃源"想象成仙境，是盛世读书人的一种合理想象。

钟惺评论此诗云："将幽事寂境，长篇大幅，滔滔写来。"此诗本《桃花源记》而出，但另成自在妙境，风流嫣秀，足可千古流传。

附：陶渊明《桃花源记》

晋太元中，武陵人捕鱼为业。缘溪行，忘路之远近。忽逢桃花林，夹岸数百步，中无杂树，芳草鲜美，落英缤纷，渔人甚异之，复前行，欲穷其林。

林尽水源，便得一山，山有小口，仿佛若有光。便舍船，从口入。初极狭，才通人。复行数十步，豁然开朗。土地平旷，屋舍俨然，有良田美池桑竹之属。阡陌交通，鸡犬相闻。其中往来种作，男女衣着，悉如外人。黄发垂髫，并怡然自乐。

见渔人，乃大惊，问所从来。具答之。便要还家，设酒杀鸡作食。村中闻有此人，咸来问讯。自云先世避秦时乱，率妻子邑人来此绝境，不复出焉，遂与外人间隔。问今是何世，乃不知有汉，无论魏晋。此人一一为具言所闻，皆叹惋。余人各复延至其家，皆出酒食。停数日，辞去。此中人语云："不足为外人道也。"

既出，得其船，便扶向路，处处志之。及郡下，诣太守，说如此。太守即遣人随其往，寻向所志，遂迷，不复得路。

南阳刘子骥，高尚士也，闻之，欣然规往。未果，寻病终，后遂无问津者。

赋得清如玉壶冰

【原文】

玉壶何用好①，偏许素冰居②。

未共销丹日③，还同照绮疏④。

抱明中不隐，含净外疑虚。

气似庭霜积，光言砌月馀⑤。

晓凌飞鹊镜⑥，宵映聚萤书⑦。

若向夫君比，清心尚不如。

【注释】

①玉壶：玉制的壶形佩饰。

②素冰：洁白的冰。

③销丹日：冰在太阳下消融。

④绮疏：雕刻成空心花纹的窗户。

⑤言：自言、自知。砌：台阶的边沿。

⑥凌：升、高出。飞鹊镜：背面铸有鹊形的铜镜，传闻能映照妻子之心。典出东方朔《神异经》："昔有夫妇将别，破镜，人执半以为信。其妻与人通，其镜化鹊，飞至夫前，其夫乃知之。"

⑦聚萤书：收聚萤光以照明读书。《晋书·车胤传》："家贫不常得油，夏月则练囊盛数十萤火以照书，以夜继日焉。"后以"聚萤"喻指刻苦力学。

【译文】

玉壶为什么这么美好？偏偏贮藏着洁白的冰雪。还没到冰雪在太阳下消融的日子，与太阳一起照映着精美的花窗。通透明亮，中间没有隐藏，内涵洁净，从外面看甚至怀疑是空的。寒气好似堆积的庭霜，光芒正如台阶边缘的月华。早上飞凌飞鹊镜，晚上映衬着萤火虫囊下的书籍。如果跟您比，它的清心还不如您。

【赏析】

这首诗是王维十九岁时参加京兆府试时所作。诗题出自鲍照《代白头吟》："直如朱丝绳，清如玉壶冰。"鲍照原作以玉壶冰，比喻人的高洁人格。

用以考试的诗歌体裁有着严格的做法要求，非常重要的一点要求是：要切题。王维此诗首联"玉壶""素冰"二字即扣题而作。第二联以"照"写出玉壶的通透，带出玉壶的"清"，第三联和第四联具体写"清"的特点。第五联承接"照"字展开，将玉壶与"飞鹊镜""聚萤书"相关联，同时通过典故将"物"与"人"联系在一起，结句以玉壶之清，尚不如君子之清，将诗歌的主旨加以升华。

从章法上讲，此诗是一首合乎标准的试律诗。然而这是不是一首优秀的试律诗呢？王维在这次考试中没有考中。清代毛奇龄《唐人试帖》分析说："（首联）破不佳。（二联）承亦大拙。（三四五联）六句极刻画，自可冠场；若律以清如字，似未到矣。（结）结将"如"字反出，亦一法。"首联破题直截了当，这种破题方式比较稳当，却没有什么新奇的地方。二联写"照"，也比较平白无奇，诗人的笔力，集中体现在对"清"字的刻画描摹上。结句写得也比较巧妙。诗律诗起笔平平，难以让考官感到惊艳。

题友人云母障子

【原文】

君家云母障①，时向野庭开。自有山泉入，非因采画来。

【注释】

①云母障：云母做成的屏风。云母：玻璃光泽，半透明的矿石。

【译文】

您家的云母屏风，不时在山野的庭院中展开。山野间的山泉映在云母石上，并非人工画上去的。

【赏析】

友人得到了一扇宝贵的云母石屏风，请王维题诗。王维以云母屏风映射出山泉影像为切入点，不仅写出了云母石半透而清澈的感觉，而且写出友人庭院之优雅，构思巧妙而有趣。

息夫人

【原文】

莫以今时宠，能忘旧日恩。看花满眼泪，不共楚王言①。

【注释】

①楚王：指楚文王。息夫人是陈庄公之女，嫁给息国国君，路过蔡国，却被姐夫蔡侯纠缠戏弄。息侯闻知后希望借楚国之力报仇。楚文王俘获蔡侯，又知息夫人美貌，征讨息国欲霸占息夫人。息夫人被迫改嫁楚文王。传言息夫人进入楚宫三年，颇受宠爱，但因种种旧怨，从未主动与楚王说过话。

【译文】

没有因为今天受到宠爱，就能忘记旧日旧人的恩德。看花的时候眼中都是泪水，不与楚王说话。

【赏析】

据《本事诗》记载，宁王宅子边上有个卖饼小贩。小贩的妻子肤白貌美，宁王见到她之后，就给了小贩很多钱，让小贩的妻子跟随自己做妾，并且很宠爱她。一年多以后，宁王在一次宴会上，问她："还想念卖饼的小贩吗？"并且让小贩与他的前妻相见。已经成为王爷婢妾的女子，见到前夫，流下了伤心的泪水。在王府上做客的十余名文士，都替她感到凄凉。宁王令这些文客作诗，除王维之外，大家都不敢下笔。

王维年轻气盛，提笔为诗，体贴地道出了怨妇的心事，读来令人叹息。

唐朝诗人崔郊的《赠婢诗》云："一入侯门深似海"，王府虽然富贵，但王府中婢妾的生活，实际上颇多辛酸。宁王富贵放浪，府中养着姿色美貌、才艺绝佳的婢妾妓女数十人。小贩的妻子对宁王来说，只是一个可有可无的玩物。由于宁王没有将占有小贩的妻子当回事，也就没有因为此事怪罪王维，还颇受感动，将那名女子还给了小贩。

附注："时"一作朝，"日"一作昔，"能忘"一作宁无，一作难忘，"眼"一作目。

从岐王过杨氏别业应教

【原文】

杨子谈经所①，淮王载酒过②。

兴阑啼鸟换③，坐久落花多。

径转回银烛，林开散玉珂④。

严城时未启⑤，前路拥笙歌。

【注释】

①杨子：指西汉著名儒学家、文学家扬雄，又作"扬子"。谈经：谈论儒家经义。

②淮王：指西汉淮南王刘安，刘邦之孙，集门客编著《淮南子》。

③兴阑：兴残，兴尽。

④玉珂：马勒上的玉饰。

⑤严城：戒备森严的城池。

【译文】

扬雄探讨经学的雅馆，淮南王刘安带着酒过去探望。兴致将尽的时候，鸣叫的鸟儿变换了种类。对坐得久了，落花渐渐地堆积起来。曲曲折折的小径中银烛闪闪，林子稀疏的地方，四下里传出玉珂撞击的声音。城门还没有解除宵禁，一路笙歌相伴，慢慢回城去。

【赏析】

岐王是唐睿宗第四子李范，礼贤下士。"应教"指奉命作诗。王维入京之后，他的才华引起了王公贵族的注意。岐王邀请王维参加了一次愉悦的聚会，王维为这次聚会作了这首诗。

首联以典故突出这次聚会宾主尽雅，扬雄学识渊博但家境贫寒，时时有人带着酒肴去扬雄那里交流、研讨学问。首联以"淮王"代指岐王，以扬雄以及与扬雄谈经的人代指在座的宾客，赞扬岐王礼贤下士。

颔联描写主客交谈之欢。但作者没有写到具体的人、宴会上谈的具体的事，只是说鸟声已换，身边落花堆积，似乎参加宴会的诸人，都没有发觉聚会的时间已经很长了。虽然鸟、花都是很平常的景物，但通过作者的妙笔，别墅景物的优美，宴会上诸君的适意、欢乐都巧妙地传达出来。通过颔联的描写，写出主客在忘情欢宴中，时光已然飞逝。

颈联就自然转到了夜景，"银烛""玉珂"特别突出了主家器物华美，宾客随着闪烁的银烛穿梭在花园中，离去的时候马车上的玉饰品撞击发出清脆的响声。筵席在光影闪烁、玉石叮咚中圆满结束。

尾联再次写出了这次筵席因为宾主雅兴高涨，持续了很长时间：已经从晚上游宴到黎明时分，但城门的宵禁没有解除，人们依旧兴致盎然，在回程中一路笙歌。

这首诗的三、四两句历来备受称颂，因为描写得既颇有情趣，又极其贴合朋友宴乐不觉时光飞逝的情景，可谓自然入妙。

从岐王夜宴卫家山池应教

【原文】

座客香貂满①，宫娃绮幔张②。涧花轻粉色③，山月少灯光。

积翠纱窗暗，飞泉绣户凉。还将歌舞出，归路莫愁长。

【注释】

①香貂：貂冠的美称。借指达官贵人。

②宫娃：宫女。绮幔：华美的帐幕。

③轻粉：略施粉黛。谓淡妆。

【译文】

筵席上坐满了头戴貂冠的贵人，宫女们掀开华美的帐幔。山涧旁的花朵像略施粉黛的美人，山月照映使得灯光黯然失色。翠色重叠中的纱窗显得暗淡，飞泉旁边雕绘的华美门户透着水的凉气。还安排精心排练的歌舞，不要担心夜晚漫长的归途。

【赏析】

此诗与《从岐王过杨氏别业应教》一样，都是王维应岐王在宴饮应酬活动中的要求而作。诗歌描写了当时贵人精致、华美、欢愉的夜宴生活，处处洋溢着十足的富贵气象。

敕借岐王九成宫避暑应教

【原文】

帝子远辞丹凤阙①，天书②遥借翠微宫③。

隔窗云雾生衣上，卷幔山泉入镜中。

林下水声喧语笑，岩间树色隐房栊④。

仙家未必能胜此，何事吹笙⑤向碧空。

【注释】

①帝子：帝王之子，此处指岐王。丹凤阙：帝阙；京城。

②天书：帝王的诏书。

③翠微宫：唐代宫殿名。唐高祖武德八年（625 年），于终南山造太和宫。太宗贞观十年（636 年）废，二十一年（647 年）重行修建，改名翠微宫。

④房栊：窗棂、窗户。栊，疏槛也（《汉书》颜师古注）。古时窗户是木式框架结构，富有人家的房屋窗户上往往雕刻有线槽和各种花纹。

⑤吹笙：周灵王太子被后人称作王子乔，喜欢吹笙，后来乘白鹤随道士而去。此处"吹笙"为化用典故，指成仙。一作"吹箫"。秦穆公时人萧史善吹箫，能引来孔雀白鹤。穆公把女儿弄玉嫁给他，后来吹箫竟然引来凤凰，穆公为他们修建凤凰台。夫妻二人后来皆随凤凰飞去。

【译文】

皇子远离京城，帝王下诏允许借翠微宫避暑。隔着窗户云雾沾染在衣服上，卷起幔帐，山泉映在镜中。树林下面水声伴着喧闹的言语欢笑声，岩石间的树木遮蔽了房屋的窗户。就是神仙的居所也未必胜过这里，又有什么必要像王子乔那样吹笙羽化、飞入碧天呢。

【赏析】

王维以山水田园诗最为今人称道。实际上，王维的宫廷诗作也非常出彩。除了此篇之外，《和贾舍人早朝大明宫之作》也是千古流传的名作。

开元六年（718 年），王维随岐王在九成宫避暑，应岐王之命作诗。题中"敕"字点名皇帝下诏，借给岐王九成宫，用来避暑。九成宫位于今陕西省宝鸡市，最早是隋文帝的离宫（不在都城的宫殿），名"仁寿宫"，唐太宗修复并扩建，改名"九成宫"，言其宫殿有"九重"之雄伟。开成元年（836 年），在九成宫被洪水冲毁正殿之前，经常有皇帝、宗室来九成宫避暑。题中"应教"二字点名此诗为应诸王之命而作的诗文。如果是奉皇帝之命作诗，则为"应制""应诏"诗；应太子之命作诗则为"应令"诗。

首联将诗歌的本事叙述得非常清晰，用词典雅，且这些典雅之词，合事合景。"丹凤阙"中"丹凤"与"帝子"呼应，而"翠微宫"中"翠微"二字形容山光水色青翠缥缈，引出下文之景。

山中云雾、山泉、树林、殿阁景色虽美，但诗歌的韵味，其实更多的是靠作者妙笔点化。不写云雾之缥缈，反写云雾沾染衣襟。云雾隔窗湿衣，山中云雾弥漫之景，已是暗中写出；卷起帷幔，正见山泉倒影镜中，将山中美景写得极具情趣。山景如画，"衣上""镜中"之笔，则画出景中人来，可谓"妙笔生花"之"花"了。诗人所感受到的山中之凉爽，山景之趣味，非常巧妙地传达给了读者。树林下，潺潺水声交织着欢声笑语，传达出避暑客人之心情欢畅；岩石、树木间隙，精美的窗棂若隐若现，诗人在展现这些美景的同时，还赞美了宫殿选址巧妙，品位高雅。

尾联中，诗人赞美九成宫能与神仙居所相媲美，甚至更胜一筹。在此避暑，不思成仙。"吹笙"成仙之笔既化用了王子乔的典故，又暗合了岐王的身份。诗中胜于仙家的宫阙，饶富趣味的贵族避暑生活，透露出一种大唐盛世之景。

送綦毋潜落第还乡

【原文】

圣代无隐者，英灵尽来归①。遂令东山客②，不得顾采薇③。既至君门远④，孰云吾道非⑤。江淮度寒食，京洛缝春衣⑥。置酒临长道，同心与我违。行当浮桂棹⑦，未几拂荆扉⑧。远树带行客，孤村当落晖。吾谋适不用⑨，勿谓知音稀。

【注释】

①英灵：指杰出的人才。

②东山客：指隐居的人才。据《晋书·谢安传》载，谢安早年曾辞官隐居会稽之东山，经朝廷屡次征聘，方从东山复出，官至司徒要职，成为东晋重臣。

③采薇：指归隐。据《史记·伯夷列传》载，殷末，孤竹君二子伯夷、叔齐，反对周武王伐纣，曾叩马而谏。周代殷而有天下后，他们"义不食周粟"，隐于首阳山，采薇蕨而食，及饥且死，作歌曰："登彼西山兮，采其薇兮，以暴易暴兮，不知其非兮。神农、虞、夏忽焉没兮，我安适归兮？

于嗟徂兮，命之衰矣。遂饿死于首阳山。"

④君门：王官之门。屈原《楚辞·九辩》："岂不郁陶而思君兮，君之门以九重。"

⑤吾道非：我的主张不对吗？典出《史记·孔子世家》：孔子被困于陈蔡之间，问他的弟子们："《诗》云'匪兕匪虎，率彼旷野'。吾道非耶，吾何为于此？"

⑥寒食：节日名。在清明前一日或二日。相传春秋时晋文公负其功臣介之推。介愤而隐于绵山。文公悔悟，烧山逼令出仕，之推抱树焚死。人民同情介之推的遭遇，相约于其忌日禁火冷食，以为悼念。以后相沿成俗，谓之寒食。京洛：指洛阳。

⑦浮桂棹（zhào）：指归途中乘舟。典出《楚辞·九歌·湘君》："桂棹兮兰枻，斲冰兮积雪。"

⑧拂荆扉：打扫陋室的尘垢。

⑨吾谋适不用：我的计谋正好不被采用。据《左传》文公十三年载，晋国与秦国争抢人才，晋国的卿相们设计让魏地（晋国属地）的人叛乱，而士会与原来魏地的大夫、官员相熟，这样可以引诱秦国派遣士会到魏地招降。秦王中计后，士会将要去魏地。秦国大夫绕朝虽然已经看破晋人的计谋，但没有说服秦王采纳自己的计谋。绕朝对士会说："子毋谓秦无人，吾谋适不用也。"

【译文】

圣明当朝的时代没有拥有才华的人归隐，杰出的人才都为朝廷效力。于是像东山客谢安那样的人，也顾不得隐居采薇。虽然你现在远离皇宫，但这不是你的主张不对。（我们分居两地，你离去之后）在江淮度过寒食节，我在洛阳缝制春衣。在长长的马路旁摆酒饯行，同心知己要与我分开。在归途中驾着小船，不久大概就能回家打扫柴门了。远方的树木连接着远行客人的行迹，孤单的村子浸在夕阳的余晖中。我的建议恰好没有被采用，不要认为是知音稀少。

【赏析】

綦毋潜是与王维生活在同一年代的诗人。虽然后世的评价中，王维在诗坛的地位比綦毋潜高，但在开元年间，两人的地位、诗名相去并不甚远，都是在长安、洛阳一代学习、交游的年轻学子，并且都有一点名气，都在努力考取科举。綦毋潜开元十四年（726年）前后进士及第，比王维还要早。据此可知，王维送綦毋潜落第还乡的时候，自己也没有考中。当时的年轻人在京城游学，是需要一定经济支持的，衣食住行、人事交往等都需要不小的花费。经济问题可能是綦毋潜落第还乡，而王维能够继续在京洛地区生活的直接原因。

王维此时虽然年轻，但是诗笔已经相当成熟，往往能够写景如画。"远树带行客，孤村当落晖"一句，将行迹孤单的行客，画入"远树"的朦胧与萧条中；荒野中的村子，成为荒野晚霞之景中的焦点，颇得画法三昧，同时带出行客的孤独寂寞感。

诗人对于朋友的离去，心中很是感伤；对于"吾谋适不用"，心中颇有些怨气。但是从诗歌的措辞中，却可以看出诗人对于时代、对于自己的才能、主张颇有信心。首句称"圣代无隐者，英灵尽来归"，当时长安、洛阳大量聚集着寻找机会的年轻人，而且对于这些年轻人来说，走入仕途并非遥不可及的事情。"孰云吾道非""吾谋适不用"表达出一种失望之情的同时，也反映出诗人对于"道"与"谋"有着相当的自信，他认为失意只是暂时的，以后会有申"吾道"、用"吾谋"的时候。王维为与自己境遇相近的、未有功名的朋友所作的这首送别诗，流露出作者与朋友分别的伤感、作者对于境遇的一些不满以及对于自己学识、主张的自信，诗味非常丰富，耐读。

燕支行

【原文】

汉家天将才且雄，来时谒帝明光宫①。万乘亲推双阙下②，千官出饯五陵东③。誓辞甲第金门里，身作长城玉塞中。卫霍才堪一骑将④，朝廷不数贰师功⑤。赵魏燕韩多劲卒，关西侠少何咆勃。报雠只是闻尝胆⑥，饮酒不曾妨刮骨⑦。画戟雕戈白日寒，连旗大旆黄尘没⑧。叠鼓遥翻瀚海波，鸣笳乱动天山月。麒麟锦带佩吴钩⑨，飒沓青骊跃紫骝⑩。拔剑已断天骄臂⑪，归鞍共饮月支头⑫。汉兵大呼一当百，虏骑相看哭且愁。教战虽令赴汤火，终知上将先伐谋。

【注释】

①明光宫：汉宫名。此处泛指宫殿。《三辅黄图·甘泉宫》："武帝求仙起明光宫，发燕赵美女二千人充之。"

②万乘：周制，天子地方千里，能出兵车万乘，因以"万乘"指天子。亲推：帝王亲自为出征将帅推车的一种礼节。双阙：古代宫殿、祠庙、陵墓前两边高台上的楼观。

③五陵：西汉高祖、惠帝、景帝、武帝、昭帝的陵园。均在渭水北岸（今陕西咸阳市）附近。

④卫霍：西汉名将卫青、霍去病，曾多次征伐匈奴，立下赫赫战功。骑将：骑兵将领。

⑤贰师：汉贰师将军李广利，两次征伐大宛，一次大败，一次攻克大宛。

⑥尝胆：指越王勾践卧薪尝胆，事载《史记·越王句践世家》（句，通"勾"）吴王俘获勾践后先奴役勾践一段时间，后将勾践放归。勾践归越后时时不忘报仇："越王勾践返国，乃苦身焦思，置胆于坐，坐卧即仰胆，饮食亦尝胆也。"

⑦刮骨：用刀刮除骨上的药毒以治创伤。事载《三国志·蜀志·关羽传》："羽尝为流矢所中，贯其左臂，后创虽愈，每至阴雨，骨常疼痛，医曰：'矢镞有毒，毒入于骨，当破臂作创，刮骨去毒，然后此患乃除耳。'羽便伸臂令医劈之。时羽适请诸将饮食相对，臂血流离，盈于盘器，而羽割炙引酒，言笑自若。"后用为形容精神坚强的典故。

⑧斾（pèi）：古代旌旗末端形如燕尾的垂旒，特指镶在旌旗边幅的旗饰，引申义常用来泛指旌旗。

⑨麒麟锦带：绣有神兽麒麟的锦带。吴钩：钩，兵器，形似剑而曲。春秋吴人善铸钩，故称吴钩。有春秋时吴人，杀了自己的儿子，以儿子的血涂在金属上，铸成钩，进献吴王以求重赏。后常以吴钩指宝贵的兵器。

⑩飒沓：迅疾貌。青骊：毛色青黑相杂的骏马。紫骝：古骏马名。《南史·羊侃传》："帝因赐侃河南国紫骝，令试之。侃执槊上马，左右击刺，特尽其妙。"

⑪天骄：汉时匈奴用以自称。后亦泛称强盛的边地少数民族或其首领。

⑫月支头：月支即月氏。秦汉时期活跃在敦煌、祁连山一带的部落。匈奴冒顿单于在公元前174年前后，派右贤王领兵西征，击败月氏，杀月氏王，以其头骨制成饮器。

【译文】

汉朝的大将雄才大略，归来时在明光宫拜见皇帝。皇帝亲自为将军送行至皇城的一对阙楼下，朝廷里像贰师将军那样的功劳排不上号。赵、魏、燕、韩这些地方多有精壮的士兵，关西的少年侠客怒色咆哮。只是听说过尝胆报仇的故事，刮骨疗毒也不曾妨碍喝酒。画戟雕戈映出的太阳光发着寒气，旌旗相连，旗尾的垂旒埋没在黄尘中。连击的鼓声远远翻动着沙漠的波浪，吹奏笳笛扰乱了天山的月光。绣着麒麟的锦带上佩戴着精致的吴钩，迅疾的青骊马跳跃过紫骝马。拔剑出鞘已经斩断自称为天骄的匈奴人的臂膀，归来的鞍马上一起用月支王的头颅饮酒。汉兵大声呼啸着以一当百，胡虏的骑兵互相看着哭丧着脸满面愁容。教习战斗虽然要求将士们赴汤蹈火，但最终优异的将领总是先以谋略战胜敌人。

【赏析】

在经济、文化上相当繁荣的"开元盛世"中，唐王朝的边疆征战也比较顺利。后世的史学家比较推重开元时期的"文治"，而在阐述历史时不太强调这一时期的"武功"，名将和经典战例这类容易记住的"战争历史故事"不够突出。实际上，唐王朝在这一时期收复了营州，重新获得了大片长城以北的土地，在西域也收复了不少地盘，强化了唐王朝对西域地区的控制力。这一时期唐王朝在边疆战事上的节节胜利，通过王维的这首诗反映出来。

王维作此诗时，尚未进入朝廷，只是一位在野的年轻读书人。就像今天的年轻男子喜欢在网络上聊飞机、坦克等军事话题一样，古代的年轻男子也往往对类似主题有着相当的兴趣，不过古人的阐述形式与今人不一样。像王维一样有一定诗歌修养的年轻人，会用诗歌去阐述议论自己对边疆军事的观点、感想，"燕支行""燕歌行"等是当时流行的边塞歌行名。

这首"燕支行"借鉴了汉赋的写法，诗歌除结句之外，都在敷陈描摹"汉家天将"，诗人对于国家边境战事的顺遂，感到由衷的高兴，并且感到非常自豪。诗意的重点、诗人对于边事看法的要点，只在于结句："教战虽令赴汤火，终知上将先伐谋"，应该首先理性地分析战事，而不是完全凭着血性杀敌。这种观点渊源于孔子。《论语·述而》："子路曰：'子行三军，则谁与？'子曰：'暴虎冯河，死而不悔者，吾不与也。必也临事而惧，好谋而成者也。'"子路问孔子，如果统率三军愿意与什么样的人共事，孔子说，他不会选择那些与老虎搏斗、徒步涉水过河等逞强好胜之辈，而是选择那些小心谨慎，善于谋划的人。无论在军事、经济等方面与敌人相比有多大的优势，作为一名将军，都必须保持冷静和理性，而不能仅凭一腔热血赴汤蹈火。

少年行四首

其一

【原文】

新丰美酒斗十千①，咸阳游侠多少年②。相逢意气为君饮，系马高楼垂柳边。

【注释】

①新丰：镇名。在今江苏省丹徒县，产名酒。诗文中用以泛指美酒产地。十千：一万，极言其多。

②游侠：古称豪爽好结交、轻生重义、勇于排难解纷的人。

【译文】

准备下新丰产的美酒一万斤，咸阳的游侠多是少年人。相逢意气相投同您一起饮酒，把马随意地系在高楼的垂柳边。

其二

【原文】

出身仕汉羽林郎①，初随骠骑战渔阳②。孰知不向边庭苦③，纵死犹闻侠骨香。

【注释】

①羽林郎：禁军官名。汉置。掌宿卫、侍从。

②骠骑：古代将军的名号。

③边庭：边地、边疆。

【译文】

以羽林郎的身份进入仕途服务汉朝，一开始随着骠骑将军在渔阳作战。哪里知道朝廷不向着在边疆吃苦的士兵，反倒是游侠虽然死了，却能够留下侠义的好名声。

其三

【原文】

一身能擘两雕弧①，虏骑千重只似无。偏坐金鞍调白羽，纷纷射杀五单于②。

【注释】

①擘（bò）：本义指大拇指，引申为分裂、剖开。雕弧：雕弓。

②五单于：西汉后期，匈奴势弱内乱，分立为五个单于：呼韩邪单于、屠耆单于、呼揭单于、车犁单于、乌藉单于。五单于互相争斗，后为呼韩邪单于所并。后来常用此词泛指匈奴各部首领。

【译文】

我一只手能够拉开两张雕弓，出入胡虏的千军万马如入无人之地。斜坐在金鞍上调整白羽箭，一众箭矢出弓，射杀了五个单于头领。

其四

【原文】

汉家君臣欢宴终，高议云台论战功①。天子临轩赐侯印②，将军佩出明光宫。

【注释】

①云台：汉宫中高台名。汉明帝时因追念前世功臣，图画邓禹等二十八将于南宫云台，后用以泛指纪念功臣名将之所。

②临轩：皇帝不坐正殿而御前殿。殿前堂陛之间近檐处两边有槛楯，如车之轩，故称。

【译文】

汉家的君臣欢宴完毕，在高高的云台上论功行赏。天子亲临槛楯赐下侯爵的印信，将军佩着玉佩走出明光宫。

【赏析】

四首《少年行》是一组诗，为读者讲了一个故事。咸阳街头的游侠豪气冲天，生活散漫（其一）。突然有一天，游侠决定从军入伍，为国杀敌，但边疆苦寒，反不如作为游侠的时候，更容易留下自己的侠义之名（其二）。但他还是英勇威猛地参与到了战争中，出入敌军如入无人之地，还射杀了敌人的首领（其三）。然而现在皇帝与将军们在宫廷里论功行赏，将军得到了爵位与赏赐（其四）。这位少年得到了什么呢？诗歌中并没有明确的交代。历史上没有哪一次论功行赏是没有争议的。在争议的权衡中，中下层的军官、士兵的功绩很多时候会出现被人忽略的情况。诗人游于长安、洛阳，接触到了一些这样的人物，希望为他们发声。

此诗对于诗歌主旨的表露比较委婉含蓄。第一首诗没有涉及关键内容，而是先美其人，塑造出一种豪放真率的少年游侠形象。少年游侠的生活恣意而浪漫，美酒环绕，自由自在。在第二首诗中，少年却放弃了这种浪漫自在的生活，跟随将军征战。征战的生活比较辛苦，少年也怀念自己过去的生活。在第一首诗的铺垫下，更见出第二首诗中少年选择从军报国的难能可贵，更加值得称赞的是，少年并没有沉溺在对过去的怀念中，而是全心投入到了英勇战斗中去。第三首诗首句描写少年武艺高强，能同时拉开两张硬弓，这句按用李广的典故，李广精通弓箭，担任过宫廷禁卫，与第二首诗"羽林郎"一词暗合。第二句描写少年的胆气，古代名将霍去病曾有出入敌军如入无人之境的英雄事迹。霍去病奉命迎接投降汉朝的匈奴，但部分降众变乱。霍去病直接率领亲兵冲入匈奴军中，斩杀了变乱分子，稳住了军情。霍去病当时担任的官职，就是第二首诗中提到的"骠骑"——骠骑将军。诗人很巧妙地将组诗中的不同部分组合起来。少年在军中英勇无敌，斩杀了敌人首领。然而第四首《少年行》中，却一字未提少年，只说皇帝如何封赏，将军如何受赏。虽然不写少年，却已经含蓄地表露出诗歌的意旨：应该得到封赏重视的少年，似乎被朝廷忽略了。这种忽略，在组诗之前的部分也是有所铺垫的："孰知不向边庭苦，纵死犹闻侠骨香"，在上位的人，不是特别体贴了解边关将士的苦处，反倒是京城脚下的游侠们的侠义名声，在京城地区更容易传播开来。

诗人以巧妙的笔法将四首诗回环往复地扣在一起，一位英勇豪迈，既有侠骨又有英雄战士风范的少年形象已是跃然纸上。组诗的最后，偏偏撇开少年的境遇不谈，只谈朝廷封赏论功之事。少年英勇作战的功绩有没有得到朝廷或者将军的重视呢？虽然少年有些牢骚之语，但诗歌对于少年的结局，并未明确交代，设置了一个开放式的结局。创作讽谏诗的目的，并不在于负面地讽刺挖苦一些人或者现象，而是希望能够改变或改良既有现状。诗人为英勇作战的少年作诗的目的，也不在于宣泄个人私愤，而是希望能够将诗歌传达给朝廷中人，改善他们的境遇。

夷门歌

【原文】

七国雄雌犹未分①，攻城杀将何纷纷。秦兵益围邯郸急②，魏王不救平原君③。公子为嬴停驷马④，执辔愈恭意愈下⑤。亥为屠肆鼓刀人⑥，嬴乃夷门抱关者⑦。非但慷慨献良谋，意气兼将身命酬。向风刎颈送公子⑧，七十老翁何所求。

【注释】

①七国雄雌：指战国七雄，即齐、楚、燕、赵、韩、魏、秦。雄雌：比喻胜败、高下、强弱。

②邯郸：战国时赵国的都城，故址在今河北省邯郸市西南。

③魏王：战国时魏安釐王。平原君：赵国赵惠文王之弟，因封于平原，故称。

④公子：指魏信陵君公子无忌，魏昭王少子，安釐王异母弟，封信陵君，仁而下士，有食客三千人。嬴：大梁夷门守侯嬴。驷马：四匹马拉的车。

⑤执辔：手持马缰驾车。

⑥亥：指屠夫朱亥。屠肆：杀猪卖肉的店铺。鼓刀人：操屠刀的人。语出《史记·魏公子列传》："臣乃市井鼓刀屠者"。

⑦抱关者：这里指看守城门的人。此处化用《史记·魏公子列传》中

"赢乃夷门抱关者也"一句。

⑧向风：临风；迎风。

【译文】

战国七雄还没有决出胜负，不断发生着攻打城池、屠杀兵将的事情。秦国的兵马更加急迫地围住了邯郸城，魏王决定不援救平原君。信陵君为了向侯赢请教停下了驷马大车，亲自为他执掌缰绳驾车，谦恭地对待他。朱亥本来是猪肉铺里操刀的人，侯赢是夷门看守城门的人。这两个人非但慷慨地献上了好计，而且立下志气愿意用性命报答公子。（侯赢）迎着风割脖子自杀，七十岁的老头子哪里还有什么别的愿望。

【赏析】

夷门，是战国时魏国都城大梁的东门，魏国公子信陵君的门客侯赢为夷门守关人。诗人对侯赢的赞美，不仅仅是因为折服于侯赢的精神。诗人也希望能够遇到了解自己才华的君主，并愿意为这样的君主献上自己的生命。诗人借吟咏古人，抒发自己的慷慨之志。

侯赢大半生都贫穷不得志，虽然有满腹才华，却七十岁了还在看守城门。魏公子信陵君无忌听别人说起他后，亲自驾车去迎接他，把车中尊贵的座位让给他坐。侯赢毫不客气地坐了上座，想借以观察信陵君的表情。信陵君见此反而越发恭敬地拉着辔绳。侯赢又让信陵君绕道带他去看自己的朋友屠户朱亥，信陵君不仅照办，而且和颜悦色，没有任何受为难的意思。到了信陵君家中，信陵君为他置酒，宴请宾客。信陵君为侯赢敬酒时，侯赢这才对信陵君说，他自己的那番作为是为了让天下人知道，信陵君是礼贤下士的长者。魏安釐王十二年，秦兵围攻赵国的都城邯郸。信陵君的姐姐是赵国平原君的夫人，几次写信向魏王和信陵君求救。魏王派将军晋鄙率领十万大军救赵，因畏惧秦国，留兵邺城不动，信陵君几次催魏王进兵。魏王不听。侯赢向信陵君献计，让信陵君联系魏王的宠妾盗取兵符，然后带朱亥去夺取晋鄙的军队。侯嬴估计信陵君到达晋鄙军中的时候，面向北方（信陵君所去的方向）自杀。信陵君按照侯嬴的计策行事，成功地调动军队救了赵国。

侯嬴尽心竭智，以生命相报信陵君的知遇之恩，可以说践履了"士为知己者死"的理想。他坚毅而激昂的精神，打动了无数的后辈。王维也深深折服于侯嬴的精神，为其作诗吟赞。

这首诗读来如同叙事一般，讲述了侯嬴一生的主要事迹。首句以"七国雄雌犹未分，攻城杀将何纷纷"为全诗铺垫了紧张的故事背景。而三、四两句的"急"与"不救"，似乎要让一根绷着的紧张的弦，濒临断裂。而在这么紧张的环境下，作者忽然转笔，平静地介绍起人物，侯嬴与平原君相识的故事以及侯嬴与朱亥低下的出身。"非但慷慨献良谋"一句，将紧张的背景与出身卑下的人物联系在一起，并且呈现出这些市井中人物所具有的非凡的才华。"向风刎颈送公子，七十老翁何所求"淋漓尽致地展现了侯嬴"士为知己者死"的慷慨之气，以侯嬴的自杀，将诗歌推向高潮与尾声。

叙述的诗语在传统诗歌中是不常见的，诗人在这首诗中，只是平白地叙述侯嬴的事迹，有时直接讲大白话："魏王不救平原君"；有时又直接把史书里的话拿来用："亥为屠肆鼓刀人，嬴乃夷门抱关者"；有时又化用他人的话语来丰满诗歌主人公的形象："七十老翁何所求"典出《晋书·段灼传》："武帝即位，灼上书追理艾曰：'……艾功名已成，亦当书之竹帛，传祚万世。七十老公，复何所求哉！'"此诗诗句的笔法，往往不从传统歌行中来，也没有华丽的文采装饰，但诗人笔法安排开阖有度，抓住关键描摹人物，将人物写得神采飞扬，使得诗歌似乎也与诗中的人物一般，有着慷慨雄劲的精神气象。

终南山

【原文】

太乙近天都①，连山接海隅②。白云回望合，青霭入看无③。

分野中峰变④，阴晴众壑殊⑤。欲投人处宿，隔水问樵夫。

【注释】

①太乙：太乙山，终南山的主峰。太乙，星名。在紫微宫中，天一星之南，古代曾以之为北极星。天都：传说中天帝居住的地方，常被用来指代皇帝所居的都城。

②连山：连绵的山峰。海隅：海边。

③青霭：云气，山中青色的雾气。

④分野：与星次相对应的地域。古以十二星次的位置，划分地面上州、国的位置，与之相对应。

⑤众壑：众多的山谷。

【译文】

高耸的太乙峰离得天上的都城很近，连绵的山岭好像接到海边。回首看去，白云合拢。走入山峰的云气中，反而看不到山间青色的雾气了。在中央的山峰地区这里划界，不同区域内的山谷天气阴晴差别很大。想要找个人家借宿，隔着水流向打鱼的樵夫打听情况。

【赏析】

《终南山》一诗约作于开元末至天宝初年，王维在这此期间曾有过一段比较潇洒的、亦官亦隐的生活。终南山是唐代都城长安附近的名山，今天的终南山东起蓝田县杨家堡，西至周至县秦岭主峰太白山南梁梁脊，东西长约230千米，总面积约4851平方千米。诗人以太乙主峰为诗歌意象的中心，以云霭阴晴之变幻为映衬，写出终南山的雄伟磅礴。

首句"太乙近天都，连山到海隅"，以夸张的描写写出太乙峰山峰高耸，终南山的山势绵亘。"太乙近天都"一句中，太乙、天都是有星空与地表两种含义的词，就实际而言，说太乙峰距京都长安不远，同时，太乙星在紫微宫，在古代星空图中位于中枢位置。而这句诗带给读者的感受，是将地表与星空含义综合之后的意义：山峰高耸而接近天界的都城。"连山接海隅"，就实际山岭位置而言，是不太真实的。身处山中，连绵几百里的山岭，哪里望得到边际？就诗人的感受而言，"接海隅"是一种合理想象，写出一种感受的真实。

颔联"白云回望合，青霭入看无"，也是从人的感官"望""看"入手描写山景。终南山层峦叠嶂，白云缭绕，游人行进处，似分拨白云而过，然而游人过后，白云复合。山间烟雾迷茫，远看水气浓青，然而身处山中，眼前的水气并没有颜色。这两句皆从人的体验写起，给人以身临其境之感。单纯就景色而言，只写了山云之白或者山雾之青，若就景色写起，只是寻常写景之句；就一种体验写起，写出一种妙境的同时，将游人的奇幻感受传达给读者。

颔联的终南山，在缥缈朦胧的云气之中，"白云回望合，青霭入看无"，是登山途中观望所见所感。诗歌颈联随即写到山顶所见："分野中峰变，阴晴众壑殊"，登上山顶，视野格外开阔，一个"变"字写出了太乙主峰在区域内的特殊性，因其特别高，故而将"众壑"一览无余。"阴晴"的"殊"，既写出山间气候无常，又突出了终南山地域广大。

前三联已极写终南山阔大雄伟，又奇幻多姿的美景。该用怎样的话语总结呢？诗人没有用雄阔之笔，反而极为平淡地说："欲投人处宿，隔水问樵夫"，这是一种被前人称为"脱卸"的写法：终南山的山景没有直接出现在结句之中，然而终南山带给诗人的感受与游兴，皆内涵于结句之中。去什么样的山区游玩需要投宿呢？山域广大的地方才需要投宿。然而仅仅山域广大就能让游人多多驻足吗？必然是游人游兴未尽，才有投宿的意愿。"隔水问樵夫"是山中最平常的问路方式，如此写来，读者真切有感。末两句以平常的行为、平淡的话语收束这首壮阔奇幻的诗篇，却巧妙地写出了未尽的游兴和诗歌的"余味"。

由概括交代语，写到游人登山的体验，写到在山顶一览无余的爽快，最后写出意犹未尽的余兴，在篇法上非常缜密。诗人用匠心画出妙境，构思雄阔壮大，画面细腻清丽，"非寻常写景可比"（沈德潜《唐诗别裁集》）。

送丘为落第归江东

【原文】

怜君不得意，况复柳条春。

为客黄金尽，还家白发新。

五湖三亩宅①，万里一归人。

知尔不能荐②，羞称献纳臣③。

【注释】

①五湖：《国语·越语下》记载，春秋末越国大夫范蠡辅佐越王勾践，灭吴国，功成身退，乘轻舟以隐于五湖。后因以"五湖"指隐遁之所。三亩宅：语出《淮南子·原道训》："任一人之能，不足以治三亩之宅也。"后以"三亩宅"指栖身之地。

②尔：一作祢，三国时期才子，性格刚直高傲，为曹操等人轻慢，后被黄祖所杀。

③献纳臣：进献忠言之臣。

【译文】

可怜你不得意，又正值柳条抽发的春天。做客（京城）黄金散尽，回到家中已长出白发。江湖间你有几亩宅地隐居安身，但万里的路程只有一人独归。我了解你的才华却没有能力推荐你让你受到重用，作为向皇帝进献忠言的臣子我很惭愧。

【赏析】

这首诗作于王维在京城任职右拾遗期间。王维是山西人，丘为是江南人，他们应该是在京城相识的朋友。虽然王维欣赏丘为的人品才华，但他本身在朝局的影响力是有限的，没能帮上落魄的朋友，感到很惭愧。

这首诗语词多平易，将平易之词巧妙地组合在一起，诗人的感伤，诗歌的气韵，读来如在目前。

春天本是万物兴隆的季节，而朋友正是在"柳条春"的时节"不得意"，心中的伤感更增一分。第二句"黄金"一词，本是很容易写得俗气的，但"黄金"对"白发"的对仗新颖脱俗。"黄金尽"三个字写尽了为客京城的不易，而"白发新"进一步写出了朋友心中的愁苦无奈。京城难以久留，而江湖上也只有三亩（言其少）的栖身之地。"万里"的旅途也更加突出了"一归人"的孤单。通过前六句的描写，丘为在京城的窘境，在归途中的孤单被尽情尽状地描摹出来。末句作者写道：自己觉得非常惭愧。诗因"怜君不得意"而作，一般而言，这种作品多是写来安慰、担忧失意之人，但在结尾诗人不禁引咎自责起来，足见诗人对朋友真挚的爱惜之情。

送梓州李使君

【原文】

万壑树参天，千山响杜鹃①。

山中一夜雨，树杪百重泉②。

汉女输橦布③，巴人讼芋田④。

文翁翻教授⑤，不敢倚先贤。

【注释】

①杜鹃：鸟名，又名杜宇、子规。相传古蜀国王杜宇含冤死去后，灵魂化为杜鹃鸟。

②树杪（miǎo）：树梢。

③汉女：这里指梓州的少数民族妇女。古时称嘉陵江为"西汉水"，所以称这个地方的妇女为"汉女"。一说"汉"指蜀汉。橦（tóng）布：橦即木棉树，橦布即橦花织成的布。又称賨布。《文选·蜀都赋》："布有橦华，面有枇榔。"

④巴：古国名，战国时为秦所灭，于其地置巴郡，辖境在今四川旺苍、西充、永川、綦江以东地区。讼芋田：指农事纠纷。讼：打官司。芋田：

巴蜀人多种芋。

⑤文翁：汉代庐江人。景帝末，为蜀郡守，"仁爱好教化"，蜀郡自是文风大振，教化大兴。事见《汉书·文翁传》。教授：学官名。古代各路的州、县学均置教授，掌管学校课试等事。

【译文】

万数的山谷古树高耸，直入云天。千山深处，响着杜鹃的啼鸣。山中下了一整夜的雨，树梢间纷纷流淌出一条又一条的山泉。汉地的女子辛勤地织布，巴地的人们为了种芋头的田地到官府诉讼。希望你能再现文翁治理蜀地的成果，不要辜负了先辈的贤人。

【赏析】

这首诗是唐代送别诗中的名篇。现在人们送别之作主要是为亲朋而作，所以，想当然地认为古人的送别诗以离别感伤为主。事实上，古人送别诗不仅仅为私人感情而作，古代官员离京、迁调多会组织同僚送别，这种送别诗是一种官场活动中的作品。王维的这首诗，就是送别调任蜀地的官员，所以全诗以劝勉行人尽职做官为主。诗题中，梓州是唐代的州名，治所在今四川省三台县。使君，是刺史的别称。

这首诗的前四句是诗人遥想远方蜀地的奇妙景观，清丽婉转，气韵生动。诗中"万壑""千山"之笔已简要写出人尽皆知的"蜀道难"，而诗人不言其难，只言其景，写出千山万壑、参天古树、山鸟群鸣的雄伟奇幻之景，对于行人来说，这些雄伟奇幻之景，也是一种很好的慰藉。颔联是有名的"流水对"，即出句与对句在意义上和语法结构上不是相对，而是上下相承，且具有一定的前后秩序。俞陛云先生在《诗境浅说》中解析此句："律诗中之联语，用流水句者甚多。此诗非特句法活泼，且事本相因，惟盛雨竟夕，故山泉百道争飞。凡泉流多傍山麓，此言树杪，见雨之盛、山之高也。与刘眘虚之'时有落花至，远随流水香'皆一事融合而分二句。妙语天成，流水句法之正则也。""山中一夜雨，树杪百重泉"写大雨过后，山泉分出之景，语言清丽，又极合事理，可谓天然人妙。

在千山万壑、古树参天、鸟鸣泉流的美景之中，人们的生活状况又是怎样的呢？毕竟去做官，自然景色只是愉悦耳目的，而为人民办事才是本旨。诗人在此就写到了巴蜀地区的日常生活："汉女输橦布，巴人讼芋田"。巴蜀的人们织布种田，是很勤劳的，但是百姓之间总会有些纷争，需要官员去调解。古人如谭元春、唐汝询等人，都非常欣赏这两句描写蜀地土风的诗句，认为这两句诗写得真实，不是套话，肯写百姓争讼这种有些负面意义的日常生活。诗人最后举出在蜀地办学校、兴教化政绩很突出的文翁，希望行人能够"见贤思齐"，在蜀地完成自己的使命，委婉而得体地写出了诗人的劝勉与期望。

无论是描写自然景色还是描写巴蜀民风，此诗都写得极是精当，而正因诗中事事恰合实际，诗中的意象描写读来格外真切有趣。

听宫莺

【原文】

春树绕宫墙，宫莺啭曙光①。忽惊啼暂断，移处弄还长。

隐叶栖承露②，攀花出未央③。游人未应返，为此始思乡。

【注释】

①曙光：黎明的阳光。

②承露：承接甘露。《三辅故事》载："建章宫承露盘高二十丈，大七

围，以铜为之，上有仙人掌承露，和玉屑饮之。"

③未央：未央宫。汉太祖七年建，常为朝见之处。

【译文】

春天的树木围绕着宫墙，宫中的黄莺在黎明的阳光下婉转歌唱。忽然惊疑莺啼暂时中断，原来只是飞移了地方，继续悠长地啼鸣。莺儿隐藏在树叶后，栖息在承露盘上，攀上未央宫前的花枝露出身影。远游的人还没到回家的时候，听到莺啼婉转，开始思念家乡。

【赏析】

这首诗语词精致细腻，敷写宫廷中的黄莺细致入微。但诗歌的意旨，并不是简单地"听宫莺"。这只黄莺"宫莺啭曙光"，围着"曙光"叫个不停。它不"啭曙光"的时候，就"忽惊啼暂断，移处弄还长"，到处啼鸣，让人不禁联想到有些人在上级面前叽叽喳喳，不在上级面前晃悠的时候，就在其他地方搬弄是非。有的时候还将自己藏在暗处："隐叶栖承露"，攀着高枝往上飞："攀花出未央"。末句表面是说，游人听到婉转的莺啼，想念家乡的风物。实际上，是什么让游人不留恋宫廷的繁华，反而思念家乡的淳朴呢？可见诗意绝不是表面这般简单。

观猎

【原文】

风劲角弓鸣①，将军猎渭城②。

草枯鹰眼疾，雪尽马蹄轻。

忽过新丰市③，还归细柳营④。

回看射雕处，千里暮云平。

【注释】

①角弓：以兽角为饰的硬弓。

②渭城：本秦都咸阳，东汉并入长安县，唐代属于京兆府咸阳县辖。在今陕西省咸阳市东北。

③新丰市：汉高祖定都关中，其父太上皇居长安宫中，思乡心切，郁郁不乐。高祖乃依故乡丰邑街里房舍格局改筑骊邑，并迁来丰民，改称新丰。故址在今陕西省临潼县东北。

④还：通"旋"，立即、迅速。细柳营：在今陕西省咸阳市南渭河北岸，汉文帝时，周亚夫为将军，屯军细柳。皇帝亲自慰劳军队，至细柳营，没有军令也进不去。皇帝后来令使者传召周亚夫，得以进入军营。军营中事事以军规办事，汉文帝称："此真将军矣！"事见《史记·绛侯世家》。后来遂称军营纪律严明者为细柳营。

【译文】

强劲的风中，角弓鸣响，是将军在渭城狩猎。因为百草凋枯，猎鹰的眼睛格外锐利。冰雪尽已融化，马蹄格外轻快。转眼已经奔驰过新丰市，回到了将军的细柳营。回头看那射猎猛雕的地方，夕阳中千里云海平展于眼前。

【赏析】

在唐代，贵族中流行狩猎活动。朝廷组织的狩猎活动集朝廷仪式、军事演习、娱乐等多种功能于一体，但贵族私人的狩猎活动，以社交、娱乐为主。王维跟随将军，参加了一次愉快而圆满的狩猎活动，创作出遒劲爽朗的《观猎》一诗。

首联主角尚未出场，而先摹写声势：风劲、弓鸣。读者不禁设想那劲风中射猎的壮士。诗人在对猎手的声势加以铺垫之后，引出狩猎的主角：

将军。将军在渭城，即京城的郊县附近狩猎，足见将军在京中颇有地位，意气风发。首二句倒转来写，带给读者先声夺人的突兀感。

首联好在声势忽来，气韵雄壮，颔联则以敷写精细见长。因为百草凋枯，猎鹰的眼睛格外锐利。冰雪尽已融化，马蹄格外轻快，既贴合事理，又贴合实景。"鹰眼急""马蹄轻"将将军在初春茫茫的猎原上跨着骏马，驱使雄鹰，狩猎的爽快感形象地呈现在读者面前。虽不写狩猎的收获，单单敷写狩猎的过程，已经把这次狩猎的欢乐与圆满淋漓尽致地表达出来。

颈联写将军猎毕回营。五句先以"忽过"承接"马蹄轻"，一个郊县的路，骑着好马飞驰而过，只是一小会儿的事情。"还归"交代狩猎活动的发展，"细柳营"回扣将军的身份，用上古代名将周亚夫的典故，有赞美将军之意。

末句"回看"二字从章法上讲，有收束前面所敷写之景物的作用，从诗意上讲，将军已经回营，仍在回味狩猎的快乐，足见这次狩猎有多成功。"射雕"二字再次突出诗歌的声势，照应首句"角弓鸣"，并赞美将军的武艺高强。末句是"回看"之所见，猎场疾鹰飞马皆成回忆，望去只见千里茫茫暮云，结语一气莽朴，浑浑落落，给人意犹未尽之感。

汉江临泛①

【原文】

楚塞三湘接②，荆门九派通③。

江流天地外，山色有无中。

郡邑浮前浦④，波澜动远空。

襄阳好风日，留醉与山翁⑤。

【注释】

①诗题一作"汉江临眺"。

②楚塞：襄阳一带的汉水，古属楚国的北境，故称。三湘：说法不一，多泛指湘江流域及洞庭湖地区。

③九派：长江的九条支流，此为泛指。

④郡邑：府县。

⑤山翁：指晋代山简。山简，字季伦，竹林七贤之一山涛的幼子，性嗜酒，镇守襄阳，常游高阳池，饮辄大醉。

【译文】

楚国的边塞连接着三湘大地，九脉长江支流在荆门汇合流入长江。江水浩瀚，一直流向天地之外，山色朦胧缥缈，似有似无。沿江的城池，好像浮在水面上；远方的天空，似乎随着波浪摇动。这么好的襄阳风景，让我想像山简那样，长醉于此。

【赏析】

开元二十八年（740年），王维以殿中侍御史知南选，途经襄阳，舟行汉江之上，乘兴而作诗，将所见的汉江壮阔江景与乘船的独特体验，传达给了后世的读者。

首句"楚塞"与"荆门"二词，交代了诗歌创作的地点。诗人巧妙地使用数字词"三湘""九派"来形容广阔的江原与多条奔腾的江水，将诗歌的空间感宕开。"江流天地外，山色有无中"一联，从实景起笔，却写出了诗人独特的主观感受：江水绵延，望不到尽头，让人觉得它似乎流到天地之外去了。青山自是耸立岸边，而江上氤氲水汽笼于眼前，倒让人觉得山峰似乎时有时无。这两句诗气象含混，而最为难得的是形容贴切，将江中远眺的视觉感受精确地描述出来，让读者清晰地感受到了江景的壮阔与缥缈。颈联同样从实景着笔，而所描绘的景观，是主观感受中的景观。江岸与天空都是静景，起伏涌动的是江水。诗人乘舟江上，反倒觉得是江岸飘摇在水面上，天空被江水带得上下起伏。如此描写江水的流动，给人耳目一新的感觉，本是不切客观实存的景象，却恰恰符合舟上乘客的主观感受。末联以"好风日"三个字收束前六句所写种种江景，以山翁常醉的典故，表达了诗人对汉江风景的留恋。

归嵩山作

【原文】

清川带长薄①，车马去闲闲②。

流水如有意，暮禽相与还。

荒城临古渡，落日满秋山。

迢递嵩高下③，归来且闭关。

【注释】

①长薄：绵延的草木丛。

②闲闲：往来自得的样子。

③迢递：形容高峻的样子。嵩高：嵩山的别称。在今河南省登封县北，五岳之一。

【译文】

清澈的河川绵延着草丛，马车从容地从中间走过。流水好像有意与我同行，傍晚的飞鸟好像要和我一起还山。荒芜的城池临着古老的渡口，夕阳的颜色洒满秋山。高峻的嵩山，我已归来，正要闭关。

【赏析】

嵩山与东都洛阳为邻，与靠近长安的终南山一样，士人隐居于此，高隐之名容易被朝廷所知。在唐代，隐居之举容易引起官府的关注，在士人中产生影响，朝廷任用隐居之人，以表示重视人才之意。开元二十年（732年）秋，王维的弟弟王缙正在登封做官，王维到嵩山隐居。开元二十三年（735年），王维在张九龄的举荐下出任右拾遗，但仕途不太顺利，便再次回到嵩山隐居。

这首诗读来淡泊自然。纪昀曾经评价此诗说："非不求工，乃已雕已琢，后还于朴，斧凿之痕俱化尔。学诗者当以此为进境，不当以此为始境，须从切实处入手，方不走作。"此诗看起来语词都很平淡，实际上，诗中一些平淡语，颇有出处。

首句"长薄"一词，出自《楚辞·招魂》："路贯庐江兮左长薄，倚沼畦瀛兮遥望博。"李周翰注："草木丛生曰薄。""长薄"这个词，好处在于形象，能够写出河畔草丛的绵延感。第二句"闲闲"一词，语出《诗经·魏风·十亩之间》："十亩之间兮，桑者闲闲兮，行与子还兮。"以"闲闲"写马车，写出了旅人安闲自得的神韵。

颔联将"流水"与"暮禽"拟人化了，仿佛流水与飞鸟，都与行人心意相通，陪伴着行人的归途。经此比拟，在萧瑟的草丛中沿河而行的旅途，已颇具情趣。第三句"流水如有意"承"清川"，第四句"暮禽相与还"承"长薄"，而这两句景致，都是"车马去闲闲"的途中所见。"暮禽相与还"化出自陶渊明《饮酒》诗："山气日夕佳，飞鸟相与还。"

"荒城临古渡，落日满秋山"两句，写出城郊秋景的萧瑟旷远，对景物的修饰、组合颇具匠心。以荒凉形容城池，以古老形容渡口，再将它们之间以"临"的关系构建在一起，萧瑟古朴的城郊通过简要的几笔写出了气韵。"落日满秋山"一句中，"满"字将空间宕开，写出山原之旷远，同时将落日的红色铺满画面，写出色彩之绚烂。

末句"嵩山""归来"回扣题目，以"迢递"写出嵩山的高峻，以"下"字将诗中前六句的景物包容于山野之下。"闭关"一词则照应"车马去闲闲"，点明自己的心境与归来嵩山的意图。这种"已雕已琢，后还于朴"的诗歌，颇见诗人的创作功力：诗语自然的境界，并非依凭"自然力量"而到，而是功力的化境。

通读此诗，萧瑟秋景如在目前，诗人闲适安详的神态了然心中。虽然诗人出语平和淡漠，但是辞官归隐的凄凉，还是透过秋景展现出来。

皇甫岳云溪杂题五首

鸟鸣涧

【原文】

人闲桂花落，夜静春山空。月出惊山鸟，时鸣春涧中。

【译文】

闲来无事的人看着桂花无声地飘落，夜来静谧，春日的山峰十分空寂。

明月升起的光亮惊动了山中的栖鸟，不时地在这春天的溪涧之中啼鸣。

【赏析】

王维《皇甫岳云溪杂题五首》作于开元年间游历江南之时，诗人借居于皇甫岳的云溪别墅（位于今浙江省绍兴县东南五云溪），作《鸟鸣涧》《莲花坞》《鸬鹚堰》《上平田》《萍池》五首诗，记叙皇甫家别墅的美景。

诗中所写"桂花"是春桂，又名山矾。"三月开花，繁白如雪，六出黄蕊，甚芬香"（《本草纲目》）。首句写出诗人意态之闲适，第二句"静""空"二字写出环境的空寂静谧。诗人在静谧的山中闲适地看着花瓣飘落，无比舒适自在。第三句"月出"承接"夜静"写起，"惊"字再次突出了山中之静：仅仅是皎洁的月光，已经能让习惯于安静的鸟儿受惊。受惊的鸟儿在寂寥的山谷中啼鸣，在赏月的人听来，又平添一份趣味。

此诗情真景切，在描摹静谧的山景之时，以"鸟鸣"写出一份自然趣味，"一片化机，非复人力可到"《诗法易简录》。

莲花坞

【原文】

日日采莲去，洲长多暮归。弄篙莫溅水，畏湿红莲衣。

【译文】

天天采莲去，水洲绵延，大多数时候傍晚才能回家。拨弄船篙不要溅起水花，怕弄湿红莲衣服。

【赏析】

此诗以别墅山庄的船坞为描写对象，但并非就船坞展开描写，而是写了一首类似于乐府的采莲曲。古乐府中的采莲诗，广受后世文人士大夫的喜爱，其中名句如"江南可采莲，莲叶何田田"（《江南》）"采莲南塘秋，莲花过人头。低头弄莲子，莲子青如水"（《西洲曲》），清新有趣。王维的这首以采莲为主题的诗歌，是建立在一定的诗歌接受传统之上的：提到采莲，读者非常容易联想到田田的莲叶和活泼的采莲女。另外，在唐代，采莲游戏是流行于贵族妇女间的娱乐活动之一。

全诗语言平直，没有复杂的修辞，写出一种民歌的风味。诗歌的末句"畏湿红莲衣"一句可谓画龙点睛之笔，诗人的巧思、诗歌的情趣，在此句得到升华。末句有双关意味：采莲之人惜花，怕竹篙溅起的水花打湿红莲；也可理解为采莲之人怕弄湿自己红莲一般的裙子。

鸬鹚堰

【原文】

乍向红莲没，复出清蒲飏①。独立何褵褷②，衔鱼古查上③。

【注释】

①飏：同"扬"，飞扬、飘扬。

②褵褷（lí shī）：同"离褷"，羽毛初生时濡湿黏合貌。褵：羽毛初生貌、纱幔。褷：众多、丰盛。

③古查：同"古楂"。 古旧的木筏。

【译文】

突然沉入到红莲花丛中，又从清蒲中飞出。独立的鸟儿濡湿了羽毛，衔着鱼立在古旧的木筏上。

【赏析】

鸬鹚，食鱼游禽，常被人驯化用以捕鱼。此诗生动地描写了鸬鹚捕鱼的场景，是题咏动物的佳作。"乍向""复出"写出鸬鹚迅捷行动的动态感，"红莲""清蒲"将捕鱼的场景描写得清新雅致。

上平田

【原文】

朝耕上平田，暮耕上平田。借问问津者，宁知沮溺贤①。

【注释】

①沮溺：春秋时期隐士。《论语·微子》载："长沮、桀溺耦而耕，孔子过之，使子路问津焉。长沮曰：'夫执舆者为谁？'子路曰：'为孔丘。'曰：'是鲁孔丘与？'曰：'是也。'曰：'是知津矣。'问于桀溺。桀溺曰：'子为谁？'曰：'为仲由。'曰：'是鲁孔丘之徒与？'对曰：'然。'曰：'滔滔者天下皆是也，而谁以易之？且而与其从辟人之士也，岂若从辟世之士哉。'耰而不辍。子路行以告。夫子怃然曰：'鸟兽不可与同群，吾非斯人之徒与而谁与？天下有道，丘不与易也。'"孔子努力改变现实，而长沮、桀溺感慨社会纷乱，选择避世隐居。

【译文】

早晨在上平田耕作，傍晚还在上平田耕作。请问问路的人，怎么能知道长沮、桀溺的贤德。

【赏析】

诗歌首二句描写隐士朝朝暮暮亲自耕作，用复沓的方式，写出一种时间上的绵延感。末二句化用典故，为诗歌增添古韵，同时赞美了隐士的品德。

萍池

【原文】

春池深且广，会待轻舟回。靡靡绿萍合①，垂杨埽复开②。

【注释】

①靡靡：迟缓。

②埽：同"扫"，略过。

【译文】

春天的池水既深香又广阔，正等待轻舟返回。绿萍缓缓地密合了，垂杨低拂，又将它扫开了。

【赏析】

俞陛云《诗境浅说续编》评此诗云："池水不波，轻舟未动，水面绿萍，平铺密合，偶为风中杨柳低拂而开，开而复合，深得临水静观之趣"。

初出济州别城中故人

【原文】

微官易得罪，谪去济川阴①。执政方持法②，明君照此心。

闾阎河润上③，井邑海云深④。纵有归来日，各愁年鬓侵⑤。

【注释】

①济川阴：济水。阴：水南为阴。济水为中国历史上的四大河流之一，后被黄河夺道，济水上游成为黄河支流，而济水中下游已难觅踪影。

②执政：掌握国家大权的人。持法：执法。

③闾阎：里巷内外的门。后多借指里巷，也用来泛指民间。河润：指沿河湿润之地；河流沿岸。

④井邑：市井。

⑤年鬓：年龄与鬓发。这里指随着年龄增长鬓发变灰白。

【译文】

官职卑微容易获罪，被贬谪到了济水之南。掌握国家大权的人按照法度执法，英明的君主能够洞察我的心意。百姓街巷散落在被济水浸润的岸边，市井近海，云层浓深。即使有归来的日子，恐怕到时候我们各自感伤年岁增长，鬓发变灰白。

【赏析】

王维进士及第后被任命为太乐丞，古代演乐有严格的礼制规范，因为手下之人逾制舞黄狮子，被人抓住把柄，王维被贬谪到济州管理仓库。

首句以现代的俗话表述，即"我官小被拉出来背锅"，可见王维心中对这次贬谪处理决定非常不满、不服，但也没办法。而且按照法度来说，王维手下的伶人确实逾制了。故云："执政方持法"，自己的心意是洁白无瑕的；皇帝应该是明白这一点的，故云"明君照此心"。这是就忠厚一面解释这首诗。实际上，一件小事被发酵，与京城的权力斗争有关。王维作为初入仕途的年轻人，一个在京城中无关紧要的人，被这些斗争牵连，有些莫名其妙，有些怨情，"持法""明君"又带有一定的讽刺意味。

颈联中，王维对济州风情展开想象：百姓安宁地生活在被河水滋润的土地上，靠近海的市镇白云浓厚。济州人文、景色俱佳，既是聊以自慰，也是安慰朋友：我要去的地方还是蛮不错的。然而毕竟要与朋友分离，也不知道什么时候才能回到长安。"各愁年鬓侵"形象而贴切地写出了与朋友久别的伤感。

登河北城楼作

【原文】

井邑傅岩上①，客亭云雾间。高城眺落日，极浦映苍山②。
岸火孤舟宿，渔家夕鸟还。寂寥天地暮，心与广川闲③。

【注释】

①井邑：水井和城市。邑：本义指古代诸侯分给大夫的封地。傅岩：傅说筑造的围墙。傅说本为囚犯，无姓，名说，在傅岩筑城。商王武丁求贤臣，赏识傅说，任命他为相国，形成了"武丁中兴"的盛世。傅说留有

"非知之艰，行之惟艰"的名句。

②极浦：遥远的水滨。极：远。

③广川：广阔的河流。

【译文】

居民的水井和城市筑造在围墙之内，客人登上亭子，仿佛在云雾之间。从高高的城墙上远眺落日，遥远的水滨倒映着苍翠的青山。水岸上依稀有火光，孤独的小船停在那里，渔人与傍晚的飞鸟一同回家。天地将暮时分分外寂寞，我闲闲地望着广阔的河流。

【赏析】

此诗可能作于王维赴任济州途中。河北，唐县名，在今山西省平陆县东北。今在平陆县东北有傅岩山，传说商代傅说在此筑城。据《平陆县志》载，这里古时候河流蜿蜒，山岩林立，古人在山岩高处安家并建设城池。今天平陆县境内山塬沟滩（黄土高原地区因冲刷形成的高地、沟壑、滩涂）遍布，交通条件较差。

百姓安家在傅岩山上，亭驿好像在云雾之间。首句铺排景物，以壮美之笔凸显出了河北县城的特色：这是依山而建的城。云雾间若隐若现的亭驿在读者读来有高邈迷离之感，若代入作者之感细想，会发现作者在美景中，也写出了旅途之难。然而作者在高高的城楼上，抛却了旅途的劳苦，只尽情地吟咏眼前的美景。登高望远，四目茫茫，落日红酣，苍山深翠。"高城"收束前二句，而随着高城远望出现在视线中的"极浦"引出下文。

诗歌颈联细致地描写"极浦"中的生活。孤零零地小船穿梭在岸上的火花中，渔家在夕阳中和鸟儿们一同还家。旅人望见此景，如何能不思家？尾联只以"寂寥"二字收束颈联，以"天地"二字将景物从颈联细密景物中跳出，诗人的心境沉浸在山川景致之中，随着宽广的河流悠闲自适，而正是这登城远望，使得诗人从艰苦孤独的旅途感伤中跳脱出来。

宿郑州

【原文】

朝与周人辞，暮投郑人宿①。他乡绝俦侣②，孤客亲僮仆。宛洛望不见③，秋霖晦平陆④。田父草际归，村童雨中牧。主人东皋上⑤，时稼绕茅屋⑥。虫鸣机杼悲⑦，雀喧禾黍熟。明当渡京水，昨晚犹金谷⑧。此去欲何言，穷边徇微禄⑨。

【注释】

①周人：古称，指西周时期周王朝所直辖地区的百姓。郑人：古称，指西周时期郑国地区的百姓。

②俦（chóu）侣：伴侣；朋辈。

③宛洛：二古邑的并称。即今之南阳和洛阳。

④秋霖：秋日持续连绵的雨。平陆：平原；陆地。

⑤东皋：水边向阳高地。也泛指田园、原野。

⑥时稼：应时的作物。

⑦机杼：指织机。杼：指织梭。

⑧金谷：古地名。在今河南省洛阳市西北，晋代富翁石崇曾在金谷修筑豪华的金谷园。

⑨穷边：荒僻的边远地区。徇：依从、曲从。微禄：微薄的俸禄。

【译文】

早上与周地的人家告别，傍晚到郑地的人家投宿。身在异乡没有朋友，孤单的行客与自己的仆人分外亲近。古都宛、洛已经看不见了，连绵的秋雨使得平原晦暗不明。种田的老农从远方的草野归来，村中的小童在雨中放牧。寄宿的主人家在东皋之上，应季的庄稼环绕着茅屋。伴随着屋中织机声的虫鸣显得悲凉，在麻雀的喧鸣声中，庄稼成熟了。明天应该渡过京水了，昨天还在金谷那样繁华的地方。此行有什么可说的呢？屈从于微薄的俸禄，赶去偏远的地方罢了。

【赏析】

王维被远谪济州，路过郑州作此诗。此诗真切细腻而平实自然，写出了远行客在旅途中的田园村庄之所见所感。

诗歌起句简单地以"周""郑"二地交代了自己的行程。"绝俦侣""亲僮仆"从两个方面反复描写远客的孤单。诗歌描写村庄景象，自然真实而不加雕琢："田父草际归，村童雨中牧。""虫鸣机杼悲，雀喧禾黍熟。"然而诗人并没有真正为田园生活的平实自然感到安心舒适，他心中仍然留恋着京城的生活："宛洛望不见""昨晚犹金谷"，也正因如此，这次贬谪"穷边徇微禄"之事，也因为诗人对京城的留恋，更增添了一层愁苦。

寒食汜上作

【原文】

广武城边逢暮春①，汶阳归客泪沾巾②。落花寂寂啼山鸟，杨柳青青渡水人。

【注释】

①广武：古城名。故址在今河南省荥阳市东北广武山上。

②汶阳：汶水之北。汶水即今大汶河。黄河支流。山的南面，水的北面称为"阳"。沾巾：沾湿手巾。形容落泪之多。

【译文】

在广武城边正值暮春。汶水北边回家的人眼泪沾湿手巾。落花寂静无声，山鸟纷纷啼鸣，杨柳青青，伴着渡水的行人。

【赏析】

此诗一题为"途中口号"（在路上随口吟成的诗）。诗歌语言平浅，但历来诗家对此诗评价很高。明代谢榛在《四溟诗话》中认为，这首诗与王维《送元二使安西》、韦应物《雨中禁火空斋冷》三诗堪称"风人之绝响"（已经失却的具有国风传统的诗人诗歌的继承者）。能够得到后人这么高的评价，根源于此诗情感充沛，诗语自然。

此诗是"对结体"（以对偶句作结句）七言绝句，前两句交代诗歌所写之事：诗人身在异乡，正逢暮春时节，在旅途中非常感伤流下了眼泪。后两句只是闲闲地缀景，意在言外。诗歌的景物意象选取似只是从暮春景色中随手捡拾写成，但"落花寂寂"与"啼山鸟""杨柳青青"组合起来，不仅将暮春之景形象地展现在读者面前，而且带给读者"盛者自盛，衰者自衰"的感伤。

济上四贤咏三首

崔录事

【原文】

解印归田里①，贤哉此丈夫。

少年曾任侠，晚节更为儒。

遁迹东山下②，因家沧海隅。

已闻能狎鸟③，余欲共乘桴④。

【注释】

①解印：解下印绶。谓辞免官职。

②东山：东晋谢安隐居处。指隐居或游憩之地。

③狎鸟：亲近地玩鸟。典出《列子·黄帝》：有个海民，喜欢鸥鸟，每天早上与鸥鸟嬉戏，上百的鸥鸟飞下游玩。后来他的父亲想让他捉回鸥鸟拿给自己玩弄，海民再来到海上，鸥鸟便不再飞下了。此语说明崔录事没有世俗的机诈之心。

④乘桴（fú）：乘坐竹木小筏。《论语·公冶长》："道不行，乘桴浮于海。"后以指避世。

【译文】

解下印绶回到乡下，这位大丈夫非常贤德！少年时曾为侠客（为人打抱不平），晚年为儒生（潜心读书、教引后辈）。隐居在东山旁边，在大海边安家。听说他已经能够和鸥鸟亲密无间地嬉戏，我好想跟他一起乘着小舟出海。

【赏析】

王维在京城高中状元之后，被任命为太乐丞，因为伶人舞黄狮子，而黄狮子只有在皇帝主办的场合中才能使用，所以王维获罪被贬为济州司仓参军，即济州（大致在今济宁地区）仓库管理员。这起案件有什么"内幕"，今天已经不得而知。

王维到济州以后，写下这组《济上四贤咏》，这"四贤"都曾是微末小官，崔录事曾经的职务"录事"类似于今天"秘书"，成文学曾经的职务"文学"是王府中管理书籍的官吏，郑霍两位隐士安居山林田野。在诗歌中，诗人热衷于夸赞他们平直忠厚的品性。"四贤"没有轰轰烈烈的事迹，但王维特别欣赏他们，说明王维真心欣赏这些在仕途上"吃亏"的"老实人"。

一般的隐士给人的印象是朴实、安静的，崔录事隐居山中，安家海边，但他原本并非安静之人，而有一种"丈夫"气概：这位隐士早年的时候，是扶助弱小、帮助他人的侠客，心中颇有一份豪气。年纪大了潜心读书，颇有儒雅风度。这位大丈夫有什么"功业"呢？这位大丈夫只是毫无心机，所以连鸟儿也与他特别亲近（也就是说他壮志未酬）。诗人想要与这样的人一起到海上漂流。诗歌最后用"乘桴"的典故，《论语·公冶长》篇中云："道不行，乘桴浮于海"，王维以"天道不行"的典故，描写一位生平无法施展抱负的贤丈夫，说明他对当时的世道非常不满。

成文学

【原文】

宝剑千金装，登君白玉堂①。

身为平原客②，家有邯郸娼③。

使气公卿坐，论心游侠场。

中年不得意，谢病客游梁④。

【注释】

①白玉堂：神仙所居。亦喻指富贵人家的宅邸。

②平原客：平原君门下客。后泛指门客。平原君赵胜是战国四公子之一，赵武灵王之子，赵惠文王之弟。因贤能而闻名。封于东武（今山东省诸城市），号平原君。他礼贤下士，门下食客至数千人，在当时声名显赫。长平之战后，秦军进围赵都邯郸，赵胜尽散家财，发动士兵坚守城池，发动门客向楚国和魏国信陵君求援，最终解除邯郸之围。

③邯郸娼：赵都邯郸的娼妓。《汉书·地理志》载，赵俗女子多习歌舞。古时传言，燕赵之地多美女。

④游梁：指游走到诸侯王处任职。典出《史记·司马相如列传》：司马相如曾经买得郎官做，但汉景帝不喜欢辞赋。当时梁孝王招揽天下人才，司马相如借口生病辞职，到梁国成为梁孝王的客卿。

【译文】

身佩价值千金的宝剑，来到您富丽堂皇的厅堂。我成为像平原君门客一样的人，主家蓄有美貌多艺的邯郸娼妓。在公卿家的坐席上恣逞意气，在游侠的聚集处真心论交。中年仍然不得志，推辞生病来到诸侯王那里作客卿。

【赏析】

诗歌前四句化用汉乐府《相逢行》："黄金为君门，白玉为君堂。堂上置樽酒，作使邯郸倡"，以形容成文学年轻时出入豪贵之门。这位贤士最为突出的特点是豪爽、真诚："使气公卿坐，论心游侠场"，在权贵面前不装模作样，诚心结交民间义士。豪爽真诚的人，作为朋友是非常难得的，但这样的人不适合做官，这样的性格也导致成文学的仕途结局是"中年不得意"。末句化用司马相如到梁国作客卿的典故，一方面紧扣成文学作为诸王文学之职的实事；另一方面以司马相如为典，赞美了成文学的才华。

郑霍二山人

【原文】

翩翩繁华子，多出金张门①。幸有先人业，早蒙明主恩。

童年且未学，肉食骛华轩②。岂知中林士③，无人荐至尊。

郑公老泉石④，霍子安丘樊⑤。卖药不二价，著书盈万言⑥。

息阴无恶木⑦，饮水必清源。吾贱不及议⑧，斯人竟谁论。

【注释】

①金张门：指豪贵门下子弟。金张，汉时金日磾、张安世二人的并称。二人子孙七世荣显。后因用于显宦的代称。

②肉食：指高位厚禄。亦泛指做官的人。《左传·庄公十年》："肉食者鄙，未能远谋。"杜预注："肉食，在位者。"骛：同"务"，从事、致力。

③中林士：在野隐居的人。

④老：在（泉石山水）间终老。

⑤丘樊：农耕之事。丘，指孔丘；樊，指樊迟。樊迟是孔子的学生，曾向孔子请教耕种之事。《论语·子路》云："樊迟请学稼。子曰：'吾不如老农。'"后以"丘樊"借指农耕之事。

⑥盈：多余、超过。

⑦息阴：在阴凉处休息。

⑧不及议：不能上达廷议，即意见难以传达到朝堂之上。

【译文】

繁华之地的潇洒公子，多出自像金家、张家那样的豪门。幸运地拥有前人的基业，年纪轻轻就受到英明主上的赏识重用。童年还没有正式入学就拥有官位，在华美的轩室任职。（他们）哪里知道，山林中的士子，没有人向皇帝推荐。郑山人在山水泉石间终老，霍山人安于亲身耕种。卖药一律只卖一口价，著书超过一万字。乘凉也不选在贱劣的树下，饮水一定喝清澈的水源。我身份卑微不能上达廷议，这样的人（显达之人）谁去议论称赞呢？

【赏析】

门荫入仕在唐代是经过制度化的正常入仕途径，崔氏、卢氏、郑氏、王氏等世家大族子弟往往在年轻时就能够出入宫廷担任郎官、侍卫等官职，他们往往年纪轻轻，就已经获得丰富的政治资源。诗歌前六句，即描写了唐代社会的这种现象。科举入仕是普通学子入仕的途径，但唐玄宗年间，科举录取的人数很少，而且唐代的科举考试不糊名字，许多考生通过行卷提前获得了考官的赏识，高官子弟也可以不选择门荫入仕而参加科举以"证明能力"，加快升迁。对于没有门路的考生而言，参加科举考试的入仕之路也是异常残酷的。一部分士子"走捷径"，通过隐居获得名声，受到皇帝赏识。然而对于郑、霍二位隐士来说，这条"捷径"也不太有希望，"无人荐至尊"，权力中心的人们根本没听说过这两位隐士。

诗歌后半部分重点描写郑、霍二山人一日日一年年地在山中安然度日。郑山人在山林泉石中日渐老去，霍山人在田野耕作间得到了安宁的生活。他们采些药材赚钱，但完全不走商人的"套路"，卖谁都是一口价；腹中的学识，被写成长长的著述。虽然身份低微，但是他们极端自爱。古

人认为树木也是有品性的，如松树被认为品性高洁，但楮树被认为是恶木。这两位山人选择休息的地方，也要选择良木的树荫；选择喝的水，更要选择清澈的水源。诗歌描写的场景，非常贴合山人的日常生活，同时又影射古代先贤的典故，汉代隐士韩康"卖药不二价"："（康）常采药名山，卖于长安市，口不二价，三十馀年。"（《后汉书·韩康传》）；晋代名士陆机"渴不饮盗泉水，热不息恶木阴。"（《猛虎行》）。诗人虽然倾慕这两位山人的贤德，但却无力改变两位山人终老山野之间而不受朝廷重视的处境。诗人感慨两位贤德的士人日渐老去而不受重用时，掺杂着身处贱职的自我感伤。

齐州送祖三①

【原文】

相逢方一笑，相送还成泣。

祖帐已伤离②，荒城复愁入③。

天寒远山净，日暮长河急。

解缆君已遥④，望君犹伫立。

【注释】

①诗题"齐州"疑为"济州"，诗题一作河上送赵仙舟，又作淇上别赵仙舟。

②祖帐：古人习俗，出门上路前先祭路神，叫祖祭，简称祖；祖帐，即为祖祭时所设的帐帷，这里表示饯席。

③荒城：荒凉的城池。

④解缆：船的缆绳。

【译文】

朋友相逢，刚刚欢声笑语一番，转眼间，又要送别朋友，难过地哭了。为你饯行的时候，非常伤感离别，离别之后，我还要独自回到荒凉的城池。天气寒冷远处的山峰分外明净，日暮时分长长的河流格外湍急。解开缆绳，朋友的小船越来越远，而我久久地站在河边，望着远去的行船。

【赏析】

因为王维的诗歌几经散佚，所以这首诗究竟是为谁而作尚存争议。但这首诗大致作于开元年间，王维被外放出长安的时候。诗人身在异乡，又与朋友离别，心中分外伤感。

与朋友相聚的时间总是短暂的，那么如何写出这种短暂呢？诗人很巧妙地用"一笑"形容这短暂的欢聚，时间之短与相见之欢，都被简洁又形象地写出了。而第二句相送时的"泣"，又与"笑"形成鲜明的对比，写出了诗人极大的心理落差。第三句"祖帐"承接上文"相送"，"伤离"承接"相泣"，第四句"复愁人"继续敷写"伤离"，并且将时间节点由饯别送行过渡到离别后。五、六两句写出一番旷远之景，"远山""长河"又将行人的旅途带入画面之中。而"远山净"的"净"字恰恰凸显了前文"荒城"一语：山上荒凉一片，什么都没有。"长河急"的"急"字又暗透出下文"解缆君已遥"：正因河水湍急，行船飞快地离作者远去。河岸边只剩下伤感的诗人，久久伫立。

这首诗选用了入声韵。一般而言，平声韵的声情流转比较和谐，而入声韵因为入声本身就有急促闭塞的顿挫感，所以能够使得诗歌在声情上表达得更为压抑急促。入声韵与这首诗所要表达的离别之情是非常相合的，这也显示出王维高超的音律修养。入声是古汉语的四声之一，在普通话中被归入其他声调，不复存在，有观点认为，金元时期受中国北方游牧民族语言影响，入声逐渐消失。

寓言

【原文】

朱绂谁家子①，无乃金张孙②。骊驹从白马③，出入铜龙门④。问尔何功德，多承明主恩。斗鸡平乐馆⑤，射雉上林园⑥。曲陌车骑盛⑦，高堂珠翠繁。奈何轩冕贵⑧，不与布衣言。

【注释】

①朱绂：古代礼服上的红色蔽膝。后多借指官服。这里借指官员。

②金张：汉时金日磾、张安世二人的并称。二氏子孙相继，七世荣显。后因用于显宦的代称。

③骊驹：纯黑色的马。亦泛指马。

④铜龙门：汉太子宫门名。门楼上饰有铜龙。亦借指帝王宫阙。

⑤平乐馆：汉代宫观名。亦作"平乐馆""平乐苑"。汉高祖时始建，汉武帝增修，在长安上林苑。

⑥射雉：射猎野鸡。古代的一种田猎活动。上林园：古宫苑名。秦旧苑，汉初荒废，至汉武帝时重新扩建。故址在今西安市西及周至、户县界。《三辅黄图·苑囿》："汉上林苑，即秦之旧苑也。《汉书》云：'武帝建元三年，开上林苑，东南至蓝田宜春、鼎湖、御宿、昆吾，旁南山而西，至长杨、五柞，北绕黄山，濒渭水而东，周袤三百果。'离宫七十所，皆容千乘万骑。"

⑦曲陌：曲折的道路。车骑：车马。

⑧轩冕：古时大夫以上官员的车乘和冕服，多用来代指显贵者。

【译文】

谁家的子弟穿着红色蔽膝的官服，难道是金家、张家那样世代显贵人家的子孙？黑色的骏马跟着白色的骏马，从铜龙宫门出入。问你有什么公德呢？多多承受了圣明君主的恩惠。在平乐馆斗鸡，在上林苑射猎野鸡。曲折的道路上车马熙熙攘攘，高高的厅堂中妇女的珠翠首饰数不胜数。奈何这些显贵的乘华车衣冕服的人，不与那些布衣交谈。

【赏析】

诗歌首先描绘了一位高调、衣饰华美的世家子弟，高调地出入宫门。华衣骏马的贵族公子有什么功业呢？虽然说不清楚他有什么功业，但是皇帝却很宠爱他。这位贵族公子整天干些斗鸡射猎的事，他的门前却车水马龙，来拜访的贵族络绎不绝。这些贵族公子不仅游手好闲，而且自矜其贵，不与下层百姓接近，也不了解国家的具体情况，可以说是尸位素餐之人了。

唐朝到玄宗开元时，中原已经太平很久了。一个国家太平得久了，总会出现一些靠着祖辈而不奋斗的人，总会出现一些不居安思危的人。如果

这种人不断增加，并且君王因为交情、姻亲等关系宠爱这种人，就会成为国家的隐患。诗人在太平的岁月里看到了这种问题、这些隐患，希望能够通过吟咏诗歌，引起当政者的注意。不过，就历史的结局而言，在安史之乱之前，唐王朝的隐患越积越多；在安史之乱之后，唐王朝已是千疮百孔。诗人的良苦用心，诗人发出的声音，没有得到皇帝的重视。

和使君五郎西楼望远思归

【原文】

高楼望所思，目极情未毕①。枕上见千里，窗中窥万室。悠悠长路人，暧暧远郊日②。惆怅极浦外，迢递孤烟出③。能赋属上才④，思归同下秩⑤。故乡不可见，云水空如一。

【注释】

①目极：用尽目力远望。

②暧暧：昏昧不明貌。这里指天还没亮就上路了。

③迢递：遥远貌。

④上才：上等的才能。

⑤下秩：官职低微。

【译文】

在高楼上远望思绪万千，用力远望感情难以遏制。居于床上就能看到千里之远，在窗中望见万户人家。踏上遥远路途的旅人悠悠不尽，远郊的太阳尚且昏昧不明就上路了。在遥远的水滨边惆怅，远方孤零零的炊烟飘荡。能够作赋有着上等的才能，因为官职低微想回到家乡。望不见家乡，远方的云与水渺茫之间不可分辨。

【赏析】

这是一首和韵诗。使君五郎，是当时某州郡官员家排行第五的公子。虽然是和韵，但是诗歌贴切地传达出作者的心声。

首句"高楼望所思"引起全诗，诗中之景，皆是高楼所望；诗中之思，皆是远望之思。三、四两句以所望之远，写出了高楼之高。在一望千里的平原上，在万户人家之中，诗人注意到了那些奔赴远方的旅人。这些旅人天刚亮就上路，跋山涉水，形影孤独。虽然旅途非常艰苦，但是诗人看到这些旅人，还是想踏上回家的路，为什么呢？因为诗人虽然有才，却只得到卑微的官位，不能施展才华。高楼远望之中，故乡在哪里呢？虽然目尽千里却依然看不到故乡，视线尽头，远方的云与水渺茫之间不可分辨，故乡也正在远方的云水渺茫之中。"故乡不可见，云水空如一"既平实地写出了作者的怅惘，又给诗歌带来无尽的余味。

渡河到清河作

【原文】

泛舟大河里，积水穷天涯。天波忽开拆①，郡邑千万家。

行复见城市，宛然有桑麻②。回瞻旧乡国，淼漫连云霞③。

【注释】

①开拆：开放；开裂。

②宛然：好似、好像。桑麻：桑树和麻。泛指农作物或农事。

③淼（miǎo）漫：大水弥漫。淼：水大的样子。

【译文】

在大河里泛舟，积聚的水穷极天边。天际的波浪忽然开裂的地方，出现了千家万户聚集的府县。此行又见到城市了，好像有桑麻之类的农作物。回望旧时的故乡，大水弥漫连着云霞。

【赏析】

大清河在历史上曾一度旱塞，在唐高宗时期复通，但后来黄河改道时，大清河河道为黄河所夺。今已不复存在。

王维此诗气势雄浑。诗歌虽然是五言八句，但是并不符合诗律，并不是律诗，而是古体诗。首句只是平淡地交代了诗人在大河上行舟。次句"积水"一语虽是日常语，却有典出："故积土而为山，积水而为海，旦暮积谓之岁。"（《荀子·儒效》）"积"字已突出了水量之大，而"穷天涯"更是宕开了诗歌的空间感，诗歌画面中的所有空间都弥漫着无际的大水，诗人望到天际也没有看到水的尽头。随着诗人的前行，忽然看到了水岸，作者写得那水岸，就像是突兀地撕开了弥漫着大水的天地。水岸上，是千千万万的百姓人家。上岸之后，作者再次来到城市中，看到为纺织衣服种的桑、麻，不禁想到家乡也种着这样的作物。可是回首望故乡，看到的又是那漫无边际的大水。此诗诗笔跌宕而照应结构谨严。"天涯""天波"被"开拆"出千万人家，自然而然引出"城市"，在城市中见到家用作物，一切似只是随着诗人的行程合理展开，却写出雄浑气势，在雄浑气势之中，又透露着诗人丝丝细腻乡愁。尾句既以"回瞻"将诗中景物收束在了"淼漫连云霞"之中，又照应了诗首"积水穷天涯"之景，诗语回环，而诗味犹不尽。

寄崇梵僧

【原文】

崇梵僧，崇梵僧①，秋归覆釜春不还②。落花啼鸟纷纷乱，涧户山窗寂寂闲③。峡里谁知有人事，郡中遥望空云山。

【注释】

①崇梵僧：崇梵是唐代寺名。在唐济州东阿县（近山东省聊城市东阿县）。

②覆釜：指东阿县覆釜村。

③涧户：山涧中的房室。

【译文】

崇梵寺的僧人，崇梵寺的僧人，秋天回到覆釜村，春天再也没有回来。落花乱舞、啼鸟杂鸣，山涧中的房室却门窗闲寂。山峡里谁知道人世间的事呢？（我）在郡中遥望，云山一片空茫。

【赏析】

崇梵寺的僧人曾在秋天结识王维。春天万物滋荣之时，僧人没有来郡中欣赏繁华的春景，而是在山中清修。诗人非常想念这位朋友，为他作诗。

诗歌起笔复用"崇梵僧"一词，使得诗歌具有歌谣的摇曳感。第三句以纷乱的花鸟写出峡谷的幽静，以落花缤纷、百鸟啼鸣从侧面写出山中人迹罕至。僧人的山居就建在这天机化境之中，远离人世喧嚣。而城中的诗人，无法完全逃出世俗的冗物，只能遥遥羡慕僧人的生活。

观别者

【原文】

青青杨柳陌①，陌上别离人。爱子游燕赵，高堂有老亲②。

不行无可养，行去百忧新③。切切委兄弟④，依依向四邻。

都门帐饮毕⑤，从此谢亲宾。挥涕逐前侣，含悽动征轮⑥。

车徒望不见⑦，时见起行尘。吾亦辞家久，看之泪满巾。

【注释】

①陌：本义是田间东西方向的小路。后泛指道路。

②高堂：高大的厅堂，大堂。老亲：年老的父母。

③百忧：种种忧虑。《诗·王风·兔爰》："我生之初尚无造，我生之后逢此百忧。"

④切切：再三叮嘱。

⑤都门：京都城门。帐饮：在郊野张设帷帐，宴饮送别。

⑥征轮：远行人乘的车。

⑦车徒：车马和仆从。

【译文】

青青的杨柳路上，路上的人正在分别。谁家备受宠爱的儿子要去燕赵远游，高堂上尚且有父母在。不远行就没有钱财奉养父母，远行离开又生出数不尽的新忧虑。再三地交代兄弟家，依恋地告别周围邻居。在京都城门张设帷帐，宴饮送别完毕，从此就和亲戚宾朋告别了。挥洒涕泪告别以前的伙伴，饱含凄恻催动远行的车。这位远游人的车马仆从已经看不见了，不时地还能看见行车扬起的灰尘。我也离开家很久了，看到这一幕泪水沾湿衣襟。

【赏析】

诗人看到别人送别的场景，触目伤情，写下了这首动人的诗歌。

全诗除了最后两句，都是抒写"别者"之情，而最后两句点名诗人实际上是从一个旁观者的角度而作诗。诗歌重点渲染的是"别者"的两难抉择：一方面需要收入来赡养家中的父母，另一方面又舍不得离开父母、兄弟、朋友、四邻，实际上是身处一种"不得不远行"的境遇。作者此时也在异乡不能回家，而不能回家的原因，也是非常无奈（这首诗可能是作者在济州做仓库管理员时所作，作者不愿意任此差事，但舍弃朝廷官位对自己前途的影响难以预估）。

偶然作六首（选三）①

其一

【原文】

楚国有狂夫②，茫然无心想。散发不冠带③，行歌南陌上。孔丘与之言，仁义莫能奖。未尝肯问天④，何事须击壤⑤。复笑采薇人⑥，胡为乃长往。

【注释】

①偶然作六首：《偶然作》原诗六首，此处选其中三首进行解读及赏析。

②狂夫：无知妄为的人，自谦之词。《论语·微子》载，楚狂接舆歌而过

孔子曰："凤兮凤兮！何德之衰？往者不可谏，来者犹可追。已而，已而！今之从政者殆而！"楚国隐士故意作出狂放的样子，以避开春秋乱世的政治迫害（从政者殆，殆即危险意）。当孔子经过楚国时，这位隐士劝孔子自保。

③冠带：戴帽子束腰带。

④问天：心有委屈而诉问于天。屈原曾作《天问》以问天。

⑤击壤：击打泥土。皇甫谧《帝王世纪》："〔帝尧之世〕天下大和，百姓无事，有五十老人击壤於道。"后因以"击壤"为颂太平盛世的典故。

⑥采薇人：伯夷、叔齐隐居采薇，最终饿死。《史记·伯夷列传》载，殷末，孤竹君二子伯夷、叔齐，反对周武王伐纣，曾叩马而谏。周代殷而有天下后，他们"义不食周粟"，隐于首阳山，采薇蕨而食，后来饥饿而死。

【译文】

楚国有一个放荡不羁的人，惘然没有什么心思。披散着头发也不戴帽子扎腰带，在南边的路上一边走一边唱歌。孔丘跟他说话，仁义也不能勉励他。不肯将心事向苍天倾诉，也没什么事值得击打土壤。又讥笑采薇的隐士，为什么竟然一去不返（走向死亡）。

【赏析】

这首诗歌塑造了一位"狂夫"的形象，诗歌三、四两句先从外貌上刻画这位狂夫放荡不羁：不扎头发、不整衣冠。随后六句从精神上刻画这位狂夫：不听孔子劝人出世的勉励，也不追随那些隐逸至死的人，还不效法先人向苍天、大地叩问的做法。无论从外表上还是精神上，这位狂夫都极其张狂。然而在这种张狂的背后，却透露着一种茫然。孔子、屈原、先代老人、伯夷、叔齐的理念与行为，都没能解开狂夫心中的茫然，都不能让狂夫加以效法。狂夫心中的症结，他自己也说不明白。这位狂夫从行迹言语上考察，是放荡不羁的，但其内心深处的症结，正在于诗歌起句的"茫然无心想"。

其二

【原文】

【原文】

田舍有老翁，垂白衡门里①。有时农事闲，斗酒呼邻里。喧聒茅檐下②，或坐或复起。短褐不为薄③，园葵固足美。动则长子孙④，不曾向城市。五帝与三王⑤，古来称天子。干戈将揖让⑥，毕竟何者是。得意苟为乐，野田安足鄙。且当放怀去，行行没馀齿⑦。

【注释】

①垂白：白发下垂。谓年老。衡门：横木为门。指简陋的房屋。

②喧聒：闹声刺耳。

③短褐：粗布短衣。古代贫贱者或僮竖之服。

④长子孙：养育子孙。

⑤五帝：黄帝、颛顼、帝喾、唐尧、虞舜（据《史记·五帝本纪》）。三王：夏、商、周三代立朝之君，即夏禹、商汤、周武王。

⑥干戈：古代常用武器，用以借指战争。将：与。揖让：禅让。让位于贤。

⑦行行（hàng hàng）：刚强貌。《论语·先进》："闵子侍侧，訚訚如也；子路，行行如也；冉有、子贡，侃侃如也。"没馀齿：度完余年。

【译文】

农舍里有位老人，白发下垂的年纪仍然住在简陋的房舍中。农事清闲的时候，呼唤邻居来比试酒量。在茅檐下大声喧哗，或者坐下或者站起来。粗布衣衫并不觉得薄，园葵这种普通食物就已经很满足。平时活动就是养育子孙，不曾到城市去。五帝与三王，是自古以来为人称道的天子，是通过战争还是通过禅让获得皇位的呢？到底哪种说法是真的？称心就可以算作快乐，荒野田园有什么可以鄙薄的。应当放开胸怀离去，刚强地过完余生。

【赏析】

此诗前半部分描写一位田舍老翁随意自在的田园生活："有时农事闲，斗酒呼邻里。喧聒茅檐下，或坐或复起"，反复描写一种随性而为的简单、单纯的生活；"短褐不为薄，园葵固足美"写出这位老翁随遇而安，无欲无求；"不曾向城市"一语，将诗歌由描写田园老翁的生活，转向老翁对村外世事的理解，也阐述了老翁为什么甘于田园生活。三皇五帝地位至尊，对于他们的历史记载也多是正面的，通过战争获得皇权或者通过禅让获得皇权到底哪个是正义的呢？就有详细历史过程叙述的禅让事件而言，禅让帝位的背后也往往伴随着战争和权力斗争。这位老翁对于政治是非颇多疑惑，也没有多少兴趣参与到斗争中去，而是选择在乡下度日。诗人最后两句道出了自己的意愿：他希望自己能够保持刚强正直的人格，而不是在权力斗争中随波逐流，至于政治生活中的得失，应该"放怀"，看开一点。

其三

【原文】

陶潜任天真①，其性颇耽酒②。自从弃官来，家贫不能有。九月九日时，菊花空满手。中心窃自思，傥有人送否。白衣携壶觞③，果来遗老叟④。且喜得斟酌⑤，安问升与斗。奋衣⑥野田中，今日嗟无负。兀傲⑦迷东西，蓑笠不能守。倾倒强行行，酣歌归五柳⑧。生事⑨不曾问，肯愧家中妇。

【注释】

①陶潜：又名陶渊明。因东晋官场昏暗，弃官归隐田园。

②耽酒：沉溺于饮酒。

③白衣：给官府当差的小吏。壶觞：酒壶和酒杯。陶渊明的朋友王弘曾经在重阳节派遣小吏给陶渊明送酒。

④遗老叟：年老历练的老人。

⑤斟酌：倒酒饮酒。

⑥奋衣：振衣去尘。

⑦兀傲：孤傲不羁。

⑧酣歌：醉酒而歌。酣：酒喝得畅快。五柳：陶渊明曾作《五柳先生传》以自况，文中云："宅边有五柳树，因以为号焉"，即陶渊明的宅名。

⑨生事：生计。

【译文】

陶潜放任其天然本真的性情，很有沉溺于饮酒的本性。自从他辞去官职以来，家中贫穷以至于没有酒喝。九月九日这一天，空把菊花摘满手（却没有酒喝）。心中暗自猜想，会不会有人送我酒呢？白衣小吏送酒来，招来老年人一同饮酒。幸而能够喝上酒，哪里管到底喝了几升几斗。在荒野天地中振衣去尘，慨叹没有辜负今天这节日。孤傲不羁的人醉得分不清东西南北，连蓑衣斗笠也戴不住了。快要倒下了勉强行走，唱着醉歌回到种着五棵柳树的家中。不曾考虑生计，对家中的妻子有点惭愧。

【赏析】

东晋隐士陶潜（字渊明）性情高洁傲岸，喜欢饮酒，曾创作《饮酒二十首》以述怀。诗中的陶潜已是弃官后的中年人，家境贫寒，九月九日重阳节，没有好酒。正逢友人馈赠佳酿，一高兴也不知道喝了多少，喝得东倒西歪。诗歌描写饮酒的场景写得潇洒："且喜得斟酌，安问升与斗""兀傲迷东西，蓑笠不能守"，但潇洒中又透露着一丝苦闷，隐士又不愿意深谈这种苦闷，只是说因为家计艰难有些愧对妻子。诗中沉溺于酣歌饮酒的老叟是自来如此吗？陶潜少年时已精通六经，"少学琴书，偶爱闲静，开卷有得，便欣然忘食"，与诗人王维一样，都是学识渊博的才子。陶渊明辞去县令小官之后多年，仍然不时有达官贵人前来拜访，有行为比较方正的，比如诗中提到的"白衣携壶觞"之江州刺史王弘，陶渊明欣然饮其酒；有当朝权贵檀道济想拉拢结交陶渊明，陶渊明坚决不收他送的酒肉，陶渊明坚定地隐居于田园，而没有施展自己的才华，主要是因为当时正值东晋末年的乱世，朝堂风云诡谲，正直的人想要自保都很艰难。王维吟咏陶渊明，对陶渊明之际遇心有戚戚。子曰"邦有道则仕，无道则隐"。像陶渊明、王维这样有才学的人选择隐居或者考虑隐居，是非常值得当政者反思的。但可惜的是，无道之君，往往看不见问题，更不会反思自身的无道。

不遇咏

【原文】

北阙献书寝不报①，南山种田时不登②。百人会中身不预③，五侯门前心不能④。身投河朔饮君酒⑤，家在茂陵平安否⑥。且此登山复临水，莫问春风动杨柳。今人昨人多自私，我心不说君应知。济人然后拂衣去，肯作徒尔一男儿。

【注释】

①北阙：古代宫殿北面的门楼，是臣子等候朝见或上书奏事之处。献书：奉上书札；上书：多指向有地位者陈述意见。此处用朱买臣典故。据《汉书》载，汉代名臣朱买臣在低微之时曾向汉武帝上书，但上书后很久没有回音，所带钱财已经匮乏，小吏们把他当乞丐对待。

②不登：歉收。

③百人会：众多重臣被召的盛会。语出南朝宋刘义庆《世说新语·宠礼》："孝武在西堂会，伏滔预坐。还，下车呼其儿，语之曰：'百人高会，

临坐未得他语，先问伏滔何在，在此否？此故未易得。为人作父如此，何如？'"不预：没有参加。

④五侯门：汉成帝封其舅王谭平阿侯、王商成都侯、王立红阳侯、王根曲阳侯、王逢时高平侯。据《汉书》载："是时王氏方盛，宾客满门，五侯兄弟争名，其客各有所厚，不得左右，唯护尽入其门，咸得其欢心。"五位国舅侯爷热衷于结交宾客，拉拢人心。王维此处意在说明自己不愿投靠权贵之志。

⑤河朔：地区名，古代泛指黄河以北的地区。唐代河朔三镇大致位于今天河北省及山东省北部地区。

⑥茂陵：在今陕西省兴平县东北。汉武帝筑茂陵以为陵寝。此处意在说明诗人家在长安附近区域。

【译文】

在北阙向皇帝献书，晚上没有回复。回南山种田，岁时不好粮食歉收。晋孝武帝那般的百人会无缘参与，投靠五侯那样的权贵又违背心意做不到。来到河朔之地与您一起饮酒，我茂陵的家中平安无事吧？且趁此机会登山临水游玩，不要管春风吹动杨柳之类的事情。今天的人和昨天的人差不多地自私，我的心意不说您也应该明白。济人之后打算拂衣而去了，哪里肯徒然

做这么一个男人呢。

【赏析】

"作诗言志"是中国自古以来的诗歌传统。王维此诗明晰地抒发了自己的心志。他认为自己仕途不顺，是因为既没有门路见到君王，又不愿意投靠权贵。对于朝廷将他贬谪为济州仓库管理员的事情，王维明确地说自己"心不悦"，表示不打算继续干下去了。王维遭受贬谪，无奈来到济州，而作此诗时，诗人的怨尤积累到了一定程度，进而产生不计后果辞官而去的打算。

送孟六归襄阳

【原文】

杜门不复出①，久与世情疏②。以此为良策，劝君归旧庐。

醉歌田舍酒，笑读古人书。好是一生事，无劳献《子虚》③。

【注释】

①杜门：闭门。

②世情：世俗之情。疏：不熟悉；不熟练。

③献《子虚》：汉代文学家司马相如曾作《子虚赋》。汉武帝读到《子虚赋》后，非常赏识司马相如的才华。此处指作文章献给皇帝以求赏识。

【译文】

闭门不再出门，时间久了已经不熟悉世俗人事。以为这是良策，所以劝您回到旧地故居。喝醉了酒在田舍里唱歌，愉悦地读古人的著作。这真是一生的事物，不劳费力向皇帝献赋。

【赏析】

孟六，即孟浩然。孟浩然一生大多数时间隐居田园，曾经投靠进士，谋求做官，但仕途不顺。一般人作诗送不得志的朋友归乡，往往加以挽留，或者加以勉励，说一些套话。然而王维此诗没有跟孟浩然说套话，而是直截了当地建议他隐居度日。往往只有真心朋友之间才能给予这样直接的劝告。虽然此诗出语平淡，但是真情浓厚，所以可贵。

孟浩然不得志，有自身性格的原因。曾任襄州刺史的韩朝宗爱护百姓，并且热心于推荐、提拔有才能的人。韩朝宗欣赏孟浩然的诗才，想要向朝廷推荐孟浩然，并跟孟浩然约定好可以见面的时间。但孟浩然跟朋友喝酒喝过头了，没有赴约。一个等待出仕的人，因有饮酒误事、不履约定的错误而被推荐人认为不适合做官，是合情合理的。王维作为朋友，也认为孟浩然不太适合做官，不如放开胸怀享受田园之乐。

华岳

【原文】

西岳出浮云，积雪在太清①。连天凝黛色②，百里遥青冥③。
白日为之寒，森沉华阴城④。昔闻乾坤闭，造化生巨灵⑤。
右足踏方止⑥，左手推削成。天地忽开坼，大河注东溟⑦。
遂为西峙岳，雄雄镇秦京。大君包覆载⑧，至德被群生。
上帝伫昭告⑨，金天思奉迎⑩。人祇望幸久⑪，何独禅云亭⑫。

【注释】

①太清：天空。

②黛色：青黑色，形容天空高远的样子。

③青冥：形容天色青苍幽远，代指青天。

④森沉：幽暗阴沉。华阴：汉代有华阴县，辖域在华山北麓。

⑤巨灵：神话传说中劈开华山的神。

⑥方止：战场上列方阵驻守，比喻岿然不动的样子。

⑦东溟：东海。

⑧大君：天子。覆载：覆盖与承载，比喻帝王的恩德。

⑨昭告：明白地告知。

⑩金天：黄色的天，是一种传说中的祥瑞之象。

⑪人祇：人与神。望幸：期盼君王临幸。

⑫云亭：云云山和亭亭山的合称。相传古代无怀氏和黄帝，分别在泰山旁的云云山和亭亭山举行禅礼祭祀大地。

【译文】

西岳华山在浮云中展露真容，山头的积雪如在太空。山峰似有百里之高，凝聚着青黑的颜色与天相接。阳光被山色影响变得寒冷，山形映出巨大的影子让华阴城如遇阴天。传说古代天地闭合，巨灵神因造化的伟力诞生。他用右脚踩离大地，用左手削开天空。天地忽然开裂，黄河滚滚流入东海。华山从此屹立世间，坐镇皇都何其雄壮。君王盛德如天育群生，如地载万物。当他祷告上帝，天空散发出金色的光芒。百姓与神明等待王者驾临西岳，云亭二山并非独享封禅。

【赏析】

在尧、舜、禹时代，华山就已经作为西岳而位列"五岳"之一。据

《尚书》记载，新天子即位后不仅要到东岳泰山封禅，而且要到其他四岳巡守祭祀。唐代建立后，统治者十分重视祭祀华山的典礼仪式，其中很重要的现实原因，在于华山地势险要，与相近的黄河一起构成了保卫唐都城长安的天然城池。秦代和西汉定都长安一带，都有这方面的考虑。唐玄宗开元十八年（730年），有官员和民间共同奏请朝廷，请求封禅华山。虽然唐玄宗没有批准这个请求，但华山在当时人们心中的地位由此可见一斑。王维的这首《华岳》，就是在这种背景下产生的。

诗中的前六句都在描写华山的外貌，其核心在于将"山"与"天"对比。诗中的描写涉及高度、色象、气势三个方面。第一句中"出浮云"表明华山的高度在云层之上，第二句"积雪在太清"则以积雪之高映衬出山顶与天相接的景象。第三、四句的"黛色""青冥"分别就山和天而言，而以描写颜色的方式表达山之高，正是运用颜色相近给人造成的空间连续感，模糊"山"在形体上与"天"的区分，而"山"与"天"齐的感受即由此产生。第五、六句专门描写华山的气势。"白日"从第二句的"太清"引出，"寒"则照应"积雪"。所谓"为之寒"，原本是诗人或者瞻仰华山的人，见到山巅积雪后的感受。而诗中把这种属于人的感受移置给"白日"，仿佛平时带给人间热量的太阳，也因为离华山上的积雪太近而变得寒冷，乃至连地上的人们也因此觉得阳光寒冷了。第六句是从第三句"凝黛色"引出的。山的黛色本来附着于山的形体，而因为山的形体太过高大，以致其在地上的影子与山色连成一片，覆盖了山下的城镇。

诗中第七到第十二句记述了传说中华山的由来。第七句"昔闻乾坤闭"是对前六句意思的一个反转。华山无疑是地上的事物，而它的高度越高，越显得天地相隔得遥远。诗人正是从这点着手，用"乾坤闭"三个字彻底扭转了人们的常识，并由此导出对华山诞生传说的叙述。第八、九、十、十一四句的内容是传说中巨灵神分离天地的壮举。第十二句则将思绪从不可查证的传说拉回到现实的土地，第十二句中的"大河"指黄河，"注东溟"从侧面写出西高东低的地形，以衬托华山在中国疆域中的重要地位。

诗文从第十三、十四两句开始，进入对华山政治意义的抒写。所谓"西峙"，是与其他四岳对照而言，而在传统中五岳共同象征着统治天下的最高权力。因此接下来出现的"镇秦京"，象征着华山对大一统王朝都城的重要意义。第十五、十六句突然荡开笔触，写"大君"之事，这实际上是把之前诗中的描写都收归于"大君"的形象。"覆载"万物原本是天地之德，而华山正是由地承载，受天蒙覆。故"天子包覆载"的意思，其实是表明华山作为西岳，固然气势雄壮乃至与天相接，但它仍然要接受天子的统治，甚至可以说华山的雄健之气正是受到天子"至德"的滋养孕育而成。第十七到第二十句，表达了天子封禅华山的期盼。"上帝昭告""金天奉迎"，是想象天子封禅时的情景。"人祇"中的"人"，指包括诗人在内，支持天子封禅华山的官员百姓；"祇"则指华山之神。"何独禅云亭"使用了古人举行封禅泰山之礼的典故，既表明诗人认为华山有资格接受封禅，也暗示在位天子果真能够封禅华山，则功绩不输于古代圣王。

《华岳》诗中其实蕴含着许多政治意味，甚至其中所有对华山的描写，在

某种程度上都可被理解为对天子权威的象征与尊崇。但我们在读这首诗时，最直接的感受，恐怕还是来自诗句本身雄浑庄严的气象，这不能不说是王维天才的创作手法的成果。

自大散以往深林密竹磴道盘曲
四五十里至黄牛岭见黄花川

【原文】

危径几万转①，数里将三休。回环见徒侣②，隐映隔林丘。飒飒松上雨，潺潺石中流。静言深溪里③，长啸高山头。望见南山阳，白露霭悠悠。青皋丽已净④，绿树郁如浮。曾是厌蒙密⑤，旷然销人忧。

【注释】

①危径：险峻的山路。

②回环：反复、来回。

③静言：沉静地思考。

④青皋：山林、山野。

⑤蒙密：茂密的草木。

【译文】

险峻的山路大概有几万个弯，走了几里路就休息了三次。回过头去寻找一起的旅伴，他们隐隐地显现在林丘中。松上的雨飒飒作响，石间的流水潺潺地流淌。在深僻的溪水边安静地沉思，在高高的山头上放声长啸。远远望见南山上的太阳，山中白露的雾气缥缈无定。青翠的山野明丽清净，绿树葱郁却显得轻飘飘的。曾经厌恶树林茂密，旷然的山景消除了我的烦恼。

【赏析】

这首五言诗语词清丽，在风格、语词上借鉴了两晋六朝的五言诗。"静言深溪里，长啸高山头"两句借鉴了陆机《猛虎行》"静言幽谷底，长啸高山岑"，其中一些在今天的读者读来颇有生新之感的语词，是六朝诗文的常用词，如"青皋"一词，曾出现在南朝齐王融《拜秘书丞谢表》中："所以钦至道而出青皋，捨布衣而望朱阙"，也曾出现在南朝齐谢朓《和王长史卧病》中："青皋向还色，春润视生波"还曾出现在南朝梁江淹的《萧太傅东耕呪文》中："命彼倌人，税于青皋。"再如"蒙密"一词，曾出现在南朝宋范晔《乐游应诏诗》中："遵渚攀蒙密，随山上岖嶔。"也曾出现在北周庾信《小园赋》中："拨蒙密兮见窗，行欹斜兮得路。"唐代的诗人学习、借鉴六朝优秀的文学作品是正常而自然的事情。王维此诗在风格、语词上仍在前人的苑囿之中。

青溪

【原文】

言入黄花川①，每逐青溪水。随山将万转，趣途无百里。声喧乱石中，色静深松里。漾漾泛菱荇，澄澄映葭苇②。我心素已闲，清川澹如此。请留盘石上③，垂钓将已矣④。

【注释】

①言：发语词，无意义。

②葭苇：芦苇。

③盘石：磐石，大石头。

④垂钓：用以形容隐居生活。汉代隐士严光与东汉光武帝刘秀是同窗好友。刘秀即位后，多次延聘严光出仕，但他拒绝出仕，隐居富春山耕读垂钓。

【译文】

进入黄花川，多次到青溪泛水游玩。青溪水随着山势，转弯多得数不过来，但一共没有一百里长。水声在乱石中喧哗，水色在深松之中显得沉静。荡漾的溪水漂浮着菱角荇菜，清澈的溪水中倒映着芦苇。我的心中本来已经很安闲，清秀的河水又如此恬淡。我请求留在大石头上，过着垂钓的隐居生活。

【赏析】

这首清新淡雅的小诗出语平淡、结构简单，但诗味醇厚，意境天然隽永。

诗歌前四句简单勾勒出青溪的地理位置和蜿蜒、短小的主要特点。中间四句具体描写溪水。诗人着笔写溪水，先从"声"写起，"喧"字带来强烈的声感，通过声音，将游人看客的脚步带到了溪水边。然而到了溪边，见到溪水，却云"静"，而不觉"喧"：松林葱郁深密，林中的自然天籁之声，让人的心灵感到安谧。"漾漾泛菱荇，澄澄映葭苇"，菱荇漂浮、芦苇荡漾都是水边最为常见的景象，"漾漾""澄澄"的生动形容，使得读者非常容易就想象出青溪的清素之景。

末四句是诗歌的点睛之笔。就前面八句的景物描写而言，与《自大散以往深林密竹磴道盘曲四五十里至黄牛岭见黄花川》一诗没有显著的水平差异，但《自大散以往深林密竹磴道盘曲四五十里至黄牛岭见黄花川》对人物心境的勾勒有些简单，而此诗将诗人的心境与景境融合在一起："我心素已闲，清川澹如此。"此诗之深妙，正在于诗人恬淡的心境与幽静的景物融为一体，自然入化。

戏题盘石

【原文】

可怜盘石临泉水①，复有垂杨拂酒杯。若道春风不解意，何因吹送落花来②。

【注释】

①可怜：可爱、可喜。盘石：磐石，大石头。

②何因：什么缘故，为什么。

【译文】

可喜磐石临着泉水，又有垂杨拂过酒杯。如果说春风不能了解人的情意，为什么它为人们吹来落花呢？

【赏析】

此诗首句扣题写起，"盘石"二字点题，而"盘石临泉水"点明这块石头的特殊之处、可怜之处。第二句承接盘石写下，石畔复有垂扬。坐在磐石上，临水饮酒，垂杨吹拂，情趣十足。第三句句意一转，春风是否能够通人情呢？此处"春风"承接"垂杨拂酒杯"写来，那么春风吹动杨柳，是为人解意的吗？诗人认为正是这样，并且进一步举例：春风不仅送来杨柳拂杯，又吹送落花为酌饮增趣。总的来说，诗歌句意层层递进地写出了盘石的"可怜"，写出了游人在盘石边饮酒的情趣，诗意跌宕自然。

晓行巴峡

【原文】

际晓投巴峡①，馀春忆帝京②。晴江一女浣③，朝日众鸡鸣。

水国舟中市④，山桥树杪行⑤。登高万井出，眺迥二流明⑥。

人作殊方语⑦，莺为故国声。赖多山水趣，稍解别离情。

【注释】

①际晓：黎明。巴峡：巴县以东江面的石洞峡、铜锣峡、明月峡。

②馀春：春余，春天将尽未尽之时。

③浣：洗。

④水国：水乡。

⑤树杪：树梢。

⑥眺：望，往远处看。迥：远。二流：两条河流。

⑦殊方：远方，异域。

【译文】

黎明到达巴峡，在暮春中回忆京城。晴天的江边一位女子在浣洗衣物，朝阳升起公鸡纷纷啼鸣。水乡的人们在舟上举办集市，行走在山里架到树梢之上的桥梁中。登上高处万户人家尽收眼底，眺望远方两条江水熠熠闪耀。人们说着异域的方言，黄莺的啼鸣却和故国的一样。好在这里多有山水之趣，可以稍稍缓解我离别的愁情。

【赏析】

这首诗歌是五言律诗中的排律。虽然连续的对仗要求增加了排律的创作难度，但是工稳有致的对仗，特能使诗歌秀拔匀称，王维的这首五言排律就做到了这一点。

此诗的笔法安排颇见作者的诗歌创作技巧。诗歌首联交代了主要事件：游人离开京城在暮春远赴巴峡。第二联"晴江""朝日"回扣"际晓"展开，第三联"水国""山桥"与"巴峡"对照，而"水国"上承晴江之景，"山桥"下启登高所见，下一联"眺迥二流明"一句，又将山与水写到了一起。第五联"殊方"对应"巴峡"，"故国"对应"帝京"，对黄莺啼鸣的描写照应暮春这一时间点。尾联以"山水趣""别离情"，平实地收束了全诗的内容。从章法上来讲，此诗的语词安排特别稳妥；从对仗上而论，此诗中间四联对仗都极其工稳，并且两次用少量巧对多量："一女浣"与"众鸡鸣"，"万井出"与"二流明"，对得富有诗趣。

此诗每一联都极富画面感，每一联都从眼前景物写起，将诗句铺排得摇曳多姿。诗歌第二联物象选取特别贴近生活：女子洗衣服，公鸡报晓，富有生活情调，而第三联与第二联同样就旅途所见写起，却写出一种异域情调："水国舟中市，山桥树杪行"，联系巴峡的地貌特征，这些远方的奇观又是合情合理的。第四联描写登高之所见，在巴峡远眺之所见，就万户人家、大江大河两点而论，与其他一些地方没有特殊性可言，而第五联却写出了作者在巴峡的特殊感受：对当地人的方言感到生疏，然而莺啼却与京都没有什么不同。这些听不懂的方言、似曾听闻的莺啼，勾起了游人深深的别离之情，而前诗中描写的山水景物，都被染上了诗人的愁情。

韦给事山居

【原文】

幽寻得此地，讵有一人曾。大壑随阶转，群山入户登。

庖厨出深竹①，印绶隔垂藤。即事辞轩冕②，谁云病未能③。

【注释】

①庖厨：厨房。

②轩冕：古时卿大夫的车子和礼帽。用来代指官位爵禄或显贵的人。

③病：感到为难。

【译文】

寻找幽静的地方来到这里，这里仿佛没有一个人。（在山居中）循阶转性，处处见到幽深的山谷，群山似欲入门而来。厨房位于深密的丛竹中，（房中）垂藤垂下，遮盖了宾客的印绶。眼前的事物让人忘记官场之事，好像是一件不怎么难的事情。

【赏析】

"山居"诗，容易被认为是向往隐逸的诗。这首诗中写出山居幽奇深秀的气质，苍翠满眼的美景，然而这位韦给事是不是向往隐居呢？

韦家在唐代是非常显赫的世家，当时俚语云："城南韦杜，去天尺五"，韦家在当时亲近皇权，社会地位极高。给事中在唐代是皇帝的近臣，伴随皇帝左右，是门下省的重要职位。韦给事修建山居，其目的恐怕不是辞职隐居，而是为自己建造一个别馆，在日常官场生活之余，高雅又有情调地小憩一番。此诗"大壑随阶转，群山入户登"两句颇为雄阔，"印绶隔垂藤"一句，描写山居环境优雅的同时从侧面衬托出韦给事的显贵。

使至塞上

【原文】

单车欲问边①，属国过居延②。

征蓬出汉塞③，归雁入胡天。

大漠孤烟直，长河落日圆。

萧关逢候骑④，都护在燕然⑤。

【注释】

①问边：聘问、出使边疆。

②属国：附属国。居延：地名，汉有居延泽，唐后称居延海，故址在今内蒙古额济纳旗北境。

③征蓬：随风飘扬的蓬草，比喻漂泊的旅人。

④萧关：古关名。故址在今宁夏固原东南，为自关中通向塞北的交通要冲。候骑：侦察的骑兵。一作"候吏"，是古代掌管整治道路、稽查奸盗或迎送宾客的官吏。

⑤都护：监护。燕然：古山名。即今蒙古人民共和国境内的杭爱山，常用来泛指边塞地区。

【译文】

独自乘着一辆车去慰问边关，经过附属国居延。飘飘飞蓬已经飞出汉地的边塞，归巢的大雁飞向胡地的天空。浩瀚的沙漠中孤烟直上，蜿蜒的黄河上落日浑圆。到萧关遇到了侦察的骑兵，告诉我所监护的地方在燕然山。

【赏析】

开元二十五年（737年）河西节度副大使崔希逸战胜吐蕃，唐玄宗命王维以监察御史的身份出塞慰问。这首诗即作于王维此次赴边途中。

首句"单车欲问边"交代了作诗的缘由，并且写出诗人赴边的孤单感。第二句通过"属国"表明已出边塞，"居延"带来的陌生感，已经让读者初步体会到了旅程之遥远。第三句诗人以"征蓬"自比，写出只身置于塞外的漂泊感与个人置身大漠的渺小感。"归雁入胡天"一句颇有巧思。"归雁"是傍晚回家的大雁，但这些大雁的家，却不是诗人的故土，而是在"胡天"之下。

颈联气韵雄阔，历来备受称赞。《红楼梦》第四十八回里香菱极其喜欢这两句诗，说："'大漠孤烟直，长河落日圆'。想来烟如何直？日自然是圆的。这'直'字似无理，'圆'字似太俗。合上书一想，倒像是见了这景的。要说再找两个字换这两个，竟再找不出两个字来。"那么烟如何"直"呢？大漠上的孤烟，如果走近去看，能够感受到烟气和细微的烟尘荡漾，但对整体形状的把握却不明晰；如果从远方瞭望过去，在风力不大的情况下，烟迹中少许的曲折就会看不清，只能看到一缕烟色直上天空。"圆"写太阳，虽然是俗人也能想到的，但正因如此，这句诗读来倍觉描写贴切，景色如在目前。之所以用"似太俗"的字而不落俗套，要归功于这句诗"大漠""长河"两个物象所营造出来的阔大的空间感。

末句"候骑""都护"一词，照应"问边"之事，"萧关"与"燕然"，则照应中间两联所写的边塞景色。"萧关逢候骑"化用了何逊《见征人分别诗》："候骑出萧关，追兵赴马邑"。结合诗歌全文，诗人大约已经到了蒙古大漠，末句的"萧关"是使用典故代指边关，而不是实际写现今宁夏地区的萧关。

出塞

【原文】

居延城外猎天骄①，白草连天野火烧。

暮云空碛时驱马②，秋日平原好射雕。

护羌校尉朝乘障③，破虏将军夜渡辽④。

玉靶角弓珠勒马⑤，汉家将赐霍嫖姚⑥。

【注释】

①天骄：指匈奴。《汉书·匈奴传》："胡者，天之骄子也。"

②碛（qì）：沙漠。

③护羌校尉：汉代武官名，汉武帝置，秩二千石，奉命保护西羌。乘障：同"乘鄣"，登城守卫。障，指边塞上险要之处，别筑为城，障蔽士兵、防御敌人。

④破虏将军：东汉末年临时设立的将军名号，孙坚曾为破虏将军。渡辽：《汉书·昭帝纪》载有"（元凤）三年，……冬，辽东乌桓反，以中郎将范明友为渡辽将军，将北边七郡郡二千骑击之"。这里借用此典故，指渡水击敌。

⑤玉靶：有玉饰的马辔头。角弓：用兽角装饰的良弓。珠勒马：泛指鞍辔华丽的马。珠勒：用珍珠装饰的带嚼子笼头。

⑥霍嫖姚：指西汉名将霍去病，曾任嫖姚校尉，后世称其为霍嫖姚。十七岁初次征战即率领八百骁骑深入敌境数百里，把匈奴兵杀得四散逃窜。在两次河西之战中，霍去病大破匈奴，攻取祁连山。在漠北之战中，霍去病封狼居胥，大捷而归。

【译文】

居延城外，自称天之骄子的胡人在打猎。白草生满绵延的山坡，山坡上烧起了围猎的野火。夕阳下，空旷的大漠中他们不时驱赶着马匹，秋天里，开阔的平原中正好射雕。护羌校尉一大早就登上障城防御，破虏将军趁着夜晚渡水袭击。朝廷将要赐下玉靶、角弓、珠勒马等宝物，赏给猛将霍去病。

【赏析】

河西节度使崔希逸于开元二十五年（737 年），袭击吐蕃，大胜，唐玄宗派遣王维等为使者，出塞慰问。

汉武帝时，霍去病在河西地区大破匈奴，汉朝控制了河西张掖等地区。西汉太初三年（公元前 102 年）强弩将军路博德筑居延塞，位于当时的张掖郡内。居延之名，可能来源于匈奴语。居延城附近有古代额济纳河注入形成的高原内陆湖泊，虽然在汉唐时期归属朝廷治下，但屡遭游牧民族的袭扰。开元末期，主要是吐蕃族频繁在西北与唐朝发生战争。在骁勇好战这一点上，唐代的吐蕃人与汉代的匈奴人颇为相近，所以诗人用"天骄"这一匈奴人的称号来形容吐蕃人。诗中提到的"白草"是北方草原上的一种野草，干枯后呈白色。吐蕃人围猎，已经来到唐代的边塞，并且采取了一种原始而有效的围猎方式：放火来逼出猎物。然而，山连山的干草，遇上围猎的猎火，必成燎原之势。吐蕃游猎过后，寸草不留的土地上，居延的百姓又如何过活呢？更何况，游猎的人也会时不时地劫掠边民。

此诗描写边境扰动，先从吐蕃人的视角写起，自认为是天之骄子，豪情万丈地在茫茫草原上放火围猎（想必收获颇丰），在广阔的大漠中骑着骏马，武艺高超的勇士射下了凶猛的大雕。然而这一切在居延要塞内看来又是怎样的场景呢？塞外的草原上火势燎原，火光冲天，吐蕃人到处驰骋，而原住民无处安身，可能大量逃入塞内，成为难民。

面对骁勇的吐蕃人，唐朝的将军们有条不紊地做着战争准备。登城防御，渡水袭击，调兵遣将颇有方略。"朝""夜"二字，又写出了守边将士的辛苦。这场战争结果如何呢？诗人笔锋一转，写到了朝廷的赐物：精美的马辔头、兽角装饰的宝弓、珍珠装饰的宝马，并且将河西节度使与汉代名将霍去病相媲美，写出了朝廷对边疆大将的重视。

清代方东树极赏此诗，认为此诗"前四句目验天骄之盛，后四句侈陈中国之武，写得兴高采烈，如火如锦，乃称题。收赐有功得体。浑颢流转，一气喷薄，而自然有首尾起结章法，其气若江海之浮天。"（引自《唐宋诗举要》）

陇西行

【原文】

十里一走马①，五里一扬鞭。都护军书至②，匈奴围酒泉。关山正飞雪，烽戍断无烟③。

王维诗全鉴

【注释】

①走马：骑马疾走；驰逐。

②都护：官名。汉宣帝置西域都护，总监西域诸国，并护南北道，为西域地区最高长官。唐王朝效仿汉代都护府的建制，分别设立了安西、安北、安东、安南、单于、北庭六大都护府。

③烽戍：设置烽火，驻兵防守之处。古代在边境建造的烽火台，通常在台上放置干柴，遇有敌情时则燃火以报警。

【译文】

十里的路程疾驰而过，五里的距离只不过挥鞭的一瞬。都护的军报到了，匈奴围困了酒泉。关隘山岭正是漫天飞雪，烽火信号断了看不到烽烟。

【赏析】

《陇西行》是古乐府旧题，陇西地区大致位于甘肃兰州、天水地区，在唐代属于边疆区域。

此诗语言干净利落，构思精巧。诗歌一开始先声夺人，描写一人疾驰而来，五里、十里只在走马扬鞭的一瞬间。这种夸张的语言渲染带给读者一种冲击力，同时传达出一种急迫感。三、四两句点明这名骑兵疾驰而来的缘由：送都护的军报，并且军报上说，匈奴人围困了酒泉地区，军情紧急。五句笔锋一转，描写了塞外漫天飞雪的恶劣环境。这一转折并不突兀，因为古人在军情紧急时，会燃放烽火传递信息，军官接到紧急军报，远望关山却只见漫天飞雪，气候恶劣到根本看不见烽火的踪迹。这就更突出了这份军报的紧要。同时，可以想见在这样恶劣的天气下，"十里一走马，五里一扬鞭"疾驰而来的使者，在路上有多么艰辛。

陇头吟

【原文】

长安少年游侠客，夜上戍楼看太白①。陇头明月迥临关②，陇上行人夜吹笛。关西老将不胜愁③，驻马听之双泪流。身经大小百馀战，麾下偏裨万户侯④。苏武才为典属国⑤，节旄落尽海西头⑥。

【注释】

①戍楼：边防驻军的瞭望楼。太白：星名，即金星。又名启明、长庚。古代星象家以为太白星主杀伐，多以"太白"与兵戎相关联。

②陇头：陇山。大致位于宁夏、甘肃、陕西三省交界处。

③关西：指函谷关或潼关以西的地区。

④麾下：将旗之下、部下。偏裨：偏将，裨将。将佐的通称。万户侯：封地万户之侯，有时用来泛指高爵显位。

⑤苏武：字子卿，汉武帝天汉元年（前100年）奉命以中郎将持节出使匈奴，被扣留。匈奴贵族多次威胁利诱，欲使其投降；后将他迁到北海（今贝加尔湖）边牧羊，扬言要公羊生子方可释放他回国。苏武历尽艰辛，留居匈奴十九年持节不屈。至汉昭帝始元六年（前81年），方获释回汉，拜官典属国。典属国：负责附属国的官员，俸禄二千石，与万户侯有很大的差距。

⑥节旄（máo）：旌节上所缀的牦牛尾饰物。旌节是指古代使者所持的

节。海西：指西域一带或位于我国西方的国家。

【译文】

曾经是长安城中的少年游侠，夜晚登上边塞的戍楼眺望太白星。陇头的明月遥遥地照着关塞，陇上出行的人在夜晚吹笛。关西的老将军不禁愁绪万千，停下马倾听（笛声）流下两行泪水。亲身经历大大小小一百多场战斗，当年的部下、副将都已经官至万户侯了。而像苏武这样的人才仅仅官拜典属国，当年旌节上的毛饰都在海西尽头落光了。

【赏析】

这首怨婉的边塞诗虽然篇幅不长，但是笔法奇特。

诗中先后出现了三个不同身份的人：对边塞世界充满幻想的少年、陇山地区远行的人、驻守边塞的老将。在诗句的起笔中，少年游侠趁着夜色登上戍楼眺望星辰，诗句中充满着浪漫的气息和跃跃欲试的少年激情。通过瞭望之所见，第三句将诗歌视点转换到了月色下的边塞大地，进而引出了这片大地上的行人。行人思念家乡，吹起笛子。在一、二两句的少年人看来，这样的景象新奇而浪漫，但同样听到笛声的老将军，却情不自禁地流下了泪水。诗人巧妙地用一片笛声，将三种不同身份的人，串联在一起，读者读后感慨无限。

诗歌后半部分的描写重点放到了老将身上。这位老将身经百战，有的部下已经享受高爵厚禄，但他却仅仅是一个小官而已。"麾下偏裨万户侯"暗用了李广的典故，李广身经百战却不得封侯，他曾经抱怨"自汉击匈奴而广未尝不在其中，诸部校尉以下，才能不及中人，然以击胡军功取侯者数十人"，自己却"然无尺寸之功以得封邑"，可以想见其心中的愤懑不平。"老将"与李广有着类似的遭际，他用苏武的典故安慰自己：苏武在匈奴十九年坚贞不屈，回国也仅仅被封为典属国而已。用古人遭遇的不公来安慰自己的遭遇，在旁观者看来，更增一分凄凉之感。

老将行

【原文】

少年十五二十时，步行夺得胡马骑。射杀中山白额虎①，肯数邺下黄须儿②。一身转战三千里，一剑曾当百万师。汉兵奋迅如霹雳，虏骑崩腾畏蒺藜③。卫青不败由天幸，李广无功缘数奇④。

自从弃置便衰朽，世事蹉跎成白首。昔时飞箭无全目⑤，今日垂杨生左肘⑥。路傍时卖故侯瓜⑦，门前学种先生柳⑧。苍茫古木连穷巷，寥落寒山对虚牖⑨。誓令疏勒出飞泉⑩，不似颍川空使酒⑪。

贺兰山下阵如云，羽檄交驰日夕闻⑫。节使三河募年少，诏书五道出将军⑬。试拂铁衣如雪色，聊持宝剑动星文⑭。愿得燕弓射天将⑮，耻令越甲鸣吴军⑯。莫嫌旧日云中守⑰，犹堪一战取功勋。

【注释】

①中山：山中。白额虎：猛虎。

②邺下：指邺城，献帝建安年间，曹操受封魏公，据守邺城。古城在今河南安阳一带。黄须儿：曹操次子曹彰。曹彰长着黄色胡须，性情刚勇，受到曹操称赞。

③崩腾：奔腾。蒺藜：古代用木或金属制成的带刺的障碍物，布在地面，以阻碍敌军前进。因与蒺藜果实形状相似，故名。

④天幸：上天垂幸。据《史记·卫将军骠骑列传》载，霍去病敢于经

常深入敌军，"军亦有天幸，未尝困绝也"，清人赵殿成指出，"天幸"是霍去病的事迹，但后世之人在使用这个典故时，误用到了卫青身上。卫青、霍去病二人列传是合并的，可能是导致这种讹误的原因。数奇：命数不好。《史记·李将军列传》载，李广骁勇善战，令匈奴畏惧，认为他是汉朝的飞将军。李广身经百战，有胜有败，甚至曾经被俘逃走，虽然勇猛，但论功没有得到封侯。元狩四年（公元前119年），六十岁的李广跟随大将军卫青出征匈奴，出征前汉武帝私下里告诫卫青，认为"李广年老，数奇，毋令当于单于"，这次出征时，李广的部队迷路，没有赶上战斗，李广羞愤自杀。

⑤飞箭：当作飞雀。《帝王世纪》记载，吴贺让后羿射雀鸟的左目，后羿误中右目，后羿感到很惭愧，终生难忘。诗中指老将箭术高超，能射中雀眼。

⑥垂杨生左肘：垂杨，柳树的别称。《庄子·至乐》："支离叔与滑介叔观于冥伯之丘、昆仑之虚，黄帝之所休。俄而柳生其左肘"，柳是"瘤"的假借字，此处指老将久不习武，肘上肌肉松弛如生肉瘤。

⑦故侯瓜：《史记·萧相国世家》载，秦国的侯东陵侯在汉朝种瓜为生。"召平者，故秦东陵侯。秦破，为布衣，贫，种瓜於长安城东，瓜美，故世俗谓之'东陵瓜'，从召平以为名也。"

⑧先生柳：陶渊明宅边有五棵柳树，作《五柳先生传》以述其归隐之志。

⑨牖（yǒu）：古建筑中室与堂之间的窗子，后泛指窗。

⑩疏勒出飞泉：疏勒，古西域诸国之一。《后汉书·耿弇传》载，耿恭（耿弇的侄子）守疏勒城时，城下涧水为匈奴人占据，城中严重缺水，耿恭仰天长叹，说："闻昔贰师将军（指西汉李广利）拔佩刀刺山，飞泉涌出；今汉德神明，岂有穷哉"，后来终于挖到水泉，兵民欢呼。

⑪颖川空使酒：《史记·魏其武安侯列传》载，汉将军灌夫，颖川人，

"为人刚直，使酒。"使酒，趁着酒劲发脾气。灌夫喝多了骂丞相田蚡，被杀。

⑫羽檄：古代军事文书，插鸟羽以示紧急，必须迅速传递。交驰：交相奔走，往来不断。

⑬节使：节度使。三河：黄河、析支河、湟河。五道：五路，此处指分道出兵。

⑭星文：星象。

⑮燕弓：燕地所产的弓。指良弓。

⑯越甲鸣吴军：《说苑·立节》载，越国甲兵攻打齐国，雍门子狄打算引罪自裁。齐王认为尚未兵败，为何引罪？雍门子狄认为越人已经骚扰到了君上，作为臣下是有罪的。诗中谓耻于让敌人入境，惊扰君王。吴军：一作"吾军"。

⑰旧日云中守：指魏尚。云中，在今内蒙古托克托东北。《汉书·冯唐传》载，魏尚在汉文帝时期任云中太守，上报杀敌功绩时，因为上报数字与实际数字差了六颗头颅，被削职查办。冯唐认为处理不当，上奏文帝。文帝令冯唐持节恢复了魏尚云中太守的官职。魏尚将云中郡治理得很好，而且整军严明，令匈奴人不敢靠近骚扰。

【译文】

年方十五、二十的少年时代，曾经徒步夺得并骑走胡人的马匹。用箭射死过山中的白额虎，论英勇岂能只数邺下的曹彰。亲身辗转于三千里的边境上作战，曾经一剑能抵挡百万雄师。汉军振奋而迅速犹如霹雳，胡虏的骑兵害怕蒺藜军障四散奔逃。卫青没有败绩是上天垂幸，李广没有功绩是命运不好。自从遭到朝廷弃置，身体逐渐衰老腐朽，在世俗杂务中蹉跎岁月，头发已经斑白。以前能射中天上飞雀的眼睛让它双目不全，现在左肘生出了肉瘤。有时候在路旁像东陵侯那样卖瓜，在自家门前学着像陶渊明那样种些柳树。一片苍茫的古木连着我冷僻简陋的小巷，冷落寂静的山对着我空空的窗户。发誓要在疏勒凿出泉水，不像灌夫那样只是借酒使气。贺兰山下兵阵如云，紧急的军事文书日夜不断地交相传递。节度使在三河地区招募年轻人，皇帝命令将军兵分五路进军。试着拂拭我色如白雪的铁甲，随手挥舞我的宝剑似乎震动了星象。希望得到良弓射下天将，羞于让敌军铠甲的碰撞声到达我国。不要嫌弃旧时云中太守那样的老将，他仍然能够一次作战就建立功勋。

【赏析】

此诗共分三章，每章五句，每章末句为过渡句。诗意层层递进，愈出愈奇。一位英勇无比的少年，一生东征西战，却没有因功得到封赏，被朝廷弃用后在乡下种田种瓜。边疆军情紧急之时，当年的英勇少年已经变成白头老将，他强烈地希望能够再赴战场，为朝廷赴汤蹈火。

诗题"老将行"，而起笔先从老将少年之时写起，一层层展现出老将年轻时能力出众："射杀中山白额虎，肯数邺下黄须儿"，主要写其武艺高强。"一身转战三千里，一剑曾当百万师"，突出了他作为战士的战斗意志和功绩。"汉兵奋迅如霹雳，虏骑崩腾畏蒺藜"，主要说明他作为将领的军事能力：能够迅速调动军队，而且善于运用器械作战。然而这样的将才，却运气不佳（对朝廷封赏不公的委婉说法），在战争告一段落时在家闲居。老将的境遇不佳，也是一层层地展开描写："昔时飞箭无全目，今日垂杨生左肘"具体描写其身体衰老，"路傍时卖故侯瓜，门前学种先生柳"主要写其生活窘迫，"苍茫古木连穷巷，寥落寒山对虚牖"写出其门前冷落，交游稀少。虽然老将历经世态炎凉，但他仍然希望建立功业，而不像灌夫那样醉饮放纵。未曾放纵自己的老将，在垂暮之年，重新看到了建功立业的机会：边关再次告急。老将主动请缨，希望报效朝廷。老将的一腔热血，令人感佩。

此诗虽然是古体诗，但广泛使用了对偶句组织诗篇，诗句严整，诗篇转换有法，是一首精雕细琢之佳作。

送张判官赴河西

【原文】

单车曾出塞，报国敢邀勋①。见逐张征虏②，今思霍冠军③。

沙平连白雪，蓬卷入黄云。慷慨倚长剑，高歌一送君。

【注释】

①邀勋：企求功勋。

②张征虏：指三国蜀国名将张飞。刘备占领荆州后任命张飞为宜都太守、征虏将军，封新亭侯。"关羽、张飞皆称万人之敌，为世虎臣。羽报效曹公，飞义释严颜，并有国士之风。"（陈寿《三国志》）

③霍冠军：西汉名将霍去病。十七岁的霍去病被汉武帝任命为骠姚校尉，两次随卫青击匈奴于漠南，与轻勇骑八百直弃大军数百里，斩获敌人2028人，其中包括一些官员和单于的祖父辈族人，并且俘虏了单于的叔父罗姑比，功冠全军，被封为冠军侯。

【译文】

一辆车独自远出塞外，报效国家不敢企求功勋。过去跟随张飞那样的将军，现在打算成为霍去病那样的勇冠全军的人。平坦的沙漠连着漫天的积雪，卷起的飞蓬飞入黄云之中。（我）慷慨地倚着长剑，高声歌唱送您远去。

【赏析】

这首诗为即将出塞的将军送行。首联写张判官一心为国平定边疆，而不是为个人功利单车千里出塞。颔联以"张征虏""霍冠军"的典故作对，使得诗句非常工整。这两位将军除了功业卓著以外，还有着性格上的共同点：勇猛过人。诗人认为，张判官也是一位猛士。颈联描写壮丽的塞外之景：浩瀚的沙漠望不到边，更远的边疆是被白雪覆盖的，气候寒冷恶劣的地方。蓬草被高高地吹到云彩中，但塞外的云彩并不是美丽的白云，天空中飘浮着大量沙尘。景色壮丽开阔，却也分外荒凉。末句没有承接颈联的诗意，而是另起一笔，写诗人送别朋友的情景。朋友要去条件艰苦的地方，但诗人并没有感到悲伤，反而慷慨高歌为他壮行。如此展开结句，既写出了诗人对朋友报国之心的理解与支持，又侧面写出了朋友不畏艰险的勇气。

送平澹然判官

【原文】

不识阳关路①，新从定远侯②。黄云断春色，画角起边愁③。

瀚海经年到④，交河出塞流⑤。须令外国使，知饮月氏头⑥。

【注释】

①阳关：古关名。在今甘肃省敦煌市西南古董滩附近，因位于玉门关以南，故称阳关，后来也用来泛指远方边关。

②定远侯：东汉班超的封号。班超早年家贫，为官府抄书，曾经投笔

感叹："大丈夫无它志略，犹当效傅介子、张骞立功异域，以取封侯，安能久事笔研间乎？"后来投笔从戎，奉使西域，在三十一年间，使西域五十多个国家和汉朝保持贡属或和平关系，极大削弱了匈奴在西域的势力，被任命为西域都护，封定远侯。

③画角：古管乐器。传自西羌。形如竹筒，本细末大，以竹木或皮革等制成，因表面有彩绘，故称画角。发声哀厉高亢，古时军中多用以警昏晓，振士气，肃军容。

④瀚海：唐朝设立瀚海都督府，唐朝管理回纥诸族的羁縻都督府，在今蒙古国境内。

⑤交河：最早是西域36国之一的"车师前国"的都城，因河水分流绕城下，故称交河。唐朝安西都护府最早设在交河故城。位于今吐鲁番市以西。14世纪窝阔台的后裔等经过多年的残酷战争，先后攻破高昌、交河。由于窝阔台后裔受中东伊斯兰教影响皈依伊斯兰教，他们在攻克交河后强迫当地居民放弃传统的佛教信仰，改信伊斯兰教。

⑥月氏头：冒顿即位为单于后，于公元前174年前后，派右

贤王领兵西征，再次击败月氏，杀月氏王，以其头骨制成饮器，迫使月氏西迁。

【译文】

不认得边塞的道路，（您）刚刚跟从像班超那样的将军出征。边疆带沙的黄云隔断了中原的春色，军中画角的声音唤起了边将的忧愁。瀚海要走一年多才到，交河流出塞外。（您）要让那些外国的臣使，知道当年匈奴用月氏王头骨饮酒的暴行。

【赏析】

这位平澹然判官大约曾是一位文臣，但有志向为平定边关作贡献。"不识阳关路"影射出这位判官初到边关，尚不习边事。第二句引用班固的典故，以说明投笔从戎的壮志。虽然班固一开始作为文吏缺乏实际的边关生活战斗经验，但班固凭借自己的勇气和聪明才智，为边境和平做出了卓越贡献。边关生活是苦涩的，"黄云断春色，画角起边愁"悲壮形象地描写出边关生活。中原的春色无处可觅，只有漫天卷着沙尘的黄云。哀厉高亢的画角声传达着军营警示，但也唤起了边关将士的愁苦之情。"断""起"二字工稳贴切，形象生动。第五、六两句进一步突出边关之远，也就进一步加深了第四句提到的"边愁"。末句回写了平判官的职责。虽然边疆苦寒，但平判官要执行朝廷的大计，联络西域各个民族，反抗北方游牧民族的暴行，要让西域民族知晓当年匈奴人的残暴行为，而不要对敌人抱有幻想。因为前六句对边地偏远悲苦的刻画描摹，末句写到平判官守边职责，更见平判官壮怀磊落。

送刘司直赴安西

【原文】

绝域阳关道，胡沙与塞尘。三春时有雁①，万里少行人。

苜蓿随天马②，葡萄逐汉臣③。当令外国惧，不敢觅和亲④。

【注释】

①三春：春季三个月，农历正月称孟春，二月称仲春，三月称季春。

②苜蓿（mù xu）随天马：苜蓿原产西域各国，汉武帝时，张骞出使西域，始从大宛传入。汉武帝听张骞说大宛出产良马，便遣使持千金及金马赴大宛求购。大宛王毋寡爱其宝马，不愿给汉使，汉使以大军将至相威胁。毋寡认为西汉远在东方，不会派大军远袭大宛，乃袭杀汉使，掠走其财物。汉武帝闻使者被杀，财物被劫，先后两次征讨大宛，攻至大宛都城贵山后，汉军与大宛议和，取其宝马数十匹，中等以下马三千余匹。大宛骏马因品种优良，被称为"天马"。

③葡萄逐汉臣：《汉书》记载，张骞出使西域归来，始得葡萄种子，并逐渐在关内地区推广种植。

④和亲：指封建王朝利用婚姻关系与边疆各族统治者结亲和好。历史上大多以公主或将宗室女子封为公主远嫁异国，以换取一定时间的边疆和平。

【译文】

遥远的地方阳关道路绵延，周围只有胡地的沙子和边塞的尘土。春天的时候有燕子飞过，但千里万里的道路上却几乎不见行人的踪迹。苜蓿和天马一起（来到中原），葡萄追随着汉朝使节的脚步。应当令外国感到恐惧，不敢向朝廷寻求和亲。

【赏析】

此诗对塞外景致的描写读来让人觉得酸楚。漫天的沙尘、无边的沙漠、行人稀少的道路、鸣叫高翔的大雁，都是塞外的实境实事。因其景真，故而读者能够身临其境般地感受到塞外使臣的艰辛。清人卢麰、王溥合辑《闻鹤轩初盛唐近体读本》曾载前人评此诗："陈德公（陈仁玉）曰：起二已是纵笔。三四亦错落作对。评：入手苍莽，承以凄楚之联，便觉满目萧条。五六如是直置，引起结绪，章法浑成。"

"苜蓿随天马，葡萄逐汉臣"两句皆与张骞出使西域有关。苜蓿、天马、葡萄都是以西域传入中国，在中原广受欢迎的西域物种。和西域的友好交流对中原文明的发展有促进作用。但张骞与西域结盟的过程比较曲折。汉朝听说匈奴杀了大月氏的国王、侵占了大月氏的领土并用大月氏国王的头骨作饮器，希望联合大月氏抗击匈奴，但张骞历经艰辛来到大月氏，在大月氏待了一年多，发现大月氏新国王满足于新的国土，既无意东还抗击匈奴，也不与汉朝结盟。后来汉朝攻下河西之地，并在漠南大败匈奴主力。张骞此时再次出使西域，西域各国，不仅仅是大月氏，都积极与汉朝结盟。故此诗结句感慨"当令外国惧"。使者此去西域，也是希望与西域民族结盟，但结盟有不同的形式，而和亲是一种不理想的结盟形式。和亲的公主往往要屈从于一些在中原人看来非常屈辱、匪夷所思的习俗，比如王昭君先后嫁给呼韩邪单于和他的儿子，刘细君先后嫁给乌孙王猎骄靡和他的孙子。和亲公主还会携带大量的财物、仆从作为陪嫁。对于朝廷来说，和亲是一种耗费巨大且不甚体面的结盟方式，故而王维希望使臣这次能够谈得更好的结盟条件。

送韦评事

【原文】

欲逐将军取右贤①，沙场走马向居延②。遥知汉使萧关外③，愁见孤城落日边。

【注释】

①右贤：汉时匈奴贵族有"左贤王""右贤王"之号，右贤王省称为"右贤"。汉武帝元朔五年，卫青北伐匈奴，围困右贤王，右贤王独自同他的爱妾、卫兵逃跑，卫青俘虏右贤王的小王十余人，部众一万五千人，以及大量牲畜。

②沙场：指战场。走马：骑马疾走；驰逐。居延：地名，汉有居延泽，唐后称居延海，在今内蒙古额济纳旗北境。

③萧关：古关名。故址在今宁夏固原东南，为自关中通向塞北的交通要冲。

【译文】

想要追随将军攻取右贤王，在战场向着居延海骑马奔驰。可以想见韦评事作为汉使在萧关之外，愁苦地看到城池孤独地耸立在落日边。

【赏析】

诗人作诗送别去边关的韦评事。此诗首两句为其壮行，赞美朋友想要报效边关的志向：想跟随将军捉到敌人首领，驱马千里奔向遥远的边城。

末两句以"遥知"一语，点明是诗人对于远行边关朋友的想象。朋友虽然心志雄壮，但想来孤身在遥远的边城，一定十分想念家乡。无论是建功立业的壮志，还是惆怅悱恻的乡愁，都融入到了壮丽而凄美的边城落日之中。诗人以代人设想的手法，既与远行的朋友共情通感，又从侧面展现了诗人对朋友的关怀与担忧。诗歌巧妙地将韦评事的心怀与诗人的情思结合在一起，而这种结合，正得益于诗人代人设想的写法。

唐代的许多绝句都使用了代人设想的写作技巧。如王维"遥知汉使萧关外"（《送韦评事》）、"遥知兄弟登高处"（《九月九日忆山东兄弟》）与王昌龄"忆君遥在湘山月"（《送魏二》），都以第三句代人设想出远道情景，这种表达方式已经形成一种巧妙的送别诗体例。

渭城曲

【原文】

渭城朝雨浥轻尘①，

客舍青青柳色新。

劝君更尽一杯酒，

西出阳关无故人②。

【注释】

①渭城：秦朝都城咸阳所在地，东汉时并入长安县。位于今日陕西省咸阳市渭城区。朝雨：早晨的雨。浥：湿润。

②阳关：古代关口名，在玉门关以南，位于今天甘肃省敦煌市西南古

董滩附近。

【译文】

　　渭城中的尘土被清早的细雨湿润，旅舍周围的柳树颜色青翠崭新。殷勤地请您再喝完一杯酒，向西走出阳关就难觅往昔友人。

【赏析】

　　《渭城曲》又名《送元二使安西》。"安西"指唐朝的安西都护府，其统辖范围包括今天我国新疆维吾尔自治区以及吉尔吉斯斯坦和哈萨克斯坦的一部分。从题材来看，《渭城曲》属于送别诗。从体裁来看，这既是一首七言绝句，也是一首歌词。《渭城曲》千古传诵的魅力，正与它的题材和体裁密切相关。

　　作为一首送别诗，《渭城曲》是诗人送给即将远行的朋友的作品。这四句诗，同时又是依照一定曲调声腔唱出来的歌词。歌唱的场合，就是送别的宴会。"渭城"表明了将行之人的出发地。"朝雨浥轻尘"似乎象征着送别宴会时的气氛，已经由觥筹交错的热烈，变为诚挚叮咛时的稳重。第二句的"客舍"从侧面点醒"送别"之意。"柳色新"既从实处写出了"朝雨浥轻尘"中的景色，也暗用了《诗经》"昔我往矣，杨柳依依"的典故，专门蕴含着"远行"的意思。

　　第三句"劝君"二字引出了诗人与朋友的互动活动。"更尽一杯酒"的"更"字用得十分精妙，暗示宴会已经进行了不短的时间，而诗人与朋友似乎就要分手告别。第四句的重点在"无故人"。人们往往把此句解读为对独身远游的慨叹，这种理解固然没错，却未必能够完全展现诗句的意思。

　　我们要注意到，《渭城曲》是在送别宴会上唱给远行者听的。在王维生活的盛唐时代，"西出阳关"虽然路途遥远艰苦，却也是建功立业的大好时机。元二既然能够出使安西，必定胸怀抱负而且才能出色；王维为他送行作诗，没有理由在最后引起令人不愉快的情绪。《渭城曲》还有一个名字叫

《阳关三叠》，有观点认为此诗后三句要反复演唱。如果第四句真的只是感叹远游者出关后难逢知己，那么连续歌唱的效果就太压抑了，显然与诗中前两句营造的清新氛围不符。

"西出阳关无故人"固然指出远行者在西域不能像此日宴会时一样，与老朋友把酒倾诉。但"无故人"只是说没有老朋友，并没有笃定不会遇到新朋友。"西出阳关"既是远行者建功立业的开端，又何尝不是结识新朋友的起点呢？结合第三句蕴含的"劝君"深情来看，"西出阳关无故人"更像是诗人在与朋友相视一笑中达成的默契；他们都渴望在新天地中开辟自己的事业，诗人羡慕朋友先获得了机会，于是略有些自嘲又充满向往地表示："老兄你在西域成就功业，老朋友们都没这个机会，只能在这里为你送行啦！"这种进取共勉的精神，恐怕才是盛唐才俊的典型气象。《渭城曲》问世后，广为传诵演唱，也许很大程度上是因为其中的积极精神能令当时的人们产生共鸣吧！

相思

【原文】

红豆生南国①，
春来发几枝。
愿君多采撷②，
此物最相思。

【注释】

①南国：古代指江汉一带的诸侯国。《诗·小雅·四月》："滔滔江汉，南国之纪"，后来也用来泛指我国南方。

②采撷：摘取。

【译文】

红豆生长在南方，春天到了又发了几枝新芽。希望你多多采摘，这红豆最能寄托相思。

【赏析】

这首绝句语词清浅动人。早在唐朝时期，就被谱成歌曲广为流传。据说天宝之乱后，王维在江南遇到著名的乐人李龟年，心中感伤而作此诗。后来李龟年在江南，经常为人演唱它，很多人听到这首诗，追思往事，唏嘘不已。

红豆产于南方，大约在9~10月结果，果实鲜红浑圆，可以串起来作装饰品。为什么说红豆能够寄托相思呢？相传，汉朝时期的闽越国，有一个男子被强征戍边，妻子每日每夜地盼望他归来。后来，同行的那些乡邻陆续归来，唯独她的丈夫久久未归。妻子更加思念丈夫，终日在村口的树下等待，最后哭断柔肠，流出的汩汩血泪，淌入泥土。此后，树上开始生长出一种奇异的小果子，质地坚硬，色泽鲜红如血，晶莹剔透，就被称为"相思子"，也就是现在的红豆。奇怪的是，虽然有这样的传说，但现在的典籍中没有记载，唐朝以前的人也没有吟咏红豆寄托相思的诗句，可能只是一时流行的一种传说，所以记载并不确切。但随着王维这首诗歌的流传，"红豆"这一物象与相思之情紧密关联。人们见到红豆，读到与红豆有关的诗句，往往会思念朋友亲人，但红豆背后的传说，反而少有人知。或许这就是诗歌的力量。

诗人与朋友在南方相遇，"红豆生南国"似是随意选了一样东西，随口讲述其生长的自然之理。"春来发几枝"也只是随口一问，将人代入一片安静祥和的景物中。第三句希望朋友"多采撷"红豆，似乎也是自然而然之事。最后一句"此物最相思"，引得全诗都是相思之情。枝叶繁茂的红豆树，是寄托相思的地方。朋友采撷得多多的红豆，却颗颗都是思念之意，采不完，数不尽。

就写作手法而言，汉代古诗《涉江采芙蓉》与此诗相近："涉江采芙蓉，兰泽多芳草。采之欲遗谁？所思在远道。还顾望旧乡，长路漫浩浩。同心而离居，忧伤以终老。"何物能够寄托相思呢？人的心中有相思之意，手中所采，目中所见，都会引起人的相思之情，都会让千载以后的读者为之动容。

因为这首诗在当时已经成为一种类似于流行歌曲的存在，在传唱的过程中发生了一些词句的变化。有"红豆生南国，秋来发故枝。愿君多采撷，此物最相思""红豆生南国，秋来发几枝。劝君休采撷，此物最相思"等不同的版本。哪个版本最好呢？最能打动人心的，就是最好的。

伊州歌

【原文】

清风明月苦相思，荡子从戎十载余①。

征人去日殷勤嘱②，归雁来时数附书③。

【注释】

①荡子：指辞家远出、羁旅忘返的男子。《列子》载，有人去乡土游于四方而不归者，世谓之为狂荡之人也。从戎：投身军旅。

②征人：指出征或戍边的军人。

③附书：捎信；寄信。

【译文】

清风明月中，我相思正苦，那个狂荡子已经从军十余年了。他出征时我多番嘱咐他，等大雁归来之时，要多多写信给我。

【赏析】

王维的这首绝句语言平易流畅，似从不经意中流出，实为炉火纯青、构思巧妙之笔。

伊州歌，是曲调名。商调大曲。《新唐书·礼乐志十二》载："天宝乐曲，皆以边地名，若《凉州》《伊州》《甘州》之类"。伊州，大致位于今天的新疆维吾尔自治区哈密县。

诗歌前两句描写了一位女子在夜晚思念远征丈夫的情景。清风宜人，明月朗照，良辰美景，却无人陪伴，只有寂寞的相思之情，缠绕着诗歌的主人公。"荡子"这一带有贬义的称呼，传达出一种哀怨之情的同时，又让人感觉是情人间的昵称，二人感情深厚，情意绵绵。"十载余"突出了这种相思漫长的时间跨度，彰显了女子的深情，也可以想见这十年多的相思，有多少深挚与苦辛。

第三句承接第二句的"十载余"，将诗笔倒转到士兵出发之前。十多年前他离开时，女子曾经不厌其烦地嘱咐他要多多写信，"归雁来时数附书"，是女子"殷勤嘱"的内容。然而士兵有没有频繁写信呢？如果没有，是他忘了在家等他归来的女子，还是遭遇了不能写信的意外？抑或这首诗，就是士兵来信之后，女子读信而更添相思的场景呈现呢？诗人并没有对此加以明确交代，为读者留下了想象的空间。

王维的这首绝句，在当时作为歌曲广为传唱。宋代计有功《唐诗纪事》记载："禄山之乱，李龟年奔于江潭，曾于湘中采访使筵上唱云：'红豆生南国，秋来发几枝。劝君多采撷，此物最相思。'又'清风明月苦相思，荡子从戎十载余。征人去日殷勤嘱，归雁来时数附书。'"在座的人听了，无不勾起对往昔盛世的回忆，纷纷叹息垂泪。

送杨少府贬郴州

【原文】

明到衡山与洞庭，若为秋月听猿声。

愁看北渚三湘远①，恶说南风五两轻②。

青草瘴时过夏口③，白头浪里出湓城④。

长沙不久留才子，贾谊何须吊屈平⑤。

【注释】

①北渚：北面的水涯。三湘：指沅湘、潇湘、资湘。湘水发源汇潇水，谓之潇湘；及至洞庭陵子口，汇资江，谓之资湘；又北与沅水汇于湖中，谓之沅湘。

②五两：古代候风的用具。用五两（一说八两）鸡毛制成。许慎《淮南子·注》："綄，候风也。楚人谓之五两也。"

③青草瘴：春夏之交时所生的瘴气。夏口：古地名，位于汉水下游入长江处，由于汉水自沔阳以下古称夏水，故名。

④湓（pén）城：历史古县名，隋大业二年（606年），改彭蠡县为湓城县，均属九江郡。在今江西省九江市瑞昌市境内。

⑤吊屈平：屈平，字原，即楚国诗人屈原。汉文帝四年（公元前176年），贾谊被贬为长沙王太傅，及渡湘水，历屈原放逐所经之地，对前代这位竭诚尽忠以事其君的诗人的不幸遭遇深致伤悼，作《吊屈原赋》。

【译文】

明天您就要到衡山和洞庭湖那边去了，怎堪对着秋天的月亮，听着凄厉的猿声呢。忧愁地看着北面水涯，三湘路途遥远，厌恶地说起楚国正是候风吹拂。瘴气弥漫青草的时候经过夏口，浪花如白头时离开湓城。长沙不会久留才子的，不必像贾谊一样凭吊屈原。

【赏析】

郴州市位于湖南省东南部。唐代时期的气候和现在的气候有一定差异，竺可桢先生认为，公元7世纪是一个温暖湿润的时代。高温湿润的南方地区在当时被认为气候不太宜人，瘴气丛生。王维的朋友被任命为郴州知府，即朝廷将此人排挤到了条件比较恶劣的地方当官。王维作此诗送别朋友。

　　首句首先排列出朋友途中经过的名山大川：衡山与洞庭，在崇山峻岭与潺潺湖泽间，伴随朋友的是凄厉的猿声。古人认为，猿叫声凄凉背上，引人落泪。郦道元《水经注》引民歌云："巴东三峡巫峡长，猿鸣三声泪沾裳"，远谪之人，望着秋月，听着猿声，心中无限孤寂愁苦。由于人心中的愁苦，所以看到湘水，吹到楚风，都觉得难受。

　　颈联继续描写朋友旅游的艰辛。作者采取了类似作画的手法，第五句"青草瘴"将夏口地区写入一片青翠朦胧之中，然而，这种青草色中，却伴随着致命的瘴气。第六句将溢城置于白浪滔天的景象中。若只是观景，尚觉景色壮丽，可是作为乘坐小船的乘客来说，这一景象足以让他提心吊胆。前四句只是写旅人的愁苦之情，而五六两句，则写到了旅途中实际存在的凶险，将诗意更推进一层。

　　尾联作者没有继续对朋友旅途中的见闻、感受和遭遇进行想象描写，笔锋一转，用贾谊的典故宽慰朋友。贾谊受到汉文帝赏识，很快升任太中大夫，但也因此受到大臣周勃、灌婴排挤，被谪为长沙王太傅，后世因此称贾谊为贾长沙、贾太傅。贾谊任长沙王太傅三年后，被召回长安，为梁怀王太傅。但不

幸的是，梁怀王坠马而死，贾谊深感歉疚，抑郁而亡，年仅 33 岁。贾谊曾在长沙王太傅任内，凭吊同样遭受朝廷排挤的诗人屈原。贾谊自入朝之后，一直受皇帝赏识，他被贬谪是朝廷势力角逐的结果，皇帝本人是有意重用贾谊的，所以仅三年之后就召回了贾谊。诗人最后用贾谊的典故宽慰朋友，作为受到赏识的才子，远谪郴州的日子并不会太久。

无论人生境遇如何，一个人是不宜一直沉溺于悲伤之中的，作诗亦如此。人遇到不顺心的事情应该自己去想开、看开，作诗也不宜一味地悲伤凄凉，尤其是赠予逆境中的朋友的诗歌，应当像王维在这首诗中一样，尝试写出了对朋友的同情、理解和宽慰。

送宇文太守赴宣城

【原文】

寥落云外山①，迢递舟中赏②。铙吹发西江③，秋空多清响。地迥古城芜，月明寒潮广。时赛敬亭神④，复解罟师网⑤。何处寄相思，南风吹五两⑥。

【注释】

①寥落：稀疏貌。

②迢递：遥远貌。

③铙（náo）吹：铙歌。军中乐歌。为鼓吹乐的一部分。所用乐器有笛、觱篥、箫、笳、铙、鼓等。

④赛：祈福于神而后以祭祀来报答称为"赛"。敬亭神：敬亭山山神。敬亭山在安徽省宣城县北。

⑤罟师网：渔夫的渔网。

⑥五两：古代的测风器。鸡毛五两或八两系于高竿顶上，借以观测风向、风力。

【译文】

稀疏可见云外的山峰，遥遥地在舟中欣赏景致。铙歌在西来的江水上吹奏，清脆而响亮地荡漾在秋日的天空中。地方偏远古城荒芜，月光明亮、寒潮广阔。时时祭祀敬亭神，反复了解渔夫们打鱼的情况。如何才能寄托我的相思呢？只见南风轻轻吹着五两鸡毛。

【赏析】

这首送别诗清秀俊雅，有着淡淡的忧愁而不悲伤。诗歌对宇文太守行程的描写充满情致：在舟中观赏云山，倾听铙歌。然而宇文太守要去的地方比较偏远荒芜，但这不影响宇文太守的一腔热情，他仍然打算致力于民生事业。经过作者的敷写，一位情志高雅、关爱百姓而不过分沉溺于个人得失的士大夫形象跃然纸上。诗人料想自己一定会想念这样的朋友，或许南风能够带着诗人的思念，吹向遥远的地方吧。

送赵都督赴代州得青字

【原文】

天官动将星①，汉上柳条青②。

万里鸣刁斗③，三军出井陉④。

忘身辞凤阙⑤，报国取龙庭⑥。

岂学书生辈，窗间老一经⑦。

【注释】

①天官：朝廷官员。《史记》有《天官书》，司马贞《史记索隐》解释说："天文有五官。官者，星官也。星座有尊卑，若之官曹列位，故曰天官。"将星：古人认为帝王将相与天上星宿相应，将星即象征大将的星宿。

②汉上：汉江岸上。

③刁斗：古代行军用具。斗形有柄，铜质；白天用作炊具，晚上击以巡更。

④井陉：山名。太行山的支脉。有要隘名井陉口，又称土门关。秦汉时为军事要地。

⑤忘身：奋不顾身；置生死于度外。凤阙：汉代宫阙名。

⑥龙庭：匈奴单于祭天地鬼神之所。

⑦一经：一种经书。汉代任命在学术上能够专通一经的人为博士，从事教授生徒的工作。

【译文】

朝廷调动大将，正逢汉水岸上杨柳青青的季节。万里征程上刁斗击鸣，三军从井陉口出征。抱着奋不顾身的精神辞别宫廷，为了报效国家直取龙庭。怎么能学书生那样，在书窗下研究一种经术直到老去。

【赏析】

代州大致位于今天山西省东部，唐朝时，代州北部与突厥相邻，两国不时发生冲突。赵都督被派遣到代州作战，许多官员为他作诗饯行。当时送别赵都督的官员们，按照分韵的规则作诗，即作诗时先规定若干字为韵，各人分拈韵字，依韵作诗。王维分到了"青"字。

此诗笔力雄大。首句以"天官""将星"这种华丽之词，写出一种高大威严的气势。三、四两句以"万里""三军"两个带有数字的词，描摹出赵都督的部队雄阔的行军场面。五、六两句重点描摹赵都督忘身报国的精神。结句暗扣班超"投笔从戎"的典故，再次突出赵都督的英勇气质。

早秋山中作

【原文】

无才不敢累明时，思向东溪守故篱。

岂厌尚平婚嫁早①，却嫌陶令去官迟②。

草间蛩响临秋急③，山里蝉声薄暮悲。

寂寞柴门人不到，空林独与白云期。

【注释】

①尚平：汉代隐士。嵇康《高士传》记载："尚长，字子平，河内人。隐避不仕，为子嫁娶毕，敕家事断之，勿复相关，当如我死矣。"

②陶令：陶渊明。因东晋官场昏暗，弃官归隐。

③蛩响：蛩，指蟋蟀。蛩响即蟋蟀鸣叫之声。

【译文】

没有才华的我，不敢误累政治清明的时代，考虑回到东溪，守着家乡的篱笆。尚平为主持子女的婚事，并嫌不早，我倒觉得陶渊明弃官有些嫌迟了。草间的蟋蟀，因为秋天的来临急促鸣叫，山中的蝉声在夕阳下悲鸣。柴门简陋，常人不到访，分外寂寞，空旷的林中，我独自与白云相期相会。

【赏析】

王维的田园诗，以描写景物清新秀丽著称，但在妙笔的背后，王维实际上并不为回归田园感到无比快乐，他的归隐，是一种无奈之举。一代贤相、风度翩翩、能力才华俱佳的张九龄被排挤出京城，"口蜜腹剑"的小人李林甫成为宰相。面对这样的朝局变动，任何有识之士都会感到郁闷。

首联王维自谦才华不够，不敢拖累清明的朝局，这是王维为归隐准备的说辞。第二句承接首句，并切入题目：东溪、故篱，是山中之景物。颔联之中，作者引用汉代的隐士尚长为儿子娶妻之后才归隐这一典故，说明自己已处理完家庭事务，可以无所牵绊地归隐；陶渊明世称其高洁，而作者"嫌"他"去官迟"，突出了作者归隐的急切心情。

颈联以写景展开归隐之后的生活，贴合题目中的"早秋"二字：蟋蟀往往在早秋鸣叫，声音急促；因为是早秋，蝉的生命已经进入尾声，所以秋蝉的声音，听来让人觉得悲凉。第七句承接颈联，颈联描写山景，是无人迹的山景，七句则点明"人不到"，在寂寞凄清的山林之中，作者与白云相期相会，虽然孤单，却别有一番韵味。归隐的自在与安静，正是在朝任职时难以寻觅得到的感觉。

寄荆州张丞相

【原文】

所思竟何在？怅望深荆门①。

举世无相识，终身思旧恩。

方将与农圃②，艺植老丘园③。

目尽南飞雁，何由寄一言！

【注释】

①荆门：山名，在湖北省宜都县西北长江南岸，与北岸的虎牙山相对，唐人也称荆州为荆门。

②与农圃：做耕田种菜之事，指隐居躬耕。

③艺植：种植。丘园：家园、乡村。

【译文】

我所思念的人在哪里呢？我怅然遥望叠嶂深处的荆门山。普天之下没有人赏识我，您对我的提拔让我终生感激。如今您已远去，我也将要隐居种田，终老家乡。南飞的大雁渐渐飞到视野尽头，可是怎样才能将我的心语传达给您呢？

【赏析】

开元二十二年（734年），张九龄为中书令，次年擢王维为右拾遗。在政坛上，张九龄对王维有着深厚的知遇之恩。开元二十五年（737年）四月，张九龄因所荐监察御史周子谅忤旨，被贬为荆州大都督府长史。自此，朝廷上的大臣多求自保，而不再敢直谏于皇帝（《资治通鉴》："九龄既得罪，自是朝廷之士，皆荣自保位，无复直言。"）。朝局渐渐地陷入李林甫等小人之手。王维思念恩公和过去朝政清明的时代，对当下朝局失望透顶，逐渐远离朝局，过着半仕半隐的生活。

此诗首句借用了古人现成的乐府诗句——"所思竟何在，洛阳南陌头。"（沈约《临高台》）"所思竟何在？相望徒盈盈。"（刘孝绰《歌行》）相比于律诗诗句，南朝乐府诗句更接近于口语，律诗中以乐府诗句开篇，使得诗意流转而富有情韵。诗人举目远望，而以"深"字写远望之景，将荆门山写出悠远渊然的意蕴。张丞相对诗人有着举世无双的恩情，可是皇帝被小人迷惑，诗人有什么办法呢？只能归隐田园。诗人最后说"何由寄一言"，感觉南飞的大雁难以传达自己的心意，这份心意中，既有对恩公的挂怀与思念，也有一言难尽的苦衷。同时，尾联的"目尽南飞雁"一句，与"怅望深荆门"严密照应："目尽"对应"怅望"，"南飞雁"对应"深荆门"，"何由寄一言"一语收束中二联对张丞相与王维故交以及王维无奈归隐现状的描写，精工有致。能以精工之笔写诗，却带给读者平淡自然之感，可以说诗人达到了非常高的创作境界。

送张五归山

【原文】

送君尽惆怅，复送何人归。几日同携手，一朝先拂衣①。

东山有茅屋，幸为埽荆扉②。当亦谢官去③，岂令心事违。

【注释】

①拂衣：振衣而去。谓归隐。古代士大夫宽袍大袖，举止温和，激动或愤激时衣服挥动。"拂衣而去"，从"生气地挥衣离开"意引申出辞官归去意。

②幸：希望。

③谢官：辞官。

【译文】

送别您心中满是惆怅，不知道还要送何人离开。往日里我们携手相伴，一时之间您已辞官归去。我在山上也有几间茅屋，希望能够洒扫柴门院落。应当与您一同辞官归隐，怎能违拗自己的心事。

【赏析】

天宝年间张五（即张諲）辞官归隐。当时朝局动荡，李林甫之流的小人当道，不少士大夫失望辞官。王维首句说"送君尽惆怅，复送何人归"，写出这一时期王维的旧友多有辞官归隐者，今天送别张五，说不好明天哪个朋友又要辞官远去，心中非常难受。三、四两句"携手"一句写出友人和王维的往日友情，"一朝"突出变化之迅速，"拂衣"写出友人心中的激愤。诗歌前半部分尽写诗人送别友人的惆怅与伤感，而长安城里风云诡谲也被侧面写出。诗歌下半部分描写诗人也想像张五一样，归隐田园。此诗围绕送别友人的伤感心境展开描述，而在这些描述中，流露出诗人对时局的失望之情。

送张五諲归宣城

【原文】

五湖千万里，况复五湖西。渔浦南陵郭①，人家春谷溪②。
欲归江淼淼③，未到草萋萋④。忆想兰陵镇⑤，可宜猿更啼。

【注释】

①南陵郭：指南陵戍。晋置，故城在今安徽省繁昌县西北。唐时宣城府下辖南陵县。

②春谷溪：宣城境内溪流。谢朓《宣城郡内登望诗》："山积陵阳阻，溪流春谷泉。"

③淼淼：水大貌。

④萋萋：草盛貌。

⑤兰陵镇：兰陵一般指今山东省兰陵县，东晋年间兰陵已不归其所辖，东晋在今江苏省武进地区设南兰陵郡。

【译文】

五湖离京城有千万里之遥，何况你要到五湖西边去。渔人在南陵城郊打鱼，百姓人家在春谷溪生活。想要归去正逢江水滔滔，还没到宣城草已经茂密蔓然。想您辞别友人到兰陵镇，哪堪再听到凄厉悲切的猿啼声。

【赏析】

这首诗围绕送别主题，紧扣"宣城"展开。与《送张五归山》不同的是，此诗没有特别直露的情感表达，但前代的诗家对这首诗的评价很高。

前代的诗家主要欣赏这首诗的章法，例如黄培芳在《唐贤三昧集笺注》中分析此诗："起首远意。句法第三字用实字，最有力，下用叠字，更动荡。施于五六，尤得解。"屈复《唐诗成法》云："一二已虚写宣城，三四实接，五六复虚写，七又实接，八又虚写，虚实相间法也。以'千万里'喝醒'况复'，以'欲归''未到'拟途中情景，以'忆想'收上六句，起下'可宜'，法密。起突然，结悠然，有无限深情在语言之外。"

此诗起句"五湖"二字，带出题中"宣城"这一地点，"千万里"极写路途遥远，但以实际情况而论，"千万里"的距离形容不算夸张。安徽宣城与陕西西安间的直线距离有 1100 多千米，以古代的交通条件要跋山涉水走好几个月。"况"字引出友人要去比五湖这种偏远之地还远的地方。虽然没有直接写诗人为友人如何担忧，但这种担忧以及友人旅途的艰辛，都已间接流露出来。三、四两句实写宣城，在唐代的长安人看来，宣城地方偏远，但百姓们在城郭里、溪谷间安然自得地生活，而少有繁华的纷扰，别是一番生活情趣。"欲归江淼淼"以浩荡的江景突出旅途涉水渡江的艰辛，"未到草萋萋"以草的生长写出旅途的漫长，可以想见一片萋草中的行人，心境是多么凄凉寂寞。末句以不堪猿啼，凸显行人的无限伤感。

这首没有"泪""伤""悲"等感情词汇的送别诗，表达不太直白、热烈，但此诗章法谨严、情景交融、无限深情意在言外，值得细细品读。

送綦毋秘书弃官还江东

【原文】

明时久不达，弃置与君同①。天命无怨色，人生有素风②。念君拂衣去，四海将安穷③。秋天万里净，日暮九江空。清夜何悠悠，扣舷明月中④。和光鱼鸟际，澹尔兼葭丛⑤。无庸客昭世，衰鬓日如蓬⑥。顽疏暗人事，僻陋远天聪⑦。微物纵可采，其谁为至公⑧。余亦从此去，归耕为老农。

【注释】

①明时：政治清明的时代，古时常用以称颂本朝。不达：不得志；不显贵。弃置：不被任用。

②天命：上天之意旨，由天主宰的命运。素风：纯朴的风尚；清高的风格。

③拂衣：振衣而去。谓归隐。安穷：安于穷困。

④扣舷：手击船边。多用于歌吟的节拍。

⑤和光：柔和的光辉。澹尔：恬静、安然的样子。

⑥无庸：平庸，无所作为。昭世：政治清明的时代。

⑦顽疏：愚钝而懒散者。多用作自谦之辞。僻陋：谓性情偏执，见识浅陋。天聪：对天子听闻的美称。

⑧微物：细小的东西；小的生物，此处作自称之谦词。至公：最公正；极公正。

【译文】

在政治清明的本朝很久都没有显达，我和你一样不被重用。天命如此坎坷没有什么可抱怨的，但你依然有着清高的品格。想到你辞官归去，将在远离朝廷的地方安然过着贫穷的生活。秋季的天空万里明净，日暮时分九江上空无一人。在悠悠清夜里，在月亮下击打着船边。柔和的光照耀着鱼鸟栖息的水边，安然荡漾在蒹葭丛。平庸的我寄居在清明的今世，衰老的鬓发一天天变得像蓬草一样。愚钝而懒散的我疏于人情世故，偏执浅陋的我不被天子知晓。微小如我虽然有可采之处，但谁能真正做到天下至公呢？从此我也想要离开，回归也想做一个老农民。

【赏析】

綦毋秘书即綦毋潜，唐代著名诗人，与王维相交多年。綦毋潜约开元十四年（726年）前后进士及第，授宜寿尉，迁右拾遗，终官著作郎，安史之乱后归隐，游江淮一代，最后不知所终。綦毋潜放弃了官位，将要离开长安前，王维作诗送别。此诗王维因为涉嫌在安史之乱投敌出任伪官，在朝廷上也很不得志。

诗歌称当时朝廷政治清明，而不能够得志是命运的缘故。这是"温柔敦厚"地符合传统儒家思想的一种说法："君子不怨天不尤人"（《孟子·公孙丑下》）。诗歌"人生有素风""念君拂衣去，四海将安穷"也是化出自儒家学说的诗句："在陈绝粮，从者病，莫能兴。子路愠见曰：'君子亦有穷乎？'子曰：'君子固穷，小人穷斯滥矣。'"孔子在陈国被人围困，粮食断绝。弟子子路恼怒地问："君子也会穷困不得志吗？"孔子认为，君子同样会不得志，但能够安守穷困的境遇。诗人认为，綦毋潜正是一位能够"固穷"的君子，而且无论得志与否，都能保持一种清高的品格。诗人回到风景闲雅清悠的江南，从此过上了闲适自在的生活。想到这里，诗人不禁感慨自身的境遇（"无庸"句前为送綦毋潜之诗，"无庸"句后为诗人自况之诗）。诗人在朝廷难以得到重用，却一天天老去，既不善于长袖善舞地处理人际关系，又没有机会在皇帝面前展现自己，因此诗人希望自己也和綦毋潜一样归隐（但诗人最终没有归隐）。

班婕妤

其一

【原文】

玉窗萤影度，金殿人声绝。秋夜守罗帏①，孤灯耿不灭②。

【注释】

①罗帏：丝制帷幔。

②耿：明。

【译文】

美丽的窗户旁飞过萤火虫的影子，金殿上已经没有人在活动了。在秋天的夜晚守着华丽的罗帐，一盏孤单的灯火整个晚上亮着没有熄灭。

其二

【原文】

宫殿生秋草，君王恩幸疏①。那堪闻凤吹②，门外度金舆③。

【注释】

①恩幸：帝王的宠幸。

②凤吹：对笙箫等细乐的美称。

③金舆：帝王乘坐的车轿。

【译文】

宫殿前随意地长出秋草，君王很少宠幸我。怎能禁受听到笙箫之音，门外经过皇帝的车銮。

其三

【原文】

怪来妆阁闭①，朝下不相迎。总向春园里，花间笑语声。

【注释】

①妆阁：妇女的居室，供梳妆用的楼阁。

【译文】

难怪化妆室总关闭着，君王下朝后也无须我迎接。君王总是在春日的园林中，在花间的笑语声中。

【赏析】

班婕妤是汉成帝刘骜的妃子，汉代后宫名号有十四等级，婕妤是第二等，是比较高阶的妃嫔名号。班婕妤出身名门闺秀，才貌双全，德行美好，是历史上著名的贤妃。班婕妤曾经非常受皇帝宠爱，能够在生活上规劝皇帝。然而赵飞燕姐妹入宫后，汉成帝逐渐沉溺于声色犬马之中，班婕妤受到冷落。赵飞燕、赵合德姐妹先后陷害许皇后和班婕妤，许皇后被废，班婕妤前往长信宫侍奉太后以自保。从那以后，班婕妤在长信宫陪着太后过着孤单寂寞的生活。

班婕妤的不幸遭遇，受到后人的同情和怜悯，诗人吟咏班婕妤的故事，有时是感慨班婕妤的遭遇，有时是借班婕妤的故事含蓄地表达自己的怨情。王维这首诗到底是读史的感慨还是抒发自身的怨仇，今天已经难以考证了。这组诗语言流丽，凄然动人，尤其是第二首诗，诗意分两层展开，笔法曲折而感情深挚。宫殿本是精致华丽之地，而"宫殿生秋草"以秋草的生长，写出宫殿的荒芜，写出婕妤在宫中备受冷落的遭遇，这些遭遇的原因，无外乎"君王恩幸疏"。更让婕妤心中难受的是，在宫中时时传来皇帝出行游乐的声音。同在宫廷之中，却与君王咫尺天涯，与宠妃的待遇如同冰火两重天，而此时的宠妃又是卑劣的小人。贤德如班婕妤，毫无办法改变现状，使得后世的读者只能空自叹息。虽然班婕妤、汉成帝、赵飞燕在两千多年以前就纷纷辞世，但贤德的人难以施展自己的才华，眼睁睁地看着小人为非作歹的历史故事不断地在上演。

待储光羲不至

【原文】

重门朝已启①，起坐听车声。要欲闻清佩，方将出户迎②。
晚钟鸣上苑③，疏雨过春城。了自不相顾④，临堂空复情。

【注释】

①重门：指一层层的门，此处代指宫门。

②方将：将要；正要。

③晚钟：傍晚的钟声。上苑：皇家的园林。

④相顾：亲自来拜访。

【译文】

清晨一层层的宫门已经打开，我听着车经过的声音，起来又坐下。想着听见您的佩声，再出去迎接您。傍晚的钟声在皇家的园林中响起，稀疏的小雨润湿了春天的宫城。您终究没有来拜访我，我对着厅堂白白浪费感情。

【赏析】

诗歌前四句描写诗人苦等朋友，起来又坐下，听着不断经过的车声，却始终没有听见朋友的佩声。后四句以"晚钟"对比首句"朝"，写出诗人等朋友从早上到晚上，才终于确信朋友不会来访了。这首诗虚字用得比较生动，"要欲""方将"写出诗人倾心侧耳等待朋友的诚心。"了自"似出自口语，似是随口抱怨，"临堂空复情"抱怨得非常直白。储光羲和王维一起任职于宫城，既是朋友又是同僚。宫城中的官员之间，能够随口抱怨、直抒胸臆的同僚并不多。这首诗的口语词以及直白的抱怨，充分反映出王维、储光羲之间亲密无间的关系。

奉寄韦太守陟

【原文】

荒城自萧索①，万里山河空。天高秋日迥，嘹唳闻归鸿②。

寒塘映衰草，高馆落疏桐。临此岁方晏③，顾景咏《悲翁》④。

故人不可见，寂寞平陵东⑤。

【注释】

①萧索：萧条冷落；凄凉。

②迥：远。嘹唳：形容声音响亮凄清。

③晏：通"旰"（gàn），迟。

④顾景："顾影"，自顾其影。《悲翁》：乐府曲《思悲翁》的省称。

⑤平陵东：乐府相和曲名。相传为汉代翟义的门客所作。王莽立孺子婴为帝，自称假皇帝。后来前任丞相翟方进的儿子子东郡太守翟义起兵反对王莽，事情败露被王莽杀害，他的门客为作哀歌。平陵：汉昭帝刘弗陵之陵。

【译文】

荒凉的城池萧条冷落，万里望去山河空荡荡的。高高的天上秋日迥远，听到回归南方的大雁凄厉地悲鸣。寒冷的池塘倒映着枯萎的草凑，高大的馆舍旁树叶疏落的梧桐正在落叶。当此一岁将近的时候，你对着影子吟咏《思悲翁》。老友不能见面，我在平陵之东也是非常寂寞。

【赏析】

王维的朋友韦陟被降官为襄阳太守，王维思念朋友，作诗相寄，倾诉离别之情。韦陟是唐代显赫的士族家族"京兆韦氏"的子弟，"京兆韦氏"有二十人在唐代担任宰相。韦陟出身显赫，能诗能文，书法出众，广有才名，待人却无丝毫傲慢气息，担任礼部侍郎、吏部侍郎期间政绩卓著。正因为韦陟出身好、才学好、人品好、能力强，通过阿谀逢迎唐玄宗而掌握权势的李林甫非常害怕韦陟威胁自己的地位，所以把他调离京城。后来外戚杨国忠也非常忌惮韦陟的才华，以至于韦陟在天宝年间郁郁不得志。唐肃宗即位后，本来有意任命韦陟为宰相，但韦陟拂逆唐肃宗的意思，建议从轻发落杜甫，使得唐肃宗逐渐疏远了韦陟。韦陟一生中，未曾因为政治上的坎坷而改变自己的为人。

诗人与朋友远隔千里，分别日久，思念情深。诗人在淡然的秋景描写中，抒发出自己对朋友深深的思念，使人倍觉凄凉。此诗读来颇有高致，而出语近乎自然天成，但实际上这首诗中融入了诗人的巧妙构思。首联荒城、山河都是实景，一个"空"字将眼前的景象写入极端空旷辽阔的空间中。第三句"天高秋日迥"承接了这种空阔的空间感，而"归鸿"又将视野集中到实在的物象上。"寒塘映衰草"一句中，处处是实在的、凄凉的意象，而"高馆落疏桐"又写出客居空落落的感觉。秋天的凄凉气息，在"空"与"实"的交织中被描绘出来。

诗歌尾二联连续借用了《思悲翁》与《平陵东》两个乐府诗题，但诗句的意思与乐府诗的意思没有太大关联，"顾景咏《悲翁》"中"悲翁"实际指代即是悲伤的老翁，"寂寞平陵东"中"平陵东"即指诗人所在的长安城郊。借用乐府诗题，使得诗歌读来颇具古韵。

与卢员外象过崔处士兴宗林亭

【原文】

绿树重阴盖四邻，青苔日厚自无尘。科头箕踞长松下①，白眼看他世上人②。

【注释】

①科头箕踞：露着头，两脚张开而坐。多指一种纵恣轻慢的态度。

②白眼：露出眼白，表示鄙薄或厌恶。阮籍以青眼表示对志同道合朋友的喜爱，用白眼表示对世俗人世的厌恶。《晋书·阮籍传》载："籍又能为青白眼，见礼俗之士，以白眼对之。"

【译文】

绿树重重的树荫遮盖了周围的邻居，青苔日渐加厚，亭子周围没有一丝尘土。露着头张开脚随意地坐在高大的松树下，翻着白眼看着世俗中的人。

【赏析】

　　崔兴宗不但是王维妻子的弟弟，而且颇有才华，诗风与王维相近，可以说是志趣相投。崔兴宗出身显赫的千年大族"博陵崔氏"，博陵崔氏在唐代共出了十五位宰相，而崔兴宗在功利上比较淡泊，早年隐居终南山，过着写诗弹琴的安静生活。这首诗即描写了崔兴宗的这种生活。前两句描摹亭子周围的景物，通过描写高大森幽的树林与少有人迹的厚厚青苔，突出"静"的特征。后两句描写亭中的人，亭中的人潇洒自在，不把世俗之见放在心上，而对待世俗之事颇有傲气。诗歌四句没有正面描写亭子，只是描写亭子周围环境幽雅安静，亭子中的人高洁傲岸。亭子本身是简朴抑或华丽，是不太要紧的，改变不了崔处士赋予亭子的精神气质。

青雀歌

【原文】

青雀翅羽短①，未能远食玉山禾②。犹胜黄雀争上下③，唧唧空仓复若何④。

【注释】

①青雀：鸟名。桑扈的别名。《诗经》中有《小雅·桑扈》篇："交交桑扈，有莺其羽。君子乐胥，受天之祜。"以青雀起兴，歌颂贤德君子。翅羽：翅膀。

②玉山禾：传说中的昆仑山的木禾。

③黄雀：鸟名。雄鸟上体浅黄绿色，腹部白色而腰部稍黄。雌鸟上体微黄有暗褐条纹。鸣声清脆，饲养为观赏鸟，属于常见鸟类。古人有时用以比喻俗士。

④唧唧：拟声词，鸟声。空仓：拟声词，鸟声。若何：怎样，怎么样。

【译文】

青雀的翅膀短短的，不能飞到远远的昆仑山上吃禾木。但总比在名位之争上下功夫的黄雀强多了，它们唧唧又空仓地乱叫，又能怎么样呢？

【赏析】

这是王维的一首咏物诗。这首咏物诗不以描摹物象为诗歌的中心，而以托物言志为主。诗歌描写青雀，先写其缺点：青雀作为一种小型鸟类，翅膀短小，飞不到遥远的仙山。但是青雀不因为自身存在身体上的缺陷，就与世俗同流合污，它仍然拒绝与充满世俗之气的"黄雀"沆瀣一气，不理会世俗的唧唧之声。诗歌采取先抑后扬的写法，借青雀写出诗人的高洁傲岸之情。

此诗下有题注：与卢象、崔兴宗、裴迪、弟缙同赋。另外四位诗人的诗歌也颇为精彩，流传到了今天：

《青雀歌》（王缙）

林间青雀儿，来往翩翩绕一枝。莫言不解衔环报，但问君恩今若为。

《青雀歌》（卢象）

啾啾青雀儿，飞来飞去仰天池。逍遥饮啄安涯分，何假扶摇九万为。

《青雀歌》（崔兴宗）

青扈绕青林，翩翩陋体一微禽。不应常在藩篱下，他日凌云谁见心。

《青雀歌》（裴迪）

动息自适性，不曾妄与燕雀群。幸忝鹓鸾早相识，何时提携致青云。

崔九弟欲往南山马上口号与别

【原文】

城隅一分手①，几日还相见。山中有桂花，莫待花如霰②。

【注释】

①城隅：城角，多指城根偏僻处。

②霰（xiàn）：又称雪丸或软雹，从云中降落至地面的不透明的球状晶

体，由过冷却水滴在冰晶周围冻结而成。多发于高山地区的夏天。

【译文】

在城角分手之后，不几日就会相见。山中桂花绽放，不要等桂花像霰雪一样凋零的时候再去。

【赏析】

小诗平淡自然，诗味清新隽永。虽然是别离诗，但诗语并不强调离别之情，反倒用"几日还相见"之语，使得诗歌充满一种轻松之感。诗歌措词虽然简单，但诗中透露的诗人情调颇有趣味，耐人寻味。

新秦郡松树歌

【原文】

青青山上松，数里不见今更逢。不见君，心相忆，此心向君君应识。为君颜色高且闲①，亭亭迥出浮云间②。

【注释】

①颜色：面容、姿色。

②亭亭：直立貌；独立貌。迥出：高耸貌；突出、超群。

【译文】

山上青青的松柏，隔着几里不能相见，而今终于重逢。见不到你的时候，心中思念你，这颗心在你身上你应该知道的。为了你我修来高挑安闲的姿色，以独立的姿态在浮云中高耸出来（得以与你相见）。

【赏析】

唐代的乐坊经常将诗人的诗歌编成歌谣传唱，诗人在创作这些能够入乐的诗歌之时，其创作的重心在写诗，而不是写歌。王维此诗是专门为歌谣而写的歌词，诗歌的构思颇有趣味：一株松树，为了见到自己心爱的人，努力生长，最终突破云层，与爱人相见，感情真挚动人。在通俗晓畅的语词中，流露出诗人高雅的情趣。

榆林郡歌

【原文】

山头松柏林，山下泉声伤客心。千里万里春草色，黄河东流流不息。黄龙戍上游侠儿①，愁逢汉使不相识②。

【注释】

①黄龙戍：黄龙城的驻防营寨。黄龙，古城名，北燕故都，又名龙城，故址在今辽宁省朝阳市。此处黄龙城应指龙山城，即晋阳城，今山西省太原市。

②汉使：朝廷的使者。

【译文】

山头上生长着松柏林子，山下泉水的声音让异乡人伤心。千万里春草绵延着绿色，黄河永不停歇地向东流去。黄龙营寨中的游侠儿，发愁遇到朝廷的使者，但使者不认识自己。

【赏析】

　　小诗婉曲清古，诗意的中心在于"伤客心"三个字。立志从军的游侠少年，到异乡戍守，思乡心切，山上的松柏、山下的泉水都让他引发思乡之情。春天已经染绿了青草，黄河昼夜不息地奔流，时光就这么流逝着。而今朝廷的使者来到营地，他却非常犯愁：朝廷的使者能够带来家乡的消息，可他却不认识这位使者，使者恐怕也不认得他。他那思乡的愁绪，随着使者的到来而愈发浓烈了。

酬张少府①

【原文】

晚年惟好静，万事不关心。

自顾无长策②，空知返旧林。

松风吹解带③，山月照弹琴。

若问穷通理④，渔歌入浦深⑤。

【注释】

①张少府：未详何人。少府，县尉的别称。自顾：自念、自视。

②长策：长长的竹简，常用来比喻良计。

③带：衣带；古人在正式场合需要束带，解带表示熟不拘礼，或表示闲适。

④穷通：困顿与显达。

⑤浦：水边或河流入海的地区。

【译文】

晚年的我只喜欢安安静静地生活，不关心外面的杂事。我觉得自己（对外面的事）也没有什么好办法，只知道回到我旧日的园林。（在林子里）松树的风吹着我松散的衣带，山中的月亮映照着我弹琴的身姿。如果你问我穷困或者显达的道理，你听，渔夫正唱着歌划向水浦深处。

【赏析】

这首诗是王维在半官半隐的生活中创作的。王维早年受张九龄重视、重用，但作这首诗时，朝政大权已落入"口蜜腹剑"的李林甫手中。在这种情况下，诗人"万事不关心"实际上是"无长策"而导致的无奈：唐玄宗逐渐宠信奸臣，诗人对朝局中的乱象没有什么好办法应对。比起外间万事，"松风吹解带，山月照弹琴"的生活多么闲适！在写出自己的闲适生活后，诗人写到了来客问题：穷通的道理，却没有直接的回答，而是让来客听那江水上渔人越来越远的、缥缈恍惚的歌声。人生的穷达之理，是不是也是如此缥缈恍惚呢？诗人以独特的艺术形象描述抽象的哲理，形成意在言外、涵咏不尽的诗歌意境。

从诗歌表面来看，诗人引导"张少府"从缥缈的歌声中领悟穷通之理，类似于参禅。但"渔歌入浦深"一句，实际上化用了楚辞中的《渔父》篇，以此来讲述穷通的道理。《渔父》篇写屈原遭到流放后的故事：屈原遭到了放逐，面容憔悴，模样枯瘦。渔父问他："您不是三闾大夫吗，为什么落到这步田地？"屈原说："天下都是浑浊不堪只有我清澈透明，世人都迷醉了唯独我清醒（举世皆浊我独清，众人皆醉我独醒），因此被放逐。"渔父说："圣人不死板地对待事物，而能随着世道一起变化。世上的人都肮脏，何不搅浑泥水扬起浊波，大家都迷醉了，何不既吃酒糟又大喝其酒（世人皆浊，何不淈其泥而扬其波？众人皆醉，何不餔其糟而歠其醨？）？为什么想得过深又自命清高，以致让自己落了个放逐的下场？"屈原并不接受渔父的劝告，渔父莞尔一笑，唱着歌，摇起船桨动身离去："沧浪之水清兮，可以濯吾缨；沧浪之水浊兮，可以濯吾足。"诗人以此暗示张少府：外面政治不太清明，如果过于清高就会落入像屈原一样困顿的田地，而与奸臣同流合污，则可以显达。诗歌前六句恰恰表现了诗人区别于渔父与屈原两种人生选择之外的第三种选择：不使自己困于穷途，也不羡慕富贵权势，既不"穷"，也不"通"，安安静静地过闲适日子。这种闲适的日子，除心旷神怡地弹琴吹风之外，还有一种"无长策"的无奈。

这首酬答诗从写作章法上看，是非常紧密的。首句，作者自道近况："晚年惟好静，万事不关心"，为什么"不关心"呢？第三句紧接着就交代了："自顾无长策"，诗人自知没有好办法挽救朝局中的乱象。第四句"空知"二字承接上文的"不关心""无长策"，以一个"返"字由"万事"引向五六两句的"旧林"生活。最后一句"若问"回扣题目中的酬答之意，"穷通理"与前三句相接，而"渔歌入浦深"则与诗人的隐逸生活相照应。

终南别业

【原文】

中岁颇好道①，晚家南山陲②。

兴来每独往，胜事空自知③。

行到水穷处，坐看云起时。

偶然值林叟④，谈笑无还期⑤。

【注释】

①中岁：中年。

②晚：近时、最近。陲：边。

③胜事：快意的事。空：只。

④值：遇到。

⑤无还期：忘记了回去的时间。

【译文】

中年很喜欢思考天道，最近在终南山边安家。兴致来时常常自己出门，美好愉悦的事情只有自己知道。走到流水穷尽的地方，坐看云彩升起的时候。偶然遇到林间老人，说说笑笑忘记了回去的时间。

【赏析】

王维在大约四十岁后，就开始过着亦官亦隐的生活。"中岁颇好道"一句，道出作者隐居的缘由。从诗句上看，诗人因为醉心于"道"，选择归隐。在现实生活中，开元之后的唐朝政局日趋复杂险恶，可能是诗人选择归隐的真正原因。在终南山中，诗人独来独往，在山中过着简单自在的生活。诗人在自然美景中超越体物，不求人知，只需自己心领神会即可。

诗歌第三联描摹山中的生活。山中的草木、山峦、云水都是诗中常见的描写对象。对于描写山景的诗句而言，它们的优劣不取决于现实自然风光的形态，主要看诗人有没有将自我的精神气质和谐地融入其中。此诗第三句描写的景物，无甚特异，但所表露出的诗人的精神面貌，却分外生动形象。诗人在山间闲行，走到哪里算哪里，然而竟来到流水的尽头，眼前似乎已经无路可行，于是索性坐下来，看白云轻轻飘起。诗人将山中生活"自在"的特点，写入自然的一片化机之中。此诗历来为人传诵的特点，正在于这种"化机"：

"此诗造意之妙，至与造物相表里，岂直诗中有画哉！观其诗，知其蝉蜕尘埃之中，浮游万物之表者也。山谷老人云：余顷年登山临水，未尝不读王摩诘诗，顾知此老胸次，定有泉石膏肓之疾。"（魏庆之《诗人玉屑》）

"观其意若不欲为诗者，其诗之绝境乎？'胜事空自知'，正不容他人知。诗有两字诀，曰'无心'"。（焦袁熹（《此木轩论诗汇编》）

"行至水穷，若已到尽头，而又看云起，见妙境之无穷。可悟处世事变之无穷，求学之义理亦无穷。此二句有一片化机之妙。"（俞陛云《诗境浅说》）

诗歌第三联作无心之游，随遇而乐，结尾两句则描写诗人在山中偶遇林间老人。两人之前并不相识，只是因无心之偶遇而相逢，开怀畅谈，无拘无束，虽然有着截然不同的文化教养和人生经历，但二人尽情谈笑，以至于忘了时间。诗人的胸怀，由此可见一斑。

这首诗从格式上来说，中间两联对仗，有些像律诗，但没有律诗那种严谨的平仄相间的格律。如"晚家南山陲"，就不是律句（律句中第二、四两字应该平仄相反，按照律句的要求，第二字"家"是平声字，则第四字应该是仄声字，但"山"是平声字）。此诗在声律上"随意"而写，倒颇与诗歌"无心"之境相呼应。然而这种诗歌名家随手洒脱写出的作品，并非是初学者理想的摹写对象。清代纪昀曾经说："此诗之妙，由绚烂之极归于平淡，然不可以躐等求也。学盛唐者，当以此种为归墟，不得以此种为初步。"又云："此种皆熔炼之至，渣滓俱融，涵养之熟，矜躁尽化，而后天机所到，自在流出，非可以摹拟而得者。无其熔炼涵养之功，而以貌袭之，即为窠臼之陈言，敷衍之空调。矫语盛唐者，多犯是病。此亦如禅家者流，有真空、顽空之别，论诗者不可不辨。"学诗者先要有足够的涵养，才能写出近似于这首诗的"化机"；如果只是从表面上学习这首诗的写作技巧，只能达到"画虎不成反类犬"的效果。

答张五弟

【原文】

终南有茅屋，前对终南山。终年无客常闭关①，终日无心长自闲②。不妨饮酒复垂钓③，君但能来相往还。

【注释】

①闭关：佛教徒闭居一室，静修佛法。

②自闲：悠闲自得。

③垂钓：钓鱼。东汉高士严光（字子陵）是光武帝的同门，多次拒绝光武帝的出仕邀请，在富春江隐居垂钓。后世遂以"垂钓"生活代指隐居。

【译文】

终南山上有茅屋，门前对着终南山。常年没有客人来，使我得以经常闭关修行。整天没有操心的事，能得到长久的悠闲时光。不妨喝喝酒、钓钓鱼，你要能来的时候，就常来走动。

【赏析】

张五，即张諲，王维的朋友，擅长书画。曾隐居嵩山，与少年时期的王维相结识，并结下了深厚的友谊。王维隐居终南山时，张諲来访，令王维感到由衷的高兴。

这首诗读来颇为有趣：一般的短篇诗歌忌讳多次使用同一个字，而王维在这首诗中四次使用"终"字，将诗歌写出一种民歌小调的感觉：重复的语词（第一、二句中的"终南山"）和相同的句首词（第三、四句句首的"终"字）都是歌谣中常见的形式。王维将自己悠闲自在的隐居生活，写入摇曳的歌谣中，为诗歌增添一份情趣。

戏赠张五弟諲三首（选一）

【原文】

吾弟东山时①，心尚一何远②。日高犹自卧，钟动始能饭③。

领上发未梳，床头书不卷。清川兴悠悠，空林对偃蹇④。

青苔石上净，细草松下软。窗外鸟声闲，阶前虎心善⑤。

徒然万象多⑥，澹尔太虚缅⑦。一知与物平⑧，自顾为人浅。

对君忽自得，浮念不烦遣⑨。

【注释】

①东山：东晋谢安隐居处。指隐居或游憩之地。

②心尚：心志、襟怀。

③钟动：指斋钟响动。斋钟是寺庙内报斋时的大钟，响三十六下。佛教戒律规定"过午不食"，正午过后不吃饭，所以一般会在日中进食斋饭。

④偃蹇（yǎn jiǎn）：偃，休息卧着不做事。蹇，跛脚不能做事。诗中即托病高卧不理朝廷事物之意。

⑤虎心善：指老虎也与人亲善不害人。

⑥万象：宇宙间一切事物或景象。

⑦澹尔：恬静无为貌。太虚：道的深幽玄远之理。缅：远。

⑧与物平：指与物齐一，人与万物浑然一体。出自《庄子·齐物》："天地与我并生，而万物与我为一"。

⑨浮念：虚妄之念。

【译文】

兄弟你隐居山林的时候，襟怀抱负是多么远大。太阳高悬之时仍然自顾自地睡觉，到响起中午斋饭钟声的时候才吃饭。衣领之上的头发没有梳，床头的书也没有收拾。兴致悠然地伴随着清澈的流水，空旷的森林对着托病不出的你。青苔细腻地长在洁净的石头上，松下生长着软绵纤细的青草。窗外的鸟儿悠闲地啼鸣，阶梯前老虎也与人亲善。世间万象虽多但只是徒然，清净无为的深玄之理渺茫难知。刚知道人与万物浑然一体，回顾自己觉得为人还很浅薄。和你相对忽然自己有了心得体会，虚妄之念不劳烦特意遣发就已经没了。

【赏析】

这首诗下有题注："时在常乐东园，走笔成。"当时王维隐居终南山，信笔写成这首平淡自然的诗歌，诗中形象描绘了朋友的隐居

生活，并且写出了与朋友探讨玄理的感悟。王维同时另有两首诗赠与张諲，诗意、写法与此诗相近。

诗歌每六句一层意思，分为三章。

前六句描绘张諲的隐居生活，重在突出这种生活的自在无拘束。隐士日头已高不起床、不梳头、不收拾书籍，并不是因为懒而如此，其意重在"反俗"，自己与俗人做法不一样，不在乎那些世俗的成见。中间六句描写张諲的隐居环境，突出隐居之地幽静清雅的特点。"清川""空林"写出空旷之感，"青苔石上净，细草松下软"两句细腻清新地描写了两处"小景"，表面之意是写景，但实际从侧面写出隐居之地人际罕至：石头上生着很干净的青苔，说明根本没人踩过这些石头。松树下的草很绵软，说明很少有人从松树下经过。"窗外鸟声闲，阶前虎心善"突出隐士与自然浑然一体：鸟如人般悠闲，而猛兽为人所感化。末六句，作者写出自己与隐士交往的感悟：与张諲来往，让诗人感受到了"物我齐一"，回首自己的生活觉得为人很浅薄，而面对张諲让诗人感受到了道的虚静与渺远，有所自悟而不起虚妄之念。

白鼋涡

【原文】

南山之瀑水兮，激石濆瀑似雷惊[1]。人相对兮，不闻语声。翻涡跳沫兮苍苔湿，藓老且厚，春草为之不生。兽不敢惊动，鸟不敢飞鸣。白鼋涡涛戏濑兮[2]，委身以纵横。主人之仁兮，不网不钓，得遂性以生成[3]。

王维诗全鉴

【注释】

①灏（hào）瀑：泛着白光的瀑布。灏，水泛白光的样子。

②白鼋（yuán）：白色的大鳖。濑（lài）：急速的水流。

③遂性：顺应本性。生成：长成。

【译文】

南山上的瀑布啊，激流到石头上泛着白光的瀑布，水流声好似惊人的雷电。人站在瀑布下听不见对方说话的声音。翻滚的涡流和跳跃的白沫打湿了苍苔，苔藓又老又厚，春草都因此长不出来。野兽经过这里的时候不敢骚扰，鸟雀飞过的时候不敢啼鸣。白鼋在急速奔流的波涛中嬉戏啊，它将自己托身给肆意纵横奔流的流水。王真是仁义啊，不撒网不垂钓，（白鼋涡里面的生物）能够顺应本性长成。

【赏析】

《楚辞·九歌·河伯》中有"乘白鼋兮逐文鱼，与女游兮河之渚"一句，王逸注云："大鳖为鼋，鱼属也。"现代生物学中，鼋是龟鳖科中的一属，以体型大为特点，可重达100千克，喜欢生活在水底。在诗人见到难得一见的大鳖，为这一少见的生物随笔写成一首杂言诗。

诗歌大部分文字在描绘瀑布的恢宏气势。瀑布声音惊人且水流湍急，青草难以扎根，而在这湍急的水流之下，却长成了巨大的鳖鱼。鳖鱼为何能长得这么大呢？诗歌最后两句点名主旨：大鳖得以长成，归功于王上实行仁政。诗歌借探讨大鳖长成的原因，抒发了作者对仁政的期盼。

归辋川作

【原文】

谷口疏钟动，渔樵稍欲稀。悠然远山暮，独向白云归。

菱蔓弱难定，杨花轻易飞。东皋春草色①，惆怅掩柴扉。

【注释】

①东皋：水边向阳高地，也泛指田园、原野。

【译文】

山谷口响起稀疏的钟声，渔人和樵夫逐渐消失在视野中。闲适安然地对着远山的夕阳，独自向白云处归栖。柔弱的菱蔓随着水波随意摇摆，杨花随着风漫无目地飞扬。原野上春天草色青青，我惆怅地关上柴门。

【赏析】

小诗平淡闲适，意致简远，惆怅深致。惆怅何来？五、六两句虽然表面上是描写春景，实际上暗含讽意，菱蔓、杨花随着水波随意摇摆，比喻那些随着权势摇摆的小人。诗人见此，故而惆怅。"春草色"既是春景写实语，也是诗人自爱自尊之语，古诗中常用"芳草"比喻品格高洁的士大夫。屈原在其作品中，多次以芳草为饰，如《离骚》"朝饮木兰之坠露兮，夕餐秋菊之落英""既替余以蕙纕兮，又申之以揽茝"，后世诗人受屈原启发，喜欢以草木的芬芳高洁隐喻人品的高洁、高尚。虽然此诗带给读者平淡安详的感觉，但同时非常含蓄地透露出诗人对小人得志，贤士退隐的惆怅和无奈。

山居即事

王维诗全鉴

【原文】

寂寞掩柴扉，苍茫对落晖①。鹤巢松树遍，人访荜门稀②。

绿竹含新粉，红莲落故衣。渡头烟火起，处处采菱归③。

【注释】

①落晖：夕阳；夕照。晖：阳光。

②荜（bì）门：用荆竹树枝编制的门，常用来形容贫寒人家。

③采菱：采集菱角。《采菱行》是乐府清商曲名，后亦被用来泛指船歌小调等民间歌曲。

【译文】

寂寞地关上柴门，广阔又模糊的远方夕阳落下。鹤鸟们几乎在每棵松树上都安了巢，贫寒之家少有客人到来。绿竹深处新开的粉花若隐若现，红莲的旧花瓣渐渐落下。渡头上逐渐热闹起来了，是船家们劳作了一天后唱着歌归来了。

【赏析】

这首即事诗是即事感慨，在诗法上不像其他作品那样严谨周到，四十个字内两次出现"落"字，而且"寂寞掩柴扉""人访荜门稀"两句意义是有些重合的，但诗歌幽境自成，闲然清远，诗境既成，小疵则不显。

诗人即何事而作，今天已难以得知，但诗人的落寞感清晰地通过诗句传达出来：鹤鸟遍巢松树，贫门却无人问津；新粉悄然绽放，旧花黯然凋谢，盛者自盛，衰者自衰。诗人似乎在通过描写山景，隐喻一些山居以外的事情。诗歌末句却将笔锋转向渡头船家，他们唱着采菱曲，过着简单而快乐的生活。一个人从热闹的京城来到清冷的山居，难免觉得寂寞，但未必要沉溺在惆怅之中，山间简单而快乐的生活，又何尝不让人感到惬意呢？

辋川闲居

【原文】

一从归白社①，不复到青门②。时倚檐前树，远看原上村。

青菰临水拔③，白鸟向山翻。寂寞于陵子④，桔槔方灌园⑤。

【注释】

①白社：地名。在今河南省洛阳市东。晋葛洪《抱朴子·杂应》："洛阳有道士董威辇常止白社中，了不食，陈子叙共守事之，从学道。"在典故中，白社本为学道之地，后世常用来借指隐士或隐士所居之处，或借指社团。

②青门：汉长安城东南门。本名霸城门，因其门色青，故俗呼为"青门"或"青城门"。此处用来代指京城城门。

③青菰（gū）：俗称茭白。

④于陵子：于陵子仲。战国时隐逸之士，或谓即陈仲子。《史记·鲁仲连邹阳列传》记载："于陵子仲，辞三公为人灌园。"于陵子仲为齐国陈氏

族人，"仲"一般称呼家中老二。他的兄长是齐国的卿相，他认为兄长不义，到楚国居住，楚国人想要聘请他当相国，他携妻子逃跑，以为别人浇灌园圃为生。

⑤桔槔：井上汲水的工具。在井旁架上设一杠杆，一端系汲器，一端悬绑石块等重物，用不大的力量即可将灌满水的汲器提起。

【译文】

自从归隐田园，没有再到过帝都城门。不时靠着屋檐前的树，远远地看着原野中的村庄。青青茭白在水边挺立，洁白的鸟儿朝着山脊翻飞。像于陵子那样的隐士，寂寞地用桔槔浇灌园圃。

【赏析】

纪昀曾评此诗："静气迎人，自然超妙。"这首诗没有特别复杂的修辞，首联和尾联用典，而中间两联平铺直叙，如自然流出，为读者展现出平淡而恬静的田园生活。诗人以隐士自居，以"寂寞"形容隐士。"寂寞"二字可以说是诗意的重心所在。此诗虽然句句描写闲适的田园生活，但也句句透露着诗人的寂寞。

春园即事

【原文】

宿雨乘轻屐①，春寒著弊袍②。开畦分白水③，间柳发红桃。

草际成棋局，林端举桔槔④。还持鹿皮几⑤，日暮隐蓬蒿⑥。

【注释】

①宿雨：夜雨。轻屐：轻便的木鞋。

②弊袍：破旧的袍子。

③开畦：把地整理成一行行以便种植。

④桔槔（jié gāo）：井上汲水的工具。在井旁架上设一杠杆，一端系汲器，一端悬、绑石块等重物，用不大的力量即可将灌满水的汲器提起。

⑤鹿皮几：铺着鹿皮的小桌。古人设于座旁之小桌。倦时可以凭倚。

⑥蓬蒿：蓬草和蒿草。亦泛指草丛、草莽。亦常用来借指荒野偏僻之处。

【译文】

夜雨过后穿着轻便的木屐出门，春天的寒意侵袭着我破旧的衣袍。把田地整理成一行行，让雨水流入畦垄之间。柳树间隙里粉红的桃花悄然绽放。草的边界仿佛构成了一盘棋局，在林端劳作的我提起井上的桔槔。我还带着个鹿皮小桌子，黄昏的时候找个偏僻的草丛小憩一会儿。

【赏析】

与《归辋川作》《山居即事》《辋川闲居》时不时流露着惆怅与寂寞不同的是，这首诗描写田园山野中，不仅仅有"静气迎人"的恬美风景，还有一位过着充实而忙碌生活的隐士在那里劳作。这位隐士在一夜雨后，穿着破袍子，顶着春寒就下地了，整理田畦，打水灌溉，劳碌一天之后，到草丛里就地一歇。在隐士眼中，田园中处处风景美好。他将田地写得如画一般："开畦分白水，间柳发红桃"，就连原野中的青草，看着也似棋局一般，饶有趣味。乡间的平常景象，经隐士诗人的欣赏，并以绘笔写出，安静美好，让人沉醉。

山居秋暝①

【原文】

空山新雨后，天气晚来秋。

明月松间照，清泉石上流。

竹喧归浣女②，莲动下渔舟。

随意春芳歇，王孙自可留③。

【注释】

①秋暝：秋天的傍晚。

②浣女：洗衣的少女。

③随意：任凭。歇：指春花凋谢。王孙：王的子孙。后泛指贵族子弟。也可作为隐士的代称。

【译文】

空旷的山野刚刚沐浴了一场新雨，傍晚的凉意让人感觉到了秋天的滋味。皎皎的月光从松树间洒下，清澈的泉水从山石间流出。竹林一阵喧响，是洗衣的姑娘们回家了。莲叶轻轻摇动，是那顺流而下的渔船。春日的芳菲任由它凋谢吧，山中的秋景足以让王孙久留。

【赏析】

这首是王维山水诗中的著名诗篇，诗人在如画的诗句中，流露着自己高洁的情怀。

空山，一般指人迹罕到的山。秋天雨后的空山，分外幽静清凉。首联为全诗定下了基调。颔联"明月松间照，清泉石上流"，作为千古流传的名句，却没有什么奇特的修辞。明月、清泉、松、石都是平常的山中之景，"照"和"流"来形容月光和泉水也是再寻常不过的用法。那么这两句妙在哪里呢？清代卢麰、王溥《闻鹤轩初盛唐近体读本》中评道："三四佳在景耳，景佳则语虽率直，不伤于浅。然人人有此景。人人不能言之，以是知修辞之不可废也。"这两句首先好在景致清幽，诗人于寻常山色中发现了这清幽之景，并且能够通过词语组合将此景道出，这种"人人不能言之"的平淡语，正是作诗难到之处。

与颔联纯粹出以平直不同的是，颈联颇有奇巧意蕴。所谓"竹喧"，并非竹子喧吵，而是归家的浣女喧吵于竹中。以常理而论，"喧"字的主语是"浣女"，主语应该放在动词前，但这里诗人用倒装句，将"喧"字归于竹，既有语词、语法上的新奇，又带给读者未见其人、先闻其声的奇特感受。"莲动下渔舟"也是这样，颇有新奇意蕴。在山松明月、竹林清泉之中，寻常人家过着寻常的生活，虽然"喧""动"，却不嫌其闹，倒是让人觉得山中生活安静质朴。

归家的浣女，突然出现的渔船，都与首联"天气晚"这一时间设定非常吻合。"随意春芳歇"一句，"春芳歇"既是在说秋景，又暗合于"归浣女""随意"二字，则写出了山间生活的自由自在之感。安静质朴、自由自在的生活，让人流连于此山间。"王孙"一词，本出自《楚辞·招隐士》："王孙兮归来，山中兮不可久留！"这一典故本身是说，山中是不适宜贤德公子生活的，公子应当到朝中来，而王维反用典故，恰恰说"王孙自可留"，颇具巧思。

诗人在寻常山色、寻常生活中发现了幽静又有诗意的景色，并以淡雅之笔娓娓道来，而这些如画般的诗句中，无不流露着诗人优雅的生活情趣。

孟城坳

【原文】

新家孟城口①，古木馀衰柳。来者复为谁，空悲昔人有。

【注释】

①孟城口：《蓝田县志》载，南朝宋武帝所筑相思城在此。

【译文】

新家安在了孟城城门附近，古老的树木只剩下衰颓的柳树。到这里来的人还有谁呢？空自悲伤过去的人事繁华。

【赏析】

天宝三载（744年）以后，王维在蓝田县的辋川购买了别业，和裴迪一同隐居其中，两人"携手赋诗，步仄径，临清流"；一同歌咏了辋川二十处景致，各自写了五言绝句二十首，由王维辑成《辋川集》，并且撰写了

序言:

"余别业在辋川山谷,其游止有孟城坳、华子冈、文杏馆、斤竹岭、鹿柴、木兰柴、茱萸沜、宫槐陌、临湖亭、南垞、欹湖、柳浪、栾家濑、金屑泉、白石滩、北垞、竹里馆、辛夷坞、漆园、椒园等。与裴迪闲暇各赋绝句云。"

"坳"是山间平地之意。孟城坳原是初唐诗人宋之问别墅的所在地。宋之问趋炎附势,先后攀附武则天的男宠张易之、太平公主及安乐公主,为人反复无常,最后被处斩,他的别墅也就荒芜了。

王维买下了宋之问的别墅,搬到孟城口,却只见到几棵衰弱无力的柳树。诗人以极简的笔触,写出了一片衰败凋零的景象。"新宅"与"衰柳"对比强烈,而且画面极不和谐,正是这种不和谐,带给人强烈的视觉和心灵的冲击。三、四两句写出了诗人在这种视觉冲击下,感慨昔人已无踪迹可寻觅,展望未来的一片茫然。人事变迁,祸福难料。诗人暂居于此,不知道未来又有何人来此?或许正如王羲之《兰亭集序》所言:"后之视今,亦犹夫今之视昔",也许我们今天再到辋川风景区的孟城口,也会追忆往昔唐朝诗人王维的浪漫与悲慨。

宋之问在政治斗争中不断摇摆,最终走向灭亡。王维同样是在激烈的政治斗争中,来到了孟城口半官半隐。当时,奸相李林甫擅权,贤相张九龄遭到罢黜,王维带着深深的失望和担忧退隐辋川。深处政治旋涡时,王维选择了与宋之问不同的另外一条道路,然而这条道路通向何方?一些事情,不是王维个人所能掌控和决定的。和朋友隐居山林,吟咏赋诗,排遣心中郁结,可能是一种既不违反个人处事原则,又能在较为黑暗的时代保全自己的方法。

附:《孟城坳》(裴迪)

结庐古城下,时登古城上。古城非畴昔,今人自来往。

华子冈

【原文】

飞鸟去不穷，连山复秋色。上下华子冈，惆怅情何极。

【译文】

翩飞的鸟儿不断地飞去，连绵的山上秋色重重叠叠，在华子冈上上下下，惆怅的心情没有尽头。

【赏析】

诗中叙述了诗人在一个秋天爬山观景之事。虽语词平淡，却感慨深致。

一群群飞鸟飞向遥远的天际，绵延的群山，多彩的树叶斑斓交织。诗人在组织秋日极为常见的飞鸟与秋色意象时，极力延展画面："飞鸟去不穷"，鸟儿似乎飞到了天尽头；"连山复秋色"，秋色绵延望不到尽头。简单的语词组织，却极大地宕开了诗歌的空间感。诗歌第三句将视线从旷远的秋景中转到华子冈这一点上，可以想见华子冈周围秋色环绕，飞鸟联翩。诗人对自己的行迹写得极为简单："上下"，似乎透露着一种没有心绪游玩之意，只是上去下来。正是在这种深处美景又没有心绪游玩的非正常的体验中，让人感到诗人心中无限的惆怅。

附：《华子冈》（裴迪）

落日松风起，还家草露晞。云光侵履迹，山翠拂人衣。

文杏馆

【原文】

文杏裁为梁①，香茅结为宇②。不知栋里云，去作人间雨③。

【注释】

①文杏：银杏。俗称白果树。木质纹理坚密，是建筑和手工业的高级用材。古代贵族人家经常用银杏木料作房梁。

②宇：屋檐。

③人间雨：此处与上句"栋里云"二句合用"巫山云雨"的典故，写出山间有仙灵之气。《文选·宋玉〈高唐赋〉序》："昔者楚襄王与宋玉游于云梦之台，望高唐之观，其上独有云气……王问玉曰：'此何气也？'玉对曰：'所谓朝云者也。'王曰：'何谓朝云？'玉曰：'昔者先王尝游高唐，怠而昼寝，梦见一妇人曰：妾巫山之女也，为高唐之客，闻君游高唐，愿荐枕席。王因幸之。去而辞曰：妾在巫山之阳，高丘之阻，旦为朝云，暮为行雨。朝朝暮暮，阳台之下。'"

【译文】

银杏树打磨作屋梁，香茅草结成屋檐。不曾料知屋檩中的云，化作了人间的雨露。

【赏析】

诗歌前两句以用料精美写出文杏馆的精致。古典诗歌中，自《楚辞》

而来，以香草比喻君子的美德。诗歌前两句以"文杏""香茅"结馆，是暗写房屋主人心中的忠贞之德。房屋主人在高山之上建立别墅，希望能够远离尘世的喧嚣，维系高洁的品德。后两句以暗合"巫山云雨"这一有仙灵之气的典故，用"栋里云""人间雨"写出文杏馆的灵气。"栋里云"写出文杏馆地势之高，缥缈云间，"人间雨"既是从"栋里云"中来，又赋予了文杏馆人的情味。远离尘世又关心尘世，可以说很巧妙地关合了诗人隐居的心态。

对于绝句而言，诗人的才思是非常关键的。这首诗中王维的构思非常巧妙，没有一句正面写到文杏馆地势之高，而是通过"栋里云"，侧面写出入云的文杏馆之高，诗意缥缈仙灵。然而同样是写这一点，裴迪之作的思路就比较普通了："迢迢文杏馆，跻攀日已屡。南岭与北湖，前看复回顾。"通过攀登，以及登高远眺，写出文杏馆之高。虽然很形象，但是诗味要欠缺一些。

斤竹岭

【原文】

檀栾映空曲①，青翠漾涟漪。暗入商山路②，樵人不可知③。

【注释】

①檀栾：秀美貌。诗文中多用以形容竹。典出汉枚乘《梁王菟园赋》："修竹檀栾，夹池水，旋菟园，并驰道。"空曲：高峻险要的山峰。

②商山路：商山，山名。在今陕西省商县东。地形险阻，景色幽胜。

秦末汉初四皓（东园公唐秉、夏黄公崔广、绮里季吴实、甪里先生周术）曾在此隐居。这里以"商山路"代指通向隐居之地的路。

③樵人：打柴的人。《太平御览》载："宋元嘉九年，有樵人逐麛，所趋险绝，进入石穴，行数十步，豁然平博，问是何所，人答云：'小成都'，后更往求之，不知所在。"

【译文】

秀美的竹子映满高峻的山峰，青翠的颜色荡漾在水面的细波上。悄然无息地走进通往商山的路，常在此打柴的人也找不到这条路。

【赏析】

这首诗吟咏作者归隐之志，从构思上模仿陶渊明《桃花源记》。《桃花源记》中，武陵渔夫经过"忽逢桃花林，夹岸数百步"，眼前"芳草鲜美，落英缤纷"，诗人写到通往斤竹岭的路"檀栾映空曲，青翠漾涟漪"，把桃树替换成了青竹。《桃花源记》中渔人离开桃花源之后非常想念桃花源，想要再找时，却找不到去桃花源的路了。诗人则将渔人换成了樵夫，以樵夫不知路，写

出斤竹岭的幽僻。语词虽异，旨义无二。

附：《斤竹岭》（裴迪）

明流纤且直，绿筱密复深。一径通山路，行歌望旧岑。

鹿柴

【原文】

空山不见人，但闻人语响。返景入深林①，复照青苔上。

【注释】

①返景：夕照，傍晚的阳光。

【译文】

空旷的山中没有见到人，只听到人说话的声音。夕阳照入深邃的林中，又照在青苔之上。

【赏析】

鹿柴是辋川山庄中比较幽静的一处所在。柴，同"寨"，是竹篱栅栏之意。古代上层人士往往也会蓄养一些动物。鹿寨未必是只养鹿，但鹿是一种文化意义比较丰富的动物，《诗经·小雅》有《鹿鸣之什》，"鹿皮冠"被认为是隐士戴的帽子，唐代皮日休《临顿为吴中偏胜之地陆鲁望居之不出郛郭旷若郊墅余每相访款然惜去因成五言十首奉题屋壁》之七："……玄想凝鹤扇，清斋拂鹿冠……"《后汉书·杨震传》载："乃授光禄大夫，赐几杖衣袍，因朝会引见，令彪著布单衣、鹿皮冠，杖而入，待以宾客之礼。"又有东汉庞德公携妻子登鹿门山，以采药为名隐居，后来用"鹿门"指隐士所居之地。总而言之，在唐代的文化中，隐士与"鹿"有着一定的关联。

王维在别墅中选了一处非常清幽的地方作鹿寨，"空山不见人，但闻人语响"突出此地深邃幽绝、远离人世：那空旷的山林里，隐隐约约传来人们说话的声音，但人在何处，却谁也说不清楚。这两句实际是在描写"深林"，却写出世外之感。

三、四两句由上文的描写山林之中只闻人语而不闻人声，进而走入山林描写林中之景，作者非常巧妙地选取"光照"的维度展开山林描写。山林密遮，闻语而不见人，但光却可以透过林中，照到幽暗中生存的青苔之上。这一抹光晖，给幽暗的深林带来一抹亮色，给林间青苔带来一丝暖意，或者说给整个深林带来生机。俞陛云《诗境浅说续编》评论此诗："深林中苔翠阴阴，日光所不及，惟夕阳自林间斜射而入，照此苔痕，深碧浅红，相映成采，此景无人道及，惟妙心得之，诗笔复能写出。"

这首诗的妙处，前人多有分析。清人李锳《诗法易简录》云："有人语响是有声也，返景照是有色也，写空山不从无声无色处写，偏从有声有色处写，而愈见其空。严沧浪所谓'玲珑剔透'者，应推此种。"在声色之间，王维将诗意写出一种禅机，"返景入深林，复照青苔上"，像是能启发读者哲思的偈语，读着这首诗，就像诗中所写那般，似乎有一束光，穿过幽寂的心灵，照在长满青苔的心思之上，这束光又仿佛和心灵一起，同归于寂。诗中展现的诗意与禅意，使得读者根本忘记了诗人本身就是写一个鹿场而已，可谓"不着一字，尽得风流"，对比读裴迪的诗作"但有麋麚迹"之语，才会让人想起"鹿场"这一事实客观景物，而王维所咏句句在写鹿场环境，却又句句超脱了客观物象的语境限制。

附：《鹿柴》（裴迪）

日夕见寒山，便为独往客。不知深林事，但有麋麚迹。

木兰柴

【原文】

秋山敛馀照，飞鸟逐前侣。彩翠时分明，夕岚无处所①。

【注释】

①夕岚：暮霭，傍晚山林中的雾气。

【译文】

秋山收集起夕阳的颜色，连翩的飞鸟追逐着前面的伙伴。山林时不时地展现出彩色与翠色，山林中的雾气似乎无处安歇。

【赏析】

木兰柴，即别墅中的花园。木兰又名杜兰、林兰。皮似桂而香，状如楠树，古人认为这是一种美好的香木。《楚辞·离骚》："朝搴阰之木兰兮，夕揽洲之宿莽。"汉司马相如《子虚赋》："其北则有阴林巨树，楩枏豫章，桂椒木兰，檗离朱杨。"王维将自己的花园命名为"木兰柴"，正是因为"木兰"这一物象背后有着高雅的文化意蕴。

此诗的描写角度与《鹿柴》有相近之处，都是着力描写核心地点周围的环境，鹿柴幽静，可以休憩凡心，而木兰柴绚烂多姿，令人欢欣愉悦。木兰柴的天空有多晴朗呢？山中常见的傍晚雾气都难以寻觅（"夕岚无处所"）。晴日秋山的傍晚，山峰半明半暗。读者的视线，首先就被光照之处所吸引："秋山敛馀照"，因为有黄昏那种阴暗的衬托，被照亮的山峰往往显得格外夺目。夕阳逐渐西沉，被照耀的山峦也在变动，秋山斑斓的颜色，有时处在阴暗中不被发现，但一旦被阳光照耀，无比璀璨夺目。王维此诗对于景物的描写点到为止，所写景象之绚烂，需要读者结合自身经历展开联想。清人王士祯在《带经堂诗话》中说，他到了秦地，蜀地，才知道王维这首诗"二十字真为终南写照也"。此诗写景，贴合物象，句句机巧。

附：《木兰柴》（裴迪）

苍苍落日时，鸟声乱溪水。缘溪路转深，幽兴何时已。

茱萸沜①

【原文】

结实红且绿，复如花更开。山中傥留客，置此芙蓉杯。

【注释】

①沜（pàn）：即水畔。

【译文】

红红的果实发于绿叶之中，就像是花儿又开了。倘若需要在山中留客，主人为客人置办了芙蓉状的酒杯。

【赏析】

诗人在水畔多种茱萸，故以"茱萸"命名这处山庄景物。茱萸果实鲜红，一颗颗小红果，如伞垂生，远远看上去像花一样。王维此诗不再从侧面描写景物，而是直接切入了场景中最核心的景物加以白描。如果诗歌以白描写景，若整首诗落于描写景物上，则不免浅白。王维此诗诗意写得非常含蓄："山中俶留客，置此芙蓉杯"，这两句需要结合茱萸的文化意义加以理解。古人认为，佩茱萸能祛邪辟恶。能留着茱萸沜的客人，一定是嘉客，主人愿意为这样的客人置办精美的器具。同时，作者也是在说，那些邪恶的人，不能留在茱萸沜。诗人的山庄，就像茱萸一样，"祛邪辟恶"，留存正气。

附：《茱萸沜》（裴迪）

飘香乱椒桂，布叶间檀栾。云日虽回照，森沈犹自寒。

宫槐陌

【原文】

仄径荫宫槐①，幽阴多绿苔。应门但迎埽②，畏有山僧来。

【注释】

①仄径：狭窄的小路。宫槐：据《周礼》，周代宫廷植三槐，三公位焉，故后世皇宫中多栽植，因称宫槐。

②应门：候门的仆人。埽（sǎo）：同"扫"。

【译文】

宫槐荫蔽了狭窄的小路，路上幽森阴暗多有绿苔。候门的仆人还是应该多打扫一下，恐怕有山中的山人来访。

【赏析】

这首《宫槐陌》多少有些自嘲的意味。槐树可以有很多种形容方式，比如绿槐、高槐，但山庄主人偏偏在偏僻之地，开一条小路，名之为"宫槐陌"，这宫槐似乎难以伸展得开，也就造成了树下小路都被荫蔽而长满了绿苔。这些路中的绿苔，同时说明很少有人来拜访主人，也就造成了仆人懈怠于洒扫之事。主人还是希望仆人们多少扫一下地，虽然世俗之人罕有到此，万一有山中僧人来访呢？此诗表明了作者希望与俗世隔绝的心态。

附：《宫槐陌》（裴迪）

门前宫槐陌，是向欹湖道。秋来山雨多，落叶无人扫。

临湖亭

【原文】

轻舸迎上客①，悠悠湖上来。当轩对尊酒②，四面芙蓉开。

【注释】

①轻舸：快船；小船。

②轩：栏杆。尊酒：樽酒，杯酒。

【译文】

轻快的小船迎接尊贵的客人，优哉游哉泛舟湖上。倚着栏杆相对饮酒，四面芙蓉花盛开。

【赏析】

这首诗描摹了主人与客人在湖中欢快饮酒的场景。比之《鹿柴》的一片幽寂禅机，此诗没有多少深奥的意味。读诗的人，往往期待诗歌有诗外之音，此诗却只是简白爽快。后世虽然对《鹿柴》评价很高，但作为山庄的主人，王维是不是把自己的山庄到处修得幽深寂静，是不是希望把自己的住处，一座美丽而多姿的山庄，写得处处冷僻呢？幽寂的住处虽然静心，但能够快意抒怀饮酒的亭子（临湖亭），能够赏心悦目的花园（木兰柴），也是山庄主人所需要并且喜欢的。

附：《临湖亭》（裴迪）

当轩弥淲漾，孤月正裴回。谷口猿声发，风传入户来。

南垞

【原文】

轻舟南垞去①，北垞淼难即②。隔浦望人家，遥遥不相识。

【注释】

①垞（chá）：小丘。

②淼：同"渺"，渺茫。即：到。

【译文】

轻舟向南边的小丘划去，北边的小丘已处于渺茫之中难以到达。隔着水面远望对面的人家，路途遥远并不认识他们。

【赏析】

此诗描写水边的小丘，以突出水域之阔为诗意核心。诗人首先定位自己的行迹，描写自己乘船往南，对水北岸产生遥遥不可及的距离感以及渺茫的视觉印象，来突出水域之阔。三、四两句以不认识对岸的人家，进一步强调南北两岸路途遥远，同时写出南岸的主人懒于世故，连对岸之人也不打听、不结交。

附：《南垞》（裴迪）

孤舟信一泊，南垞湖水岸。落日下崦嵫，清波殊淼漫。

欹湖

【原文】

吹箫凌极浦①，日暮送夫君②。湖上一回首，青山卷白云。

【注释】

①极浦：遥远的水滨。

②夫君：称友人。南朝齐谢朓《和江丞北戍琅邪城诗》："夫君良自勉，岁暮忽淹留。"唐朝孟浩然《游精思观回王白云在后》诗："衡门犹未掩，伫立望夫君。"

【译文】

吹奏箫声，掠过遥远的水滨，日暮在这里为友人送行。在湖上回首望去，只见青山与卷卷白云。

【赏析】

此诗为诗人对景想象而作。面对辽阔的水面，诗人想象在这里送别友人。友人去后，蓦然回首，只看见巍巍青山，卷卷白云，而不见友人踪迹。虽然是想象之景，却写出了诗人临湖的怅然之情。

附：《欹湖》（裴迪）

空阔湖水广，青荧天色同。舣舟一长啸，四面来清风。

柳浪

分行接绮树①，倒影入清漪②。不学御沟上③，春风伤别离。

【注释】

①绮树：美丽茂盛的树木。汉朝陈琳《宴会诗》："玄鹤浮清泉，绮树焕青葱。"南朝梁江淹《四时赋》："忆上国之绮树，想金陵之蕙枝。"

②清漪：水清澈而有波纹。典出《诗·魏风·伐檀》："河水清且涟漪。"

③御沟：流经宫苑的河道。

【译文】

美丽茂盛的树木分行排列，倒影在清澈的水波上。这里的杨柳不要学御沟上那些杨柳，在春风中感伤离别的愁绪。

【赏析】

柳，与"留"同音，常常被用来在送行客人上，表示挽留，不舍离别之意。后来折柳送别，就成为一种民俗。北朝乐府《横吹曲·折杨柳枝》："上马不捉鞭，反拗杨柳枝。下马吹横笛，愁杀行客人。"描写一位士兵出征前折柳枝不舍得离开，反映出当时百姓折柳送别的习俗。正因有此习俗，诗歌中，"柳"与"离别"之意往往紧密关联。例如，戴叔伦《堤上柳》："垂柳万条丝，春来织别离。行人攀折处，是妾断肠时。"刘禹锡《杨柳枝》："城外春风吹酒旗，行人挥袂日落时。长安陌上无穷树，唯有垂杨管别离。"李白《劳劳亭》："天下伤心处，劳劳送客亭。春风知别苦，不遣柳条青。"

诗人山庄中的柳树，青翠可人，摇曳多姿。为什么一定要将柳树带上离别的感伤呢？只是欣赏它的美丽，它的清姿，难道不是一件令人愉悦的事吗？

附：《柳浪》（裴迪）

映池同一色，逐吹散如丝。结阴既得地，何谢陶家时。

栾家濑

【原文】

飒飒秋雨中，浅浅石溜泻①。跳波自相溅，白鹭惊复下。

【注释】

①石溜：岩石间的水流。

【译文】

飒飒秋雨中，浅浅的岩石中的水流倾泻而下。波浪跳涌，自相碰撞飞溅，受到惊吓的白鹭又飞了下来。

【赏析】

濑，即急速的水流。栾家濑流水又浅又急，可以想见溪石嶙峋。一般这样的溪水，往往位于僻远的深山之中。浅浅的溪流，突然从浅滩上倾泻而下，被水中犬牙交错的石头激起奔腾的白浪。这种溪水，又往往因为降雨，从山中汇流来大量的水，突然变大，甚至引发洪灾。本来秋雨之中，是难以见到鸟儿的，由于雨水的汇集，溪流声音越来越大，以至于惊动了已经隐蔽起来的鸟儿。诗歌描写山溪，细致贴切。《唐贤三昧集笺注》云："闲景闲情，岂尘嚣者所能领会，只平平写景自见。"溪濑之声虽然喧嚣，但饶有兴味地观赏"浅浅石溜泻"的诗人，心中却是一片宁静，抛却纷扰，细细品味着眼前清幽的山景闲趣。

附：《栾家濑》（裴迪）

濑声喧极浦，沿涉向南津。泛泛鸥凫渡，时时欲近人。

金屑泉

【原文】

日饮金屑泉①，少当千馀岁。翠凤翊文螭②，羽节朝玉帝③。

【注释】

①金屑：黄金的粉末、碎末。佛教谓佛经中的片言只语，佛法中的一知半解。《五灯会元·黄檗运禅师法嗣·临济义玄禅师》："金屑虽贵，落眼成翳。"《五灯会元·东林总禅师法嗣·龙泉夔禅师》："岂况牵枝引蔓，说妙谭玄。正是金屑眼中翳，衣珠法上尘。"

②翠凤：以翠羽制成的凤形旗饰。仙人之车的装饰。王嘉《拾遗记》："西王母乘翠凤之辇而来。"翊（yì）：鸟儿立起羽毛准备飞翔的样子，这里形容旗帜的飞舞貌。文螭（chī）：有文彩的螭龙。螭，传说中一种无脚的龙。

③羽节：用羽旄装饰的节。多指神仙仪卫。

【译文】

日日饮用金屑泉的泉水，转眼之间就过了一千年。翠羽制成，彩螭装饰的车旗在空中飞舞，是成仙之后的我带着神仙仪卫乘车朝见玉帝。

【赏析】

王维《辋川集》往往诗语平淡清雅，而此诗诗语华丽精美，在《辋川集》中风格比较特别。

奔涌的泉水在阳光的照射下，斑驳的水纹如同黄金的碎屑，被诗人用来命名泉水。那么喝下金色的泉水有什么好处呢？身心愉悦之中，转瞬过了一千年，自然而然便成仙。"翠凤翊文螭"描写成仙后所乘坐的繁缛的车辇，以形容成仙后的美好生活。

附：《金屑泉》（裴迪）

萦淳澹不流，金碧如可拾。迎晨含素华，独往事朝汲。

北垞

【原文】

北垞湖水北，杂树映朱阑①。逶迤南川水②，明灭青林端。

【注释】

①朱阑：同"朱栏"，红色的栏杆。

②逶迤：曲折绵延貌。

【译文】

湖水北边的小山上，纷乱的树木映衬着朱红的栏杆。曲折绵延的南岸河流上，青林的尽头若隐若现。

【赏析】

诗歌前两句实写湖水北边的小山丘，以"杂树"与"朱阑"形成鲜亮的色彩对比，简单而突出地写出了北垞的特色。三、四两句以"逶迤"一语，将诗语带出北垞，以"明灭"写出南岸的朦胧，写出水域的绵长，山庄的深邃。

附 :《北垞》（裴迪）

南山北垞下，结宇临欹湖。每欲采樵去，扁舟出菰蒲。

白石滩

【原文】

清浅白石滩①，绿蒲向堪把②。家住水东西③，浣纱明月下④。

【注释】

①白石滩：地名。

②绿蒲：多年生草本植物，叶狭长，多生在河滩旁。向：快要。堪：能。把：满把。

③家住水东西：指浣纱的女子，有的住在河东，有的住在河西。

④浣纱：浣，指洗涤。纱：一种布料，也代指衣服。浣纱，指洗衣服。西施古浣纱于若耶溪时，鱼羞而沉底，后世诗歌中常常将"浣纱"与美人联系在一起。

【译文】

白石滩水流清浅，绿蒲快要能采摘了。人们有的住在河东，有的住在河西，一起在明亮的月光下浣洗衣服。

【赏析】

王维在《南垞》《北垞》《欹湖》等诗中，已经反复描写了山庄所临水域之大。白石滩，是湖边的一处小浅滩，作为一处别致的景致，被诗人吟咏。诗中所描写的洗衣服的普通人家，从侧面反映出山庄所临水域之大。

诗人描写山庄中的白石滩，就从滩边可以望及的普通人家写起。

《鹿柴》诗远离人间烟火，充满着文人的雅趣与哲思，《白石滩》则从世俗人家写起，从普通百姓生活写起，写出普通生活中淳朴的快乐。采蒲草，用来编织，用来生活；清浅的水滩，明亮的月光，正适合出来洗衣服。在明亮的月光下，诗人仿佛感受到了百姓普通的生活与淳朴的心灵，写出了天真朴实的生活诗意。

附：《白石滩》（裴迪）

跂石复临水，弄波情未极。日下川上寒，浮云澹无色。

竹里馆

【原文】

独坐幽篁里①，弹琴复长啸。深林人不知，明月来相照。

【注释】

①幽篁：幽深的竹林。

【译文】

独自坐在幽深的竹林里，一边弹琴一边引声长啸。山林深寂无人知晓我在哪里，只有一轮明月照在我这里。

【赏析】

此诗色籁俱清，读之肺腑若洗，既没有炫目的景语，也没有动人的情语，没有哪个字特别精巧，可谓浑然天成之作。

"独坐幽篁里，弹琴复长啸"描写诗人坐在幽深寂静的竹林中弹琴、啸歌，这里所塑造的是一种魏晋名士的高雅形象。魏晋名士多喜欢观竹、抚琴、长啸。嵇康、阮籍、山涛、向秀、刘伶、王戎及阮咸七人，常在山阳县的竹林之下，喝酒、纵歌，远离事务，肆意酣畅。东晋王微之爱竹，声称"何可一日无此君（竹）"，竹林，被赋予了文人清雅之地的文化内涵。

弹琴长啸，也是魏晋名士的风姿。嵇康《赠秀才从军》"目送归鸿，手挥五弦"。魏晋狂士阮籍曾经有过"苏门长啸"的故事，阮籍到苏门山寻访一位不知名的隐士（传说是道教人物孙登），阮籍与他讨论"太古无为之道"与"五帝三王之意"，他都不作回答，阮籍对他长啸，过了好一会儿，他才笑着说："可以再来一次。"阮籍再次长啸。待到意兴已尽，便下山离开，约莫回到半山腰处，听到山顶上众音齐鸣，好像几种器乐合奏，树林山谷都传来回声。阮籍回头一看，原来是刚才那个人在长啸（《世说新语·栖逸》）。

魏晋"竹林七贤"适逢司马氏篡魏之时，政治斗争激烈，多有小人奸臣当道，他们隐居山林，以狂妄姿态示人以自保。诗人的处境，与他们是有些相似的。天宝年间李林甫、杨国忠先后当权，王维选择隐退自保，其心迹与"竹林七贤"有些相似，在竹林中弹琴长啸的君子，不仅是高雅、潇洒而已，更有一种难以言说的苦闷。

谁能够了解诗人的这番心迹呢？诗人以为，外世之人是不太了解的，"深林人不知"即吟咏外世之人对于诗人的"不知"，灵气清澈的林中之月，似乎能够了解诗人的这番心意，如水般照拂在诗人身上。在林中弹琴长啸的君子，似乎已经浸润了竹林的幽寂与月光的清华，而竹林与月光，又倾听着诗人琴声、啸声中的诉说。诗歌以平白无奇的语言，写出了一种景我合一、天人合一的境界。

辛夷坞

【原文】

木末芙蓉花，山中发红萼。涧户寂无人①，纷纷开且落。

【注释】

①涧户：山涧中的陋室。

【译文】

长在枝梢俊俏的花朵，在山中绽放鲜红的花瓣。这里是寂寥无人的山涧陋室，花儿纷纷自开自落。

【赏析】

辛夷坞，是建于山涧中的一所小房子。辛夷，即红玉兰，它的花苞打在每一根枝条的最末端，含苞待放与绽放之时，都与荷花有相近之处，"木末芙蓉花"很贴切地描写了辛夷花的特色。裴迪《辛夷坞》云："况有辛夷花，色与芙蓉乱"，可见当时人经常将辛夷花与芙蓉花作比。王维诗句在将辛夷花比拟为芙蓉花的同时，巧妙化用了楚辞的章句。《楚辞·九歌·湘君》：采薜荔兮水中，搴芙蓉兮木末。"实际上，辛夷花是《楚辞》中比较常见的"香草"意象："辛夷车兮结桂旗"（《山鬼》）、"桂栋兮兰橑，辛夷楣兮药房"（《湘夫人》）、"燕雀乌鹊，巢堂坛兮，露申辛夷，死林薄兮"（《涉江》），作为美丽清雅的花，辛夷被赋予了美好的文化意蕴。

诗人描绘辛夷，没有花枝招展的繁缛之笔，只以简洁的意象勾勒一种高雅幽绝的气质，这正是其幽淡花魂的体现。空谷辛夷，自开自落。不因无人而悲伤，也不因过客而欢喜，写出一种心无挂碍的境界。近人俞陛云先生认为，王维此诗与苏轼《罗汉赞》"空山无人，水流花开"是同一意境（《诗境浅说续编》）。平淡清雅的诗句中，呈现出一种禅机。

附：《辛夷坞》（裴迪）

绿堤春草合，王孙自留玩。况有辛夷花，色与芙蓉乱。

漆园

【原文】

古人非傲吏①，自阙经世务②。偶寄一微官，婆娑数株树③。

【注释】

①傲吏：狂傲的小吏，也用来代指不为礼法所屈的官吏。

②阙：疏失、过失。经世务：治理国事、处理世事的事务。

③婆娑：盘桓；逗留。

【译文】

古人并不是狂傲的小吏，只是自知不通晓治理国事、处理世事的事务。偶然寄身成为一个小官吏，逗留在几棵树荫里。

【赏析】

漆园，战国时庄周为吏之处。王维借以命名自己的园林。庄子在诸侯混战的战争年代，不愿介入混沌而是非混淆的政局中，隐居著书，看轻生死，旷达潇洒。据《史记·老庄申韩列传》载，庄子曾为漆园吏，楚威王遣使聘他为相，他不干，反而对使者说："子亟去，无污我！"因此被称为"漆园傲吏"。

庄子学问渊博，司马迁认为他"其学无所不窥，然其要本归于老子之言。故其著书十余万言，大抵率寓言也。善属书离辞，指事类情，用剽剥儒、墨，虽当世宿学不能自解免也"，当时的儒家、墨家的大学者，也都赶不上庄子的学问，他以傲世的气骨，出世的心态，在纷乱的战国中，甘心做一位小吏，即使被国君任命为相国也不动心，可以说是一位真正狂傲的小吏。然而王维却说"古人非傲吏，自阙经世务"，这是在反说古人，用以自写，是谦虚之词，他说自己并非狂傲，而是真的没有经世致用的才能。偶然得到一个小官，在几株树下（漆园）盘桓优游，就让自己感到满足了。此诗抒发了作者自甘淡泊之志及效法庄周的出世之心。

附：《漆园》（裴迪）

好闲早成性，果此谐宿诺。今日漆园游，还同庄叟乐。

椒园

【原文】

桂尊迎帝子①，杜若赠佳人②。椒浆奠瑶席③，欲下云中君④。

【注释】

①桂尊：亦作"桂罇"。对酒器的美称。帝子：指娥皇、女英。传说为尧的女儿。《楚辞·九歌·湘夫人》："帝子降兮北渚，目眇眇兮愁予。"王逸注："帝子，谓尧女也。"

②杜若：香草名。夏日开白花。果实蓝黑色。《楚辞·九歌·湘君》："采芳洲兮杜若，将以遗兮下女。"佳人：既指美女，也可以指美好的人、君子贤人。

③椒浆：以椒浸制的酒浆。古代多用以祭神。瑶席：形容华美的席面，设于神座前供放祭品。

④云中君：传说中的神名，所谓何神存在争议。一说为云神，云中君，就是云中之神。屈原曾作《九歌·云中君》。

【译文】

桂树做的酒樽迎接娥皇女英，将杜若赠给美人。以花椒浸润酒浆祭奠于祀神的华美席面，希望云中的神灵降临人间。

【赏析】

此诗题为椒园，只有一句"椒浆奠瑶席"与"椒园"有关。诗人之意，不在园林。句中所写，也并非园林景致，而是诗人由花椒酒可以祭祀神灵引出的一些诗语。

此诗典故句句与楚辞，与屈原相关，是诗人托古人以明志。"桂尊迎帝子，杜若赠佳人，椒浆奠瑶席"都是在说，美好的事物应该献给贤德的人，即贤人的美德与才干，应该为贤德的明君效力。尾句"欲下云中君"表面是写诗中之人对神灵的期盼，同时也是诗人对明君的期盼。诗人居于辋川山庄，以屈原放逐自比，自珍自爱，认为自己应该保持操守以待明君，而不是与世俗之人同流合污。

《楚辞·渔父》载：屈原遭到了放逐，面容憔悴，模样枯瘦。渔父问他为什么落到这步田地？屈原说："天下都是浑浊不堪只有我清澈透明（不同流合污），世人都迷醉了唯独我清醒，因此被放逐。"渔父说："圣人不死板地对待事物，而能随着世道一起变化。世上的人都肮脏，何不搅浑泥水扬起浊波？大家都迷醉了，何不既吃酒糟又大喝其酒？为什么想得过深又自命清高，以至让自己落了个放逐的下场？"屈原说："我听说，刚洗过头一定要弹弹帽子；刚洗过澡一定要抖抖衣服。怎能让清白的身体去接触世俗尘埃的污染呢？我宁愿跳到湘江里，葬身在江鱼腹中。怎么能让晶莹剔透的纯洁，蒙上世俗的尘埃呢？"

王维与屈原一样，不愿意与奸臣小人合作，故而选择隐退辋川，但他始终希望贤德之君能够出现，能够向贤德之"帝子""佳人"与"云中君"献上"桂尊""杜若"与"椒浆"。诗语积极而含蓄，却多有惆怅失落之愁绪隐藏在字里行间。

附：《椒园》（裴迪）

丹刺罥人衣，芳香留过客。幸堪调鼎用，愿君垂采摘。

答裴迪辋口遇雨忆终南山之作

【原文】

淼淼寒流广①，苍苍秋雨晦②。君问终南山，心知白云外。

【注释】

①淼淼（miǎo miǎo）：形容水势浩大。

②晦：昏暗。

【译文】

浩大清冷的水流广阔无际，苍茫的秋雨天色昏暗。您问我终南山的所在，我心中知道，它在白云之外。

【赏析】

辋口，即王维辋川别墅所在地。终南山，是唐代隐士修行的热门去处。王维与朋友隐居，回忆起去终南山游历的经历，遂作此诗。首两句扣"遇雨"之事，在这样清冷晦暗的雨天，出行困难，而作者用"心知"二字，宕开空间，将终南山写入白云外，写出了终南山超脱尘世的神韵。

崔濮阳兄季重前山兴

【原文】

秋色有佳兴，况君池上闲。悠悠西林下，自识门前山。

千里横黛色①，数峰出云间。嵯峨对秦国②，合沓藏荆关③。

残雨斜日照，夕岚飞鸟还④。故人今尚尔⑤，叹息此颓颜⑥。

【注释】

①黛色：青黑色。

②嵯峨：山高峻貌。

③合沓：重迭；攒聚。荆关：荆门山 。泛指险要之地。

④夕岚：暮霭，傍晚山林中的雾气。

⑤尚尔：仍然。

⑥颓颜：衰老的容貌。亦借指老年人。

【译文】

秋色引起我饶有兴味的情趣，何况你闲在池塘这里呢。悠然地坐在西边的树林下，自己认得门前的山峰。青黑色的山峦绵延千里，几座特别险峻的山峰耸出云间。高峻的山峰对着古老的秦国，攒聚的山峦中藏着险要的荆门关。西斜的太阳洒在残存的雨滴上，飞鸟在傍晚的山雾中飞还。朋友仍然是老样子，我不禁叹息自己已经衰老的容颜。

【赏析】

在美好的秋日里，诗人与朋友闲来无事，就眺望门前青山，吟咏赋诗。此诗之巧妙之处在于，吟咏景物的诗句，一联一个维度，一联一种风格。极目远望"千里横黛色，数峰出云间"，辽阔壮美；抬眼仰望"嵯峨对秦国，合沓藏荆关"，逼仄险深；凝神聚目"残雨斜日照，夕岚飞鸟还"，淡雅悠然。风致各异的景色，正是秋色引起"佳兴"的缘故。诗人的目光最后落向了自己身边的朋友。他忽然发现朋友的容颜依旧如过去一样，不禁黯然感伤自己已然在浓郁的秋色中渐渐老去。

诗人以事吟诗，诗歌意象围绕主题展开，而闲居闲吟，则完全任由个人兴趣抒发。因此，不同诗人的闲居诗往往有着不同的主题。如陶渊明闲居乡野，喜欢吟咏田事："种豆南山下，草盛豆苗稀。晨兴理荒秽，带月荷锄归。道狭草木长，夕露沾我衣。衣沾不足惜，但使愿无违。"（《归园田居》）。白居易闲居京城，喜欢吟咏琐细生活："空腹一盏粥，饥食有馀味。南檐半床日，暖卧因成睡。绵袍拥两膝，竹几支双臂。从旦直至昏，身心一无事。"（《闲居》）。陆游则沉浸于自己的书斋："重帘不卷留香久，古砚微凹聚墨多。"（《书室明暖终日婆娑其间倦则扶杖至小园戏作长句》）。而王维则喜欢吟咏山水。大约也是因为王维真正醉心于山水之趣，真能沉醉于山水之美，所以，他的诗往往能够淋漓尽致地展现山川之美，被后世形容为"诗中有画，画中有诗"。

辋川别业

【原文】

不到东山向一年，归来才及种春田。

雨中草色绿堪染，水上桃花红欲然①。

优娄比丘经论学②，伛偻丈人乡里贤③。

披衣倒屣且相见④，相欢语笑衡门前⑤。

【注释】

①然：通"燃"，燃烧。

②优娄：释迦牟尼的弟子。比丘：亦作"比邱"。佛教语。梵语的译音。意译"乞士"，以上从诸佛乞法，下就俗人乞食得名，为佛教出家"五众"之一。指已受具足戒的男性，俗称和尚。经论：佛教指三藏中的经藏与论藏。

③伛偻：脊梁弯曲，驼背。可用来形容老年人。丈人：古时对老人的尊称。

④披衣：将衣服披在身上而臂不入袖，即没有完全穿好衣服的样子。倒屣：倒穿鞋子。《三国志·魏志·王粲传》："时邕才学显著，贵重朝廷，常车骑填巷，宾客盈坐。闻粲在门，倒屣迎之。粲至，年既幼弱，容状短小，一坐尽惊。邕曰：'此王公孙也，有异才，吾不如也。'"蔡邕已经声名显著，却十分重视年轻瘦弱的王粲，认为他才华出众。王粲来拜访他，他

急于迎接，鞋子都没穿好。披衣、倒屣都是用来形容主人对客人的重视以及急于相见的情态。

⑤衡门：横木为门。指简陋的房屋。

【译文】

有一年的时间没有到东山来了，如今归来才刚刚赶上春田播种。雨中的草色可以染绿山居，河流沿岸的桃花红得似要燃烧起来了。优娄和尚精通佛经的经藏与论藏，弯腰驼背的老人是乡间出众的贤人。我急切地披上衣服，倒穿着鞋子就去迎接他们，在简陋的木门前欢乐地交谈起来。

【赏析】

诗歌前半部分突出乡间的美好景色，后半部分突出别业访客人品俊雅。诗人居于辋川别业，美好而恬静的村景尽展于眼前。在与高僧、乡贤的交流中，诗人的精神需求也得到极大的满足。

诗歌起句平淡地叙述了诗人归山种田之事，颔联描写村景，而颜色词特别突出，以草色与桃花，将村景写入一片灿然的自然色泽之中。"雨中"为绿色增添了朦胧感，"水上"为热烈的花红色描上了清幽的背景。"绿堪染""红欲然"使得这些浓墨重彩的颜色充满动感，写出了春天的生机。因此，绚丽多彩的村景，十分夺目。

相较于颔联的艳丽色调，颈联读来有些干枯，没有给读者带来直接的美感。然而结合生活经验而论，美好的自然风光并不能满足人的精神需求。自然环境只是居住环境的一个方面，良好的人文环境才能带来良好的居住体验。有博学的高僧与德高望重的乡贤常来做客，诗人的精神需求得到了极大的满足。

王维诗全鉴

蓝田山石门精舍

【原文】

落日山水好，漾舟信归风①。探奇不觉远，因以缘源穷②。

遥爱云木秀，初疑路不同。安知清流转，偶与前山通。

舍舟理轻策③，果然惬所适④。老僧四五人，逍遥荫松柏。

朝梵林未曙，夜禅山更寂⑤。道心及牧童⑥，世事问樵客。

暝宿长林下，焚香卧瑶席⑦。涧芳袭人衣，山月映石壁。

再寻畏迷误，明发更登历⑧。笑谢桃源人，花红复来觌⑨。

【注释】

①漾舟：泛舟。

②缘：寻。辋川北流入灞水，自辋水乘舟入灞水，然后沿着灞水而上，到灞水源头，就可以抵达蓝田山。

③轻策：轻杖。

④惬所适：对所到之地感到满意。

⑤朝梵：和尚早晨诵经。夜禅：夜晚打坐。

⑥道心：菩提心，对佛教义理的觉悟。

⑦瑶席：光润如玉的床席。

⑧明发：黎明、平明。登历：登临游历。

⑨桃源人：陶渊明《桃花源记》中世外之地桃花源的居民，此处借指

隐士。觌（dí）：见，相见。

【译文】

太阳落下的时候山水风光正好，任随风流吹荡小舟。探索幽奇的地方不觉得远，因此找寻到了源头穷尽的地方。远望的时候就喜欢这里的山云、数目奇幻清秀，一开始还怀疑是不是走错了路。哪里知道清清的水流一转，突然间就与前山相连通。舍弃小舟拿起轻便的拐杖，（探查一番）果然对这个地方感到很满意。四五个年长的僧人，逍遥地坐在松柏的树荫下。僧人早上念经的时候，山林还没有透出曙光，晚上静坐参禅的时候，山里更加寂静了。僧人的菩提心已经影响到了牧童，想要知道世间的事情，只有向樵夫打听。傍晚住在高大的树林下，焚香之后躺在如玉石般光滑的席子上。山涧中的花香侵袭着人的衣衫，山中的明月映在石壁之上。想要再来又怕走错路，明天黎明就开始新的登高游历了。笑着告辞这里的隐士，等到花儿绽放的时候，我还要来看看。

【赏析】

此诗是王维游历石门精舍而作，读来如同一篇完整的游记，将蓝天山的美丽风光、石门精舍僧人的高洁静雅，形象地展现在读者面前。精舍，即僧道居住或说法布道的处所。

诗歌以诗人游历的时间为主线展开。诗歌前八句描写诗人不辞路远，到访石门精舍。因为距离远，甚至一度怀疑走错了路，旅途并不算平顺，而读者读来不觉其登山寻路的苦辛，只感到诗人游兴盎然。王维在前八句诗中所选的虚字，特别能突出他游玩的兴致："漾舟信归风"的"信"字，写出诗人的潇洒；"探奇不觉远"的"不觉"二字，写出诗人的兴致高涨；"遥爱云木秀"的"遥爱"二字，传达出诗人看到眼前风景的欢欣之情；"初疑路不同。安知清流转，偶与前山通"的"初疑""安知""偶与"等字，写出一种游玩的探索之乐。诗人在虚字间的文笔斡旋，将一段旅途写

197

得幽远有趣。

"舍舟理轻策，果然惬所适"是诗篇过渡的关键之笔。上句以"舍舟"结束旅途，下句以"惬所适"引起下文。所到之地为什么让游人感到惬意呢？游人一到这里，就感受到了寺中僧人清净自在的独特气质，并且为这种气质所感染。寄宿于此，感到融入一片幽静空灵之中，无声无息间，花香浸染了衣襟；不知不觉间，山月的寒光照亮了清冷的石壁。

诗歌结句化用陶渊明《桃花源记》的典故，《桃花源记》中，武陵渔夫偶然间来到了土地肥沃、桑竹林立的桃花源，桃花源与世隔绝，不受当朝徭役、赋税的压迫。渔人离开桃花源之后非常想念桃花源，想要再找去，却找不到去桃花源的路了。诗歌以桃花源的典故，写出石门精舍如同世外之地。从地理上来讲，石门精舍位于灞水源头附近，正贴合典故中的"源"字；诗歌第四句"因以缘源穷"也与结尾"笑谢桃源人"形成了照应。

山中

【原文】

荆溪白石出①，天寒红叶稀。山路元无雨，空翠湿人衣。

【注释】

①荆溪：本名长水，又称浐水，源出陕西省蓝田县西南秦岭山中，北流至长安东北入灞水。

【译文】

浅浅的荆溪中露着白色的溪石。天气寒冷但红叶尚且稀疏。山路上本来没有下雨，但青色的潮湿的雾气弄湿了人的衣服。

【赏析】

首句写山中溪水。山势险峻，山林茂密，山路曲折，往往行至水边，才能够看见溪水，看见浅浅溪流中的粼粼白石。诗人就身边所见写起，溪石嶙峋，溪水必定往来冲击，在清幽的山溪画面中，似乎可以听见那潺潺的水声。次句写山中绚烂的红叶。"天寒"二字，将局限于诗人脚边的溪流视角，切换到了广袤的天空中。苍茫的山色中，点缀着粲然而夺目的红色，秋山绚烂的色彩又因为"天寒"染上了些冷冷的意蕴。

此诗后两句脍炙人口。凡是到过山中游玩之人，都知道山中空气湿度大，都曾在茂密的山林中穿行。诗人却将人人可经之事，人人可见之景，写出一种奇趣，让人读来耳目一新。一般的诗笔，往往通过人的观感来描绘苍翠的山色，而诗人却让山色自己行动起来，让山色主动打湿了人的衣服，可谓构思奇妙。王维《书事》诗"轻阴阁小雨，深院昼慵开。坐看苍苔色，欲上人衣来"与此诗有着相似的描写手法，《书事》诗读来让人感觉幽静闲雅，《山中》一诗的色彩更夺目。"白石""红叶""空翠"和谐而错落地展现在"天寒"的"山路"中，俨然一幅清秀幽雅的秋山溪石图。

苏轼曾经赞赏此诗"诗中有画，画中有诗"，而且他见过一幅《蓝田烟雨图》，图中题有这首诗："蓝溪白石出，玉川红叶稀。山路元无雨，空翠湿人衣"，画中之诗与现在流传的版本差别较大，苏轼也说"好事者以补摩诘之遗"，是有好事之人补到《蓝田烟雨图》上去的。我们今天难以见到古人的《蓝田烟雨图》，故而无法判别画中的题诗到底是谁题上去的。但这一记载说明，读到这首诗的人，无论是古人还是今人，无论是学富五车的苏东坡还是闲来好事之人，都感受到了诗中那美如画境般的诗意。

渭水田家

王维诗全鉴

【原文】

斜阳照墟落①，穷巷牛羊归②。野老念牧童③，倚杖候荆扉。雉雊麦苗秀④，蚕眠桑叶稀。田夫荷锄至⑤，相见语依依。即此羡闲逸，怅然吟《式微》⑥。

【注释】

①墟落：村落。

②穷巷：冷僻简陋的小巷。

③野老：村野老人。

④雉雊：雉鸟鸣叫。《礼记·月令》："（季冬之月）雁北乡，鹊始巢，雉雊鸡乳。"雉鸟鸣叫是冬天结束的信号之一。

⑤荷：背；扛。

⑥《式微》：《诗·邶风》篇名。《诗序》说，黎侯流亡到了卫国，随行的臣子劝他归国，后以赋《式微》表示思归之意。

【译文】

西斜的太阳照在村落上，牛羊回到了冷僻简陋的小巷中。村野的老人记挂着放牧的孩子，靠着拐杖在柴门等着。雉鸟鸣叫的时候麦苗逐渐青秀，蚕儿睡眠的时候桑叶已经稀疏了。田夫背着锄头来了，在这里见面，亲密地说话。看到这样的场景我不禁羡慕闲静安逸的生活，怅惘地吟诵着《式微》诗。

【赏析】

诗歌平实地描写田家景象，写出平凡生活中的画意。首两句平实地描绘村落之景，"墟落""穷巷""牛羊"抓住了田园生活中的特色景致。三、四两句既是村中的常见之景，又饱含老翁对儿童的牵挂之情，淳朴而动人。五、六两句描写村落中一些细节景象，贴合着村中生产活动的自然规律去写，雉鸟鸣叫意味着冬天结束，麦苗逐渐返青，蚕儿吃饱睡眠的时候，桑叶已经被吃得稀疏了，景象自然而又有趣。村民们聚堆聊天本是村子中常见一景，"相见语依依"则突出了村民之间关系的朴实与亲厚。诗人转而联想到自身在官场的处境，在官场遇到的那些毫无淳朴之气的人，不禁羡慕闲居种田的人，怅惘地吟诵思归的诗歌。

《唐贤清雅集》评论此诗云："真实似靖节，风骨各别，以终带文士气。"同样是真实地描写田园生活，为什么王维与陶渊明的诗读来却让人觉得有不同的风骨呢？首先，王维和陶渊明都有着独特的个人气质，这决定了他们的诗歌有着不同的文气。其次，陶渊明是以参与者的身份去描写田园生活的："晨兴理荒秽，带月荷锄归。道狭草木长，夕露沾我衣。"（《归园田居》），是实际参与农田劳作的景象，而王维是一位旁观者，是"即此羡闲逸"的士大夫。视角的不同，必然创作出不同的诗歌。

山中送别

【原文】

山中相送罢①，日暮掩柴扉②。

春草明年绿③，王孙归不归④。

【注释】

①罢：结束。

②柴扉：柴门。

③明年：一作"年年"。

④王孙：泛指贵族子弟，也用于尊称他人。

【译文】

在山林中送朋友离去，夕阳下关上居所柴门。春日的芳草明年仍然碧绿，分别后朋友是否重来这里？

【赏析】

这首小诗开头的"山中"写出了"相送"的环境，而"罢"表明诗人已经送别了朋友。第二句中"日暮"点出"相送罢"的时间，"掩柴扉"则表明诗人居住在山中，而送别的朋友是进山探访。前两句中虽然没有出现关于诗人与朋友交流的描写，但头尾的"山中""柴扉"四个字已经暗示出诗人不合流俗的志趣，可以推测诗人的朋友自然亦非俗人。

第三、四句化用了"王孙游兮不归，春草生兮萋萋"（《楚辞·招隐士》）的典故。之所以说是"化用"，一是因为《招隐士》中说"不归"，而诗中则换为问句形式的"归不归"；再者原典"春草生兮萋萋"是实写，而诗中"春草明年绿"则是想象之辞。从章法来看，第三句中的"明年"暗合第一句中的"罢"字之意，而第四句中的"归不归"之问则照应"相送"。至于"春草"，显然扣合"山中"的情境。"王孙"则衬托"柴扉"，表明诗人虽然不混迹流俗，却珍视志趣相投的朋友，同时也从侧面写出诗人对自身品行的肯定与骄傲。

　　这首诗传达的情绪，集中表现在后两句中。"春草明年绿"虽然是诗人的想象，但也是一种以肯定的语气表述出的想象。而"王孙归不归"则写出了诗人游移不定的想法，大概诗人考虑到自己和朋友志趣相投，于是感到明年朋友一定会再来探望；但他或许也在担心，正如"王孙"未必有闲暇记得与隐居山林之人的约定，朋友是否也会因事务烦扰而无法重到山中访友呢？这首诗中或许蕴含了一些诗人与朋友离别的惆怅，但总体情绪并非孤独压抑的，而是在思念朋友的深情厚意中附带着对重逢的期许，这也许就是所谓的"温柔敦厚"吧。

赠刘蓝田

【原文】

篱间犬迎吠，出屋候荆扉。岁晏输井税①，山村人夜归。
晚田始家食②，馀布成我衣。讵肯无公事③，烦君问是非。

【注释】

①岁晏：年末，一年将近的时候。井税：田税。

②晚田：指秋季作物。家食：家中的食物。

③讵肯：岂能。公事：公家的差事。

【译文】

篱笆间的狗迎着外面狂吠，我走出屋子在荆门前等候您。年末的时候交上田税，山村的人夜晚归来。秋天的庄稼才成为家里的食物，剩下的布匹成为我的衣服。哪里能说清闲没有公家差事呢，正想烦您过问一下其中是非。

【赏析】

此诗诗语平淡自然，而诗味醇正，笔法疏落。反复涵咏，诗意耐人寻味。

王维在当时颇具才名，蓝田的地方官听说有名人到蓝田居住，来拜访王维。王维写此诗作为酬答。表面读来，诗歌就诗人的生活写起，先描写刘大人到来，主人迎客，进而描写主客间的对话：在简陋的房舍、篱笆间，突然狗吠声起，诗人得知有客人来，恭敬地出屋相候。诗人在蓝田生活体验如何呢？年终按时交田税，作为一个村民，在外面一直忙到晚上才回家。诗人吃家里耕种的粮食，用家里织的布做衣裳，诗人的生活如此平淡而简单，遇到刘大人来访，正想向大人请教些问题。

诗人的生活，也间接反映出蓝田此地的民生情况。首句以犬吠之声，反衬出乡间的安静。村民按时纳粮，家中也有粮食、布匹，说明村民的生活还可以。"山村人夜归"写出村中没有强盗和匪徒，走夜路也非常安全。村间生活得以淳朴安乐如此，正是刘大人的政绩。末两句写到岂能没有公事呢，我正想烦您判别下是非。而诗人这种烦问，侧面写出县令公事之稀少。在古代，地方上平静无事，被认为是地方官员治理得当的一种体现。

此诗处处从侧面赞美地方官的政绩，但细细品来似乎还有一层意思：山村的人为什么要忙到晚上"夜归"呢？是不是因为"岁晏输井税"呢？"晚田始家食"，为何"晚田"才开始有粮食作为家庭口粮得以囤积呢？早田的粮食去哪里了？"馀布成我衣"背后也有一个问题：村民既已纳粮，还需要交布匹，剩下的才可以做衣服。赋税是不是收得有点多？诗人在与地方官的酬唱诗中，十分委婉含蓄地表露出一些自己的政见。

临高台送黎拾遗

【原文】

相送临高台，川原杳何极①。

日暮飞鸟还，行人去不息②。

【注释】

①杳：深远宽广。极：穷尽，尽头。

②息：停止，休歇。

【译文】

在高耸的楼台送别朋友，眺望河流漫长、原野宽广，不知道尽头在什么地方。归巢的鸟儿在夕阳下飞翔。行人没有片刻停歇，离去匆忙。

【赏析】

《临高台》是汉代铙歌旧题，从汉代至唐代，有不少以此名为题的诗歌，如三国时魏文帝曹丕、南朝齐代诗人谢朓、初唐诗人王勃都有名为《临高台》的作品。王维的这首诗与谢朓同题诗比较类似。

此诗第一句中的"临高台"，应当是用古代的诗题"借题发挥"，用来实写送别的场所。第二、三、四句都是写诗人登临高台时见到的景色。第二句中用"杳何极"三个虚字，颇能写出从高处眺望河流原野的那种缥缈之感。第三句"日暮"二字，把视野从远方的大地转移到更加宏阔的天空。"飞鸟"与"川原"一动一静形成对比；"还"字以诗人自身静止的视角写出飞鸟的动态，"何极"则是以诗人目光的限度写出川原的无限。第四句"行人"又把关注的对象转到地上，"去"字照应"还"字，"不息"则从"杳何极"之意中引出。飞鸟尚且有飞还的既定时间，而行人在"杳何极"的大地上奔走操劳，似乎永无停歇。而"飞鸟"与"行人"的两种表现，正寄托着诗人珍重朋友之情。

　　我们可以把谢朓的《临高台》拿来和王维诗作一下比较。谢诗是这样写的："千里常思归，登台临绮翼。才见孤鸟还，未辨连山极。四面动清风，朝夜起寒色。谁知倦游者，嗟此故乡忆。"不难看出，王诗的遣词造句与谢诗前四句颇为相似；而二诗最大的不同，在于王诗中情绪的表达较谢诗更为含蓄。如谢朓直接写出"倦游者"，王维则只是简单说"行人"；谢朓声明"嗟此故乡忆"，王维却没有声张类似的慨叹。王维与谢朓两首《临高台》的不同写法之间，并没有优劣高下之分，写法的不同，对应的是作者气质的不同。谢诗表述直接却不浅薄，通篇透露着俊爽之气，如"四面动清风，朝夜起寒色"犹能表现这一点；王诗内敛而不晦涩做作，其中对虚字的运用最有意味。如果就诗的气势而言，谢朓《临高台》无疑占优。如果就诗的回味度而言，王诗当略胜一筹。

酬诸公见过

【原文】

嗟予未丧，哀此孤生^①。屏居蓝田，薄地躬耕^②。

岁晏输税，以奉粢盛^③。晨往东皋，草露未晞^④。

暮看烟火，负担来归^⑤。我闻有客，足埽荆扉。

箪食伊何，副瓜抓枣^⑥。仰厕群贤，皤然一老^⑦。

愧无莞簟，班荆席藁^⑧。泛泛登陂^⑨，折彼荷花。

静观素鲔^⑩，俯映白沙。山鸟群飞，日隐轻霞。

登车上马，倏忽云散。雀噪荒村，鸡鸣空馆。

还复幽独，重欷累叹。

【注释】

①孤生：孤陋的人，常用于自谦之词。

②屏居：退隐；屏客独居。躬耕：亲自种田。

③岁晏：一年将尽的时候。输税：缴纳租税。粢（zī）盛：古代盛在祭器内以供祭祀的谷物。粢：古代供祭祀用的谷物，泛指谷物。

④东皋：水边向阳高地。也泛指田园、原野。晞（xī）：干，干燥。此句出《国风·秦风·蒹葭》："蒹葭萋萋，白露未晞。"

⑤烟火：烟和火，指炊烟。负担：背负肩挑。

⑥箪（dān）食：装在箪笥里的饭食。箪：古代用竹子或苇编织的盛

饭器具，平民百姓在日常生活中经常使用。伊何：什么。副瓜：剖开的瓜。抓枣：打下来的枣。

⑦厕：同"侧"，在……旁边。皤（pó）然：白貌。多指须发之白。

⑧莞簟（wǎn diàn）：蒲席与竹席。《诗·小雅·斯干》："下莞上簟，乃安斯寝。"班荆：谓朋友相遇，共坐谈心。典出《左传·襄公二十六年》："伍举奔郑，将遂奔晋。声子将如晋，遇之于郑郊，班荆相与食，而言复故。"伍举与声子也是好朋友。伍举受牵连出逃，逃到郑都城郊外，与声子相见，他们马上拔下路边的荆草铺在地上相对而坐，互相倾诉衷肠。后世遂以班荆比喻老朋友在路上碰到，随地坐下来谈心。席藁（gǎo）：坐在用禾秆编成的席子上。

⑨陂（bēi）：池塘、水岸。

⑩素鲔（wěi）：白色的鲔鱼。

【译文】

感慨我尚在人世，哀叹就这么孤陋地活着。退隐居住在蓝田山，独自耕种贫瘠的土地。一年将近的时候就缴纳赋税，余粮作祭祀使用。早上前往水边的高地，草上的露水还没有干。晚上望着袅袅升起的炊烟，背着担子回到村落。我听说来了客人，赶紧打扫我简陋的荆条大门。箪笥里装的什么饭食呢？剖开甜瓜，打下甜枣来招待客人。仰视旁边的一群贤能之人，我只是鬓发斑白的一介老翁。很惭愧没有蒲席和竹席，只好搬来荆条和禾秆编织的席子坐。泛舟登上水岸，攀折水中的荷花。静静地观看水中洁白的鲔鱼，映衬着水底洁白的砂砾。一群鸟儿在山中展翅高飞，红日隐藏在轻轻的云霞之后。登上车、骑上马准备离开之时，刹那间云突然散开了。麻雀的叫声聒噪着荒凉的村子，鸡啼鸣在空荡的馆舍前。我又回到了静寂孤独的生活，不禁再次唏嘘，屡屡叹息。

【赏析】

此诗诗题下有注："时官出，在辋川庄"，官出，即离职。王维在天宝九年、天宝十年间，因为母亲去世，避居辋川。根据儒家传统的孝道观念，朝廷官员的父母去世，官员需要辞官回到祖籍，为父母守制二十七个月，守制结束后才能重新回到朝廷。诗题"酬诸公见过"，即同朝为官的官员去探望居丧守制的同事，这种类似的人情应酬在今天仍在延续，这种应酬有其存在的社会意义。以四言诗为主的《诗经》是中国古典诗歌的开端，因而四言诗被认为是历史渊源最久远、最古雅的诗体。这大约是王维选取四言诗体裁创作这首《酬诸公见过》的原因。

诗歌起句以"嗟予未丧"，点出大家这次到来的原因：母亲去世了，诗人孤独地活在世上，心情很悲痛，甚至叹息"为什么我还活着"。第三句至第十句描写诗人居丧期间简朴的生活：退居在乡间，以种田为生，过着艰辛又充实的日子。从"我闻有客"起，诗人描写主人招待客人的情形：没有精美的餐具，也没有什么特别的美食，只有普通的竹苇容器，以及瓜枣这些农家食物，也没有精美的坐席，只好让大家坐在荆枝禾杆编织的席子上。虽然招待很简陋，但乡间自有乐趣，可供诸公游玩。乡间安宁祥和的景色美丽如画。在短暂的欢聚后，诸公像云一样四散离去，只留下麻雀和鸡畜，游荡在荒凉的村子，空旷的馆舍中。诗人重新回到了孤独的生活中，不禁屡屡叹息。

这首诗中所表现的诗人对乡间生活的感觉与大多数诗歌不太一致。诗人幽静独居的生活在诗中陷入"重欷累叹"之中。这是诗歌题材的表达需要决定的。诗人招待异地赶来的客人，需要描写对客人的尊重、招待客人以及客人离去后的心情，诗篇围绕这些内容展开，结尾自然不能落到享受"汎汎登陂，折彼荷花。静观素鮪，俯映白沙。山鸟群飞，日隐轻霞"的美好景致上，而应该落到对客人离去的失落感觉上。诗歌架构按照一般待客诗的结构展开，在修辞上以直陈为主，没有比喻或起兴的修饰，这使得这首诗诗体虽然古雅，但读来如同有文采的待客纪实文章，结构谨严、句意精妙，但诗味并不出众。

春中田园作

【原文】

屋上春鸠鸣，村边杏花白。持斧伐远扬①，荷锄觇泉脉②。

归燕识故巢，旧人看新历③。临觞忽不御④，惆怅远行客。

【注释】

①远扬：向上扬起的枝条。《诗·豳风·七月》："蚕月条桑，取彼斧斨，以伐远扬，猗彼女桑。"朱熹《诗集传》："远扬，远枝扬起者也。"

②荷（hè）：扛在肩上。觇（chān）：窥测，观测。泉脉：地下伏流的泉水。

③新历：新年历书。

④临觞：面对着酒。觞，酒杯。御：抵挡。此处指抵挡酒力。

【译文】

屋顶上春天的鸠鸟不住啼鸣，村边洁白的杏花已经绽放。拿着斧子砍掉向上扬起的枝条，扛着锄头寻找泉水。飞回的燕子认识旧日的巢穴，已经是旧人的我翻开新年历书。面对着酒忽然不胜酒力，为远方的行人感到无限惆怅。

【赏析】

小诗展现出王维悠然自得的隐居生活。

诗人笔下的田园村景，一片春意盎然。屋顶上啼鸣的鸠鸟，充满了春天的活力；绽放的杏花，点缀着村边的小路。在美好的春天中，人们忙着农事，有的在修剪田园中的树木，有的在寻找水源。平实而美好的田园生活，在一天天的忙碌中悄然流逝。

诗歌五、六两句用了对比的写法，颇有些深意。春天归来的燕子，还认得去年的巢穴，但去年的人，已经要用今年新的日历了。这里隐含着"物事人非"之感，"旧人"所揭过去的，不仅仅是去年的日历，更是以往的人事。如今的人需要面对的，是与以往不同的情势。也正因此，诗歌的结句，落入一片惆怅之中。诗人在田园中，虽然感到轻松舒适，但是想到远方的人，心中仍免不了生出惆怅之情。

王维的隐居，是亦官亦隐的。有才能的人，往往希望能够才有所用。但世事多变，时有不如人意之事。出仕的生活不得不随着政局变动而产生许多变数，完全远离尘世的生活，又不是才干之士所期待的理想生活。也正因此，王维在描写闲寂的田园生活时，时不时地流露出心中的惆怅之感。

辋川闲居赠裴秀才迪

【原文】

寒山转苍翠，秋水日潺湲。

倚杖柴门外①，临风听暮蝉。

渡头馀落日，墟里上孤烟②。

复值接舆醉③，狂歌五柳前④。

【注释】

①柴门：用柴木做的门，言其简陋。

②墟里：村落。

③接舆：春秋时期楚国隐士，佯狂不仕。亦以代指隐士。

④五柳：晋代隐士陶渊明的别号。陶渊明曾作《五柳先生传》以自况，文中云："宅边有五柳树，因以为号焉。"

【译文】

暮色下的秋日寒山，山中翠色越来越深。秋日的山水，日日潺流不息。我倚着拐杖站在简陋的柴门外，吹着风，听着暮色下最后的秋蝉。渡头边还带有一丝残阳，村落里炊烟初起。醉酒的隐士，唱着狂浪的歌，踱步到另一位隐士面前。

【赏析】

这首诗作于天宝年间，描写了王维与好友裴迪隐居辋川乡间的自在生活。

这首诗首联和颈联写景，描绘辋川附近山水村落的深秋暮色；颔联和尾联写人，刻画诗人和裴迪两个隐士的形象。这首诗诗句极具画面感，可谓"诗中有画，画中有诗"，更为妙绝的是，这些画面颇具动态感。

首句"寒山转苍翠"，一个"转"字，写出随着天色向晚，山中的翠色逐渐趋于沉暗之景，虽然写的是静态的寒山，而色彩的变幻，分明如在目前。"秋水日潺湲"不仅写出了动态的秋水，潺潺的水声也如在耳边。颈联"渡头馀落日"一句，以"馀"字勾写出残阳，似乎太阳即将沉下渡头。"墟里上孤烟"一句，从陶渊明"暧暧远人村，依依墟里烟"（《归田园居之一》）化出，"上"字写出这黄昏第一缕炊烟袅袅飘摇的情景，"孤"字又突出了乡村的静谧感。同时，这一静谧的村景，将渐渐变为户户炊烟的田园之景。

　　诗人不仅仅描绘了静谧安详的田园秋色，更是将两位隐士融入这秋色之中。诗中第三句写隐士倚杖远望，临风听蝉，而首联正是隐士倚杖所见所闻。"倚杖"远望，将山水之景代入目中，"柴门"二字，则将隐士定位于村落之中。六句写炊烟，七句则写到隐士喝足了酒，找朋友解闷，衔接紧密。更为有趣的是，诗人将自己与裴迪比作了两位隐士，但这两位隐士个性对比十分鲜明；陶渊明"采菊东篱下，悠然见南山"，是安详内敛的隐士，"接舆而歌"的则是一位狂放不羁的隐士。据《论语·微子》里记载，楚狂接舆歌而过孔子曰："凤兮凤兮！何德之衰？往者不可谏，来者犹可追。"可见其言行狂放，不拘礼节。性格差异如此之大的两个人却互相深有默契，更见二人志趣相投。

登裴秀才迪小台

【原文】

端居不出户①，满目望云山。落日鸟边下，秋原人外闲。

遥知远林际，不见此檐间。好客多乘月②，应门莫上关③。

【注释】

①端居：平常居处。

②乘月：趁着月光。

③应门：照应门户。此处指守候和应接叩门的仆人。

【译文】

平常在家不用出门，就能看到满眼的云和山。太阳西沉的天际，飞鸟俯下；秋日原野之外，诗人安闲。能够遥远地知晓远方林边的景色，却看不到台檐之下的物什。嘉善的客人多喜欢趁着月光赏景，告诉你照应门户的童子不要关门。

【赏析】

此诗为裴迪家观景台而作，但却不具体地去敷陈观景台用了什么砖什么瓦，而是写登台望处，云山缥缈。若是去雕画台阁，或许能迎合庸俗富人的心思；而对诗人而言，登台远望能得闲雅之趣，方见得台阁起得妙。

颔联描写远望之景。先写开阔的落日、秋原景色，而后聚焦到自由飞翔的鸟儿、安闲自得的诗人身上，写出一种意趣之妙。句法而言，此联本是"日边鸟下""原外人闲"，但诗人巧妙地改变了语词的组合方式，使得诗句读来新鲜有趣。

颈联写出一种有趣味，有哲思的远望体验：登台远望之人，多沉醉于远处美景，而往往不在意脚下台檐。此句"远林"一词，承接前面所写远望之景，而"此檐"之笔，将笔锋过渡到近在身边的台上之人。

尾联是平常亲切的朋友之间的交谈，王维登台远望，心旷神怡，对朋友说：晚上给我留着门。此诗重点写夕阳暮色之景，而结尾提到客人想"乘月"，颇见客人意犹未尽之态。"应门莫上关"一句，客人跟主人提要求，直接随意，丝毫不客气，这大概是王维与裴迪间对话的一种平常姿态，正是这种平常的朋友话语，在不经意间向后人透露出两人感情的亲密无间。

此诗句法、篇法都非常精妙，而诗歌的神味，更在字句之外。

酌酒与裴迪

【原文】

酌酒与君君自宽①，人情翻覆似波澜。

白首相知犹按剑②，朱门先达笑弹冠③。

草色全经细雨湿，花枝欲动春风寒。

世事浮云何足问，不如高卧且加餐。

【注释】

①自宽：自我宽慰。

②按剑：指发怒时准备拔剑争斗的动作。《史记·苏秦列传》："于是韩王勃然作色，攘臂瞋目按剑。"

③弹冠：弹去帽上的灰尘，准备出来做官。典出《汉书·王吉传》：汉宣帝时，琅琊人王吉和贡禹是很好的朋友，贡禹多次被免职，王吉在官场也很不得志。汉元帝时，王吉被召去当谏议大夫，贡禹听到这个消息很高兴，就把自己的官帽取出，弹去多年布满的灰尘，准备戴用。果然没多久，贡禹也被任命为谏议大夫。后用"弹冠"一词指出仕做官，或者比喻相友善者援引出仕。

【译文】

酌酒给你，希望你能自我宽慰，人情反复无常，如同波澜翻覆。相交到老的人也可能按剑提防，富贵之家已经显达的人们庆祝着准备出仕。细雨湿润了青青草色，花枝欲展，春风依旧寒冷。世间事情如浮云一般不值得过问，不如隐居起来，安然躺着，多多进食。

【赏析】

王维早年，正逢开元盛世，既负才名，又得贤相张九龄赏识，本是打算一展才华，为朝廷出力。但王维刚步入朝廷不久，唐玄宗却开始亲小人、远贤臣，并愈演愈烈。在政治环境恶化时，王维选择了隐居。在王维隐居期间，不断描绘着幽美的田园景色，写出了田园生活的诗情画韵。这首饮酒诗虽然作于隐居期间，却没有什么"画韵"，也不幽美，但却是作者倾诉衷肠的作品。

首句作者给朋友斟酒，希望朋友能够借着酒力自我宽慰。然而，需要借酒浇愁的事情，往往是"举杯浇愁愁更愁"，说是让友人自宽，其实在这里对饮的两个人，遭遇、心境是很相似的。作者接着写出了心中的愁事：人情反复无常，似水的波澜一样诡谲。三、四两句承接"人情翻覆"展开：白首相知的人手按在剑上准备争斗，富贵人家先登仕途，弹冠相庆，可能早就忘了咱们了。诗人心中的愤懑又怎能用醉酒化解呢？

五、六两句表面上看，写的是春日风光，但其意义却不是单纯指向景色的。《王孟诗评》云："'草色''花枝'固是时景，然亦托喻小人冒宠、君子颠危耳。"青青小草得到细雨的眷顾，比喻小人得到了君主的恩惠；寒冷的春风吹到准备开放的花枝上，比喻准备一展才华的才子遭到了冷遇，难以"绽放"。

前六句所描写的状况，应该如何加以"自宽"呢？事实上，在当时的环境下，诗人与朋友都无力改变小人得志的现状，所以选择不问世事，隐居高卧，保养身心。如果不想和口蜜腹剑的李林甫同流合污，君子隐居蛰伏，等待时机，可能是当时最为现实可行的选择。

积雨辋川庄作

【原文】

积雨空林烟火迟，蒸藜炊黍饷东菑①。

漠漠水田飞白鹭，阴阴夏木啭黄鹂。

山中习静观朝槿②，松下清斋折露葵③。

野老④与人争席罢，海鸥何事更相疑。

【注释】

①藜（lí）：又称灰菜，是一种野菜。东菑（zī）：泛指田园。出自南朝梁沈约《郊居赋》："纬东菑之故耜，浸北亩之新渠。"菑，指开荒初耕的田地。

②朝槿：木槿。其花朝开暮落，故常用以喻事物变化之速或时间的短暂。

③露葵：滑菜，野菜的一种，霜露时最鲜美，故称露葵。

④野老：村野老人。

【译文】

连日雨后，空旷的树林里炊烟缓缓升起。蒸熟野菜，做熟黍子招待东边开荒的人。寂静广阔的水田上白鹭掠空而飞；幽暗繁密的树林中黄鹂婉转地啼叫着。我在山中习养寂静的心性，观看着木槿晨开暮谢；在松树下吃着素斋，采摘露葵。村野老人与人不拘礼数，争着座位，海鸥为了什么事，还要猜疑我呢？

【赏析】

王维隐居辋川，心中已经看淡了世间名利，过着平淡的田园生活。诗人描写其幽雅闲淡的田园生活，交织着乡村静谧优美的风光，意境优美，物我交融。

首联描写田家生活，观察细致贴切：因为连日阴雨，空气潮湿，炊烟比往常升得慢。虽然这一现象在理论上是容易理解的，但活在匆匆忙忙中的人们如何会注意到炊烟比往常升得慢了呢？诗人在此描写出生活中的小细节，非常有趣，又透露出此时诗人心境之悠然。

颔联描写美丽的田园景色："漠漠水田飞白鹭，阴阴夏木啭黄鹂"，水田、白鹭、夏木、黄鹂都是极为平常的意象，作者通过巧妙的组合搭配，将山野景象的诗情画意描绘得淋漓尽致：田野广漠空蒙，白鹭翩翩起飞；树林蔚然深秀，黄鹂婉转歌唱。苍茫的旷野与幽深的树林相搭配；洁白的鹭鸟是广袤水田上的一个亮点；黄鹂是幽暗树林中的一抹亮色；作者写出了色彩的浓淡变化，突出了视觉焦点，而这种笔法与绘画构图非常类似，使得创作达到了"诗中有画"的诗境。比起静态的图画来，作者用"飞"写出白鹭自在飞翔之动态，用"啭"写出黄鹂婉转流丽之歌声，诗句如画，但诗意比画意更丰富。

在这样恬静优美的田园风光中，诗人修习参禅，随眼看山中花木，采摘新鲜野菜。在平常人看来有些寡淡的生活中，作者多有所体悟。随眼所见的花木，是朝开暮落的木槿花；食用野菜的霜露时节，稍纵即逝。这份感慨，有几分类似于《金刚经》"一切有为法，如梦幻泡影，如露亦如电"的经义。

诗歌前六句皆从身边景物、日常生活写出。但诗歌最后两句作者使用了古雅的典故。"争席"是《庄子·杂篇·寓言》篇中的故事：杨朱去从老子学道，路上旅舍主人欢迎他，客人都给他让座；学成归来，旅客们却不再让座，而与他"争席"，说明杨朱已没有学者的矜持气，自然自得。"海鸥""相疑"是《列子·黄帝篇》中的故事：海上有人与鸥鸟相亲近，互不猜疑。一天，父亲要他把海鸥捉回家来，他又到海滨时，海鸥便飞得远远的，不再信任他。"野老与人争席罢"描写作者尽脱朝堂之气，融入村野生活之中。"海鸥何事更相疑"一句中，"海鸥"来得很奇怪：辋川是没有海鸥的。外面的"海鸥"应该没有把柄去猜疑"野老"了吧？作为曾经深度参与朝堂政治，又在京城交游中颇为引人注目的才子，诗人本人放下了朝堂的名利之争，但是"海鸥"是不是就不再猜疑当年的长安名士了呢？

作者这首诗在章法上颇有精心的构思，并非随笔而写。第三句中的"水田"承接第二句田野之景；第四句中的"夏木"照应第一句中的"空林"；"蒸藜"与"折露葵"互相映衬的同时，作为暗线牵出了"野老与人争席罢"的场景：诗人褪去身上的士大夫、诗人的矜持气，与村野老人一起吃野菜。作者此诗并非随意写出，而是精心将自己田园生活的悠闲寂静，展现给了读者。

春日与裴迪过新昌里访吕逸人不遇

【原文】

桃源一向绝风尘^①，柳市南头访隐沦^②。

到门不敢题凡鸟^③，看竹何须问主人^④。

城上青山如屋里，东家流水入西邻。

闭户著书多岁月，种松皆老作龙鳞。

【注释】

①桃源："桃花源"的省称，出自陶渊明《桃花源记》，后用来指仙境或隐居处。

②隐沦：指隐士。

③凡鸟："凤"的繁体字"鳳"可以拆开为"凡鸟（鸟）"，典出南朝宋刘义庆《世说新语·简傲》："嵇康与吕安善，每一相思，千里命驾。安后来，直康不在。喜（康兄）出户延之，不入。题门上作'凤'字而去。喜不觉，犹以为欣，故作'凤'字，凡鸟也。"吕安访嵇康不遇，与嵇喜开玩笑一般题"凤"字于门上，含有他认为嵇喜远不如嵇康，只是凡人之意。后因以"题凤"为访友的典故。

④看竹：典出南朝宋刘义庆《世说新语·简傲》："王子猷（王徽之）尝行过吴中，见一士大夫家极有好竹，主已知子猷当往，乃洒扫施设，在听事坐相待。王肩舆径造竹下，讽啸良久，主已失望，犹冀还当通。遂直

欲出门，主人大不堪，便令左右闭门，不听出。王更以此赏主人，乃留坐，尽欢而去。"

【译文】

桃花源一向与尘世隔绝，我走到柳市南头拜访吕隐士。到了门口主人不在，也不敢轻易题词，参观幽雅的竹林又何必询问主人呢？城上的青山好像就坐落在隐士家中，东家的流水流入西边的邻居。隐士在这里闭门著书很久了，种的松树都长出了龙鳞一样的花纹。

【赏析】

这首诗自然流畅，语言淡泊雅致，虽似信手拈来之作，却颇具妙景。

首联描写拜访吕隐士之事。第一句以"桃花源"的典故突出吕隐士家环境清幽，不染俗尘，是虚写、喻写其住处，第二句则落到实处，非常具体地写到了"柳市南头"这一地点。简单的两句诗，却有着错综的笔意。

第三句用吕安访嵇康不遇的典故，写到作者没有碰到主人的遗憾。但王维并不像吕安那样，为主人题"凡鸟"之词，而是十分敬佩主人。在第三句中，作者同时从正面和反面运用了同一典故。访人不遇，应当心中是有些失落的，但作者笔意一转，写到了"看竹"：吕逸人家的优雅环境，激发了作者的雅兴。颈联承接"看竹"，描写吕逸人家的环境：居所出门见山，流水自在地流淌在相邻之间。吕隐士家明明在寻常乡间中，却有青山相映的清幽。

此诗最后正面写吕隐士。吕隐士隐居于此，闭门著书，耐得寂寞。然而作者并没有遇到他，作者何以展开这般描写呢？作者最后写到了枝干布满龙鳞般树皮的松树：作者在四下观赏吕隐士家庭院的时候，注意到松树已经颇有年岁了，进而联想到主人闭户著书的岁月。

本来，访友不遇是一件令人失望的事情，但通过作者的妙笔，反而将这样一件憾事写出别样情趣、别致诗味。

附:《春日与王右丞过新昌里访吕逸人不遇》(裴迪)

恨不逢君出荷蓑,青松白屋更无他。

陶令五男曾不有,蒋生三径枉相过。

芙蓉曲沼春流满,薜荔成帷晚霭多。

闻说桃源好迷客,不如高卧晒庭柯。

酬虞部苏员外过蓝田别业不见留之作

【原文】

贫居依谷口,乔木带荒村①。石路枉回驾②,山家谁候门。

渔舟胶冻浦,猎火烧寒原③。唯有白云外,疏钟闻夜猿。

【注释】

①乔木:高大的树木。

②回驾:车驾回行。

③猎火:打猎时焚山驱兽之火。

【译文】

寒舍傍着山谷出处,高大的树木围绕着荒野中的村子。白跑一趟的车驾在石路上回转,山野人家谁候着门(主人不在)。渔舟像被胶粘在了冰冻的河浦上,打猎时焚的山火在冷落寂静的原野上燃烧着。(我回到家中)只听见白云之外,有着稀疏的钟声和凄厉的猿啼。

【赏析】

古代通信不发达,王维回家之后,发现错过了一位朋友的来访(虽然许多诗人往往自称贫困，但大多数贫寒的士子、大夫家中也会有门童、仆人），感到非常遗憾。

此诗意象选取围绕"荒村"展开，"谷口""乔木""石路""山家"等简单朴实的意象构筑出山野贫居之景。这些简单朴实的意象，贴切地写出了山村的荒凉，也从侧面写出了苏员外不烦舟车劳顿到如此荒野之地看望朋友的真挚感情。

五、六两句具体描写了山村冬日的日常生活景象：渔舟被冻住，渔人无法捕鱼；猎人大肆火烧野地，只为获得一些猎物，写出了山村的荒凉、贫瘠。如此偏远的山村，一般十分寂静，能够听到从遥远的地方（白云外）传来的钟声、猿啼。末句的景致一方面凸写出主人身居荒村的生活情趣，另一方面又写出"无人"之景，回扣苏员外不见留的主题。

晚春严少尹与诸公见过

【原文】

松菊荒三径①，图书共五车②。

烹葵邀上客③，看竹到贫家④。

鹊乳先春草⑤，莺啼过落花。

自怜黄发暮⑥，一倍惜年华。

【注释】

①三径：指归隐者的家园。语出晋赵岐《三辅决录·逃名》："蒋诩归乡里，荆棘塞门，舍中有三径，不出，唯求仲、羊仲从之游。"后以"三径"指归隐者的家园。

②五车：形容书多，能装很多辆车。语出《庄子·天下》："惠施多方，其书五车。"也可用来形容学问渊博。

③烹葵：在古代葵常作为百姓家的平常食物。吴其浚《植物名实图考》认为乐府诗集《十五从军征》里面提到的"采葵持作羹"中，"葵"即冬苋菜。

④看竹：指随意拜访朋友。出自南朝宋刘义庆《世说新语·简傲》："晋王徽之爱竹，曾过吴中，见一士大夫家有好竹，肩舆径造竹下，讽啸良久，遂欲出门。主人令左右闭门不听出，乃留坐，尽欢而去。"

⑤鹊乳：喜鹊生育的雏鸟。

⑥黄发：指年老，亦指老人。

【译文】

松树和菊花未经打理，随意地长在隐士家门前的小路上。家里只是放着很多书。用葵招待高贵的客人，客人为了看竹这样的雅事，来到这贫穷的家里。平常的时候，我看着雏鹊先于春草而出生，鸟儿们又鸣叫着飞过落花。春天就这么过去了，我自己伤感已经是老年了，加倍珍惜现在的时光。

【赏析】

作者隐居期间招待朋友，与朋友观景、抒怀而作此诗。

首句用"松菊""图书"两种物象以及"三径""五车"两个典故刻画了一位高雅的隐士形象。第三句"烹葵"用平常的贫家食物招待客人，平淡而随意的招待写出了宾主交情之真挚，所谓"君子之交淡如水"是也。第四句则以"看竹"二字恭维客人之高雅，同时也将"待客"之笔转到"雅兴"上。五、六两句从"鹊乳"发展到"莺啼"，从"先春草"发展到"过落花"，早春到晚春的时间线被简洁精致的意象组合清晰地写了出来。在诗人的眼中，似乎小雏鸟一下就长成四处啼鸣的鸟儿，刚刚发芽的春草倏忽间已经凋零了花朵，诗人不禁感慨时间流逝："自怜黄发暮，一倍惜年华。"纪昀评价此诗时说："句句清新，而气韵天成，不见刻画之迹。五、六句赋中有比，末句从此过脉，浑化无痕。"粗看此诗已觉清新淡雅，而五、六句中的诗趣，又耐得读者细细品味。

别辋川别业

【原文】

依迟动车马①，惆怅出松萝②。忍别青山去，其如绿水何。

【注释】

①依迟：依依不舍的样子。

②松萝：女萝。地衣门植物。体呈丝状，直立或悬垂，灰白或灰绿色，基部多附着在松树或别的树的树皮上，少数生于石上。此处借指山林。

【译文】

依依不舍地发动马车，惆怅地离开松萝垂绕的地方。忍着伤感离开青山，如何舍得此处的绿水。

【赏析】

小诗平淡自然地传达了诗人对山中景致与生活的依依不舍之情。诗歌前三句，起笔皆饶有情态："依迟""惆怅""忍别"，反复地渲染，使得小诗情态浓烈而动人。"动""出""别"三个动词，都是在描摹离开的行动，末句句意一转，没有继续描写离开的动作，仿佛离开的行动暂时停止了。为什么呢？因为实在舍不得此处的"绿水"，按计划离开的理性，被不舍离开的感性暂时取代了。"松萝"这般山居近景，被"青山""绿水"这些概写之景取代，说明诗人的行迹随着车轮滚滚向前，离山中居所越来越远。

冬晚对雪忆胡居士家

【原文】

寒更传晓箭①，清镜览衰颜。隔牖风惊竹②，开门雪满山。

洒空深巷静，积素广庭闲③。借问袁安舍④，翛然尚闭关⑤。

【注释】

①晓箭：拂晓时漏壶中指示时刻的箭。常借指凌晨这段时间。

②牖（yǒu）：窗户。古时"窗"专指开在屋顶上的天窗，开在墙壁上的窗叫"牖"。

③积素：积雪。语出谢惠连《雪赋》："积素未亏，白日朝鲜。"

④袁安：东汉名臣，为人公平、正直。袁安没做官的时候，客居洛阳，很有贤名。一年冬天，洛阳令冒雪去访他。他院子里的雪很深，洛阳令叫随从扫出一条路才进到袁安屋里。袁安正冻得蜷缩在床上发抖。洛阳令问："你为什么不求亲戚帮助一下？"袁安说："大家都没好日子过，大雪天我怎么好去打扰人家？"洛阳令佩服他的贤德，举他为孝廉。此诗以袁安雪中闭门不出的典故，写出胡居士生活清贫但有操守。

⑤翛（xiāo）然：形容无拘无束、自由自在的样子。

【译文】

寒夜的更点传到了拂晓的时刻，对着明镜，我看到了自己衰老的容颜。隔着窗户，听到风惊动了竹子，打开屋门，原来雪已经下满山坡。洒在天空中的雪，落在寂静的深巷，积雪堆在空广闲寂的厅堂。询问下袁安家怎么样了？听说他下这么大雪，仍然闭门不出。

【赏析】

这首诗中的雪景清脱闲雅，此诗被清人王士禛推崇为雪诗作品中的上乘之作。

这首清秀的雪诗，诗歌脉络中蕴藏着生活的体验。第一句写明时间已是凌晨，一位老人，没有睡觉，对着明镜感慨时间流逝。这是为什么呢？

第三句"隔牖风惊竹"写出了雪夜中紧急的风声。睡眠偏浅是上了年纪的人常见的问题；诗人因为这一生活问题，又感慨自己逐渐老去。寒夜不寐的伤感，被诗人极为含蓄地写了出来。

风吹得竹子飒飒作响，不眠的诗人必然会想看看怎么回事。"开门雪满山"写眼前景象：白雪堆满山坡。"满"字形象地写出了雪景对诗人的视觉冲击，诗人不禁观赏起雪景，也就引出了五、六两句。"洒空深巷静，积素广庭闲"写出了雪夜的寂静清冷。"洒空"写出了空中雪花的洒脱飘逸，"积素"写出了一片洁白的地上雪景，形象生动，简朴而无繁杂的雕琢气。

在这样寂静寒冷的雪夜，诗人望着眼前的雪景，却担忧起远方贫寒而贤德的朋友：胡居士会不会像袁安那样遇到困难了呢？可能像胡居士那样的人，遇到难挨的寒冷日子，情愿自己熬着，也不愿意麻烦别人吧。

过乘如禅师萧居士嵩丘兰若

【原文】

无着天亲弟与兄①，嵩丘兰若一峰晴②。

食随鸣磬巢乌下③，行踏空林落叶声。

迸水定侵香案湿④，雨花应共石床平。

深洞长松何所有，俨然天竺古先生⑤。

【注释】

①无着：无所依托；没有着落。天亲：指父母、兄弟、子女等血亲。

②嵩丘：嵩山。兰若：指寺院。梵语"阿兰若"的省称。意为寂净无苦恼烦乱之处。

③鸣磬（pán）：击磬发声。磬，一种打击乐器，用石或玉制成，形状像曲尺。单个使用的叫特磬，成组使用的叫编磬。寺院中和尚念经时所敲打的铜铸的法器。

④迸水：从高处泻落的水。

⑤天竺：印度的古称。古伊朗语 hindukahindukh 之音译。古先生：东汉末有老子入夷狄为浮屠的传说，至《老子化胡经》《西升经》等道经，益

229

增附会，证成其说，谓老子西游化胡成佛，并以佛为其弟子，自号为"古先生"。后世因以"古先生"借称佛及佛像。

【译文】

无依无靠的亲兄弟，在嵩山寺庙中伴着一山的晴日。在磬声和乌鸦的巢穴下吃斋，在空旷的树林伴着落叶的声音中行走。逆落的水花定然浸湿香案，飞溅的雨花应该能和石床齐平。深邃的洞穴中，高大的松树旁有什么呢？仿佛看见了天竺国来的古先生。

【赏析】

王维隐居嵩山期间，与嵩山上修行佛法的两兄弟交好，所以作这首诗送给他们。兄弟中的一人已经出家为僧，法号乘如，题中"禅师"即是对和尚的敬称；他的兄弟尚未出家，是在家修行佛法的居士。兰若，佛教名词，其中若字念 rě，梵名 Aranya，原意是森林，引申为"寂静处""空闲处""远离处"，躲避人间热闹处之地，古人常用"兰若"代指寺庙。这对兄弟无依无靠，在山寺中相依为命。诗歌第一句简要交代了诗歌主人公的身世，第二句写到名山与山寺，而以"一峰晴"三个字，将高山、禅寺和修行的人置于一幅晴日山峰图中；后六句的景象，也尽为"一峰晴"的阳光照耀。

中二联诗句颇具巧思。其中三、四两句是倒装句："食随鸣磬巢乌下，行踏空林落叶声"，句意应当是在鸣磬、巢乌下食，在空林、落叶声中行，诗人将动词前置，使得人的行动更加突出。第二联通过描写禅师、居士的日常生活，写出了他们朴静的精神面貌。第三联描写兄弟的起居住处，虽然和第二联描写角度不同，但同样突出了兄弟的精神面貌。在描写寺庙内部面貌的诗句中，"进水"和"雨花"是不常见的，精雅的住处一般既不会进进水来，也看不到雨花，而这两兄弟的住处，进进来的水能有香案那么高，雨花都要打到睡觉的石床上了，这是何其简陋的寺庙！两兄弟不以此为苦，反而乐在其中，甚至在水进香案、雨打石床中找到了修行的乐趣，足见其精神境界之高。第三联上承起句"无着"二字，下启末句"深洞"之景：水进香案、雨打石床的修行场所，其实是基于山洞改造的。虽然条件简陋，但是两兄弟的禅境，已近当年天竺国来的高僧，令诗人十分钦佩。

过福禅师兰若

【原文】

岩壑转微径①，云林隐法堂②。羽人飞奏乐③，天女跪焚香④。

竹外峰偏曙，藤阴水更凉。欲知禅坐久，行路长春芳。

【注释】

①岩壑：山林河谷。壑：深沟、河谷。微径：小径。

②法堂：演说佛法之堂。

③羽人：有羽翼的仙人。《楚辞·远游》："仍羽人於丹丘兮，留不死之旧乡。"洪兴祖补注："羽人，飞仙也。"

④天女：佛教神女的称谓，指欲界六天之女性。

【译文】

山林河谷中转出一条小路，云中的树林里隐藏着演说佛法的厅堂。厅堂之上羽人在飞着奏乐，天女虔诚地焚着香。竹林外高耸的山峰被阳光照出一面金顶，藤蔓阴处的水分外凉爽。想知道禅师打坐多久了，只见山路上春花已经悄然绽放。

兰若，是佛寺的雅称。福禅师，据旧唐书载，他一开始在蓝田化感寺修行，二十多年都没有出寺。后来离开化感寺到慈恩寺修行。福禅师是一位真正静得下心来的禅师。山景恍若仙境，变化绮丽，寺庙上的壁画精美绝伦、栩栩如生，然而这位禅师只是静静地参禅打坐，任由花开花落。诗人不禁好奇：禅师打坐多久了？恐怕禅师自己根本没有在意过这个问题，诗人也就无从知晓答案了。

过化感寺昙兴上人山院

【原文】

暮持筇竹杖①，相待虎溪头②。催客闻山响③，归房逐水流。

野花丛发好，谷鸟一声幽。夜坐空林寂，松风直似秋。

【注释】

①筇竹杖：用筇竹所制的手杖。因筇竹竹节美观，被视为做手杖的优良材料。

②虎溪头：相传晋慧远法师居庐山东林寺，送客不过溪，过此，虎辄号鸣，故名虎溪。

③山响：山谷的回声。

【译文】

傍晚拿着筇竹手杖，在虎溪头等人。催促游客快点走，听到了山的回响，借住的山房傍着水流。野花一丛丛地开得灿烂，谷鸟偶尔在一片幽寂中鸣叫一声。夜晚在空旷寂寥的林子里坐着，吹着那寒凉似秋风的松风。

【赏析】

此诗题中"化感寺"之名尚存争议，宋蜀本作"感配寺"，清赵殿成《王右丞诗集笺注》作"感化寺"，《文苑英华》作"化感寺"。在唐代其他人的著作中记载，终南山有感化寺："邀至京师，游于终南化感寺"（严挺之），《旧唐书》也记载有"蓝田化感寺"之名。

王维与裴迪一起到感化寺游玩并且拜访昙兴上人。此诗前四句描写爬山的行迹：拿什么登山装备、在哪里会合、山中行进、住宿地点，诗歌前四句大体内容如此，但若如此翻译，则恰恰把诗句的精妙处完全错过了。前四句平平敷写中传达出一种游兴。诗人兴致浓厚，"相待"表现出诗人游兴大发，远远将同伴甩在后面。"催客闻山响"一句，仿佛让读者看到一个兴奋的游人，对着山峰玩着回声游戏，顺带嘲弄一下朋友。住宿的山房伴着清幽的小溪，虽然第四句仍然描写动态的流水，但已经为下文对幽静山景的描写作了铺垫。

诗歌第六句"谷鸟一声幽"，以一声鸟鸣突出山谷幽静，笔法巧妙。南北朝时期的诗人已经巧用"一声"，以此为诗歌增加诗趣。"望枝疑数处，寻空定一声"（沈君攸《同陆廷尉惊早蝉诗》）、"雷叹一声响，雨泪忽成行"（萧统《有所思》）都写得颇有趣味。王维长于以动衬静，"谷鸟一声幽""月出惊山鸟，时鸣深涧中"的手法颇为相近，而各自贴合各自诗境。中晚唐的诗人常常学习前人这种写法，如卢仝《掩关铭》"不如掩关坐，幽鸟时一声"。可见王维作诗既善于学习前人，又启发了后人的诗思。

游化感寺

【原文】

翡翠香烟合，琉璃宝地平①。龙宫连栋宇②，虎穴傍檐楹③。

谷静唯松响，山深无鸟声。琼峰当户拆④，金涧透林明。

郢路云端迥⑤，秦川雨外晴。雁王衔果献⑥，鹿女踏花行⑦。

抖擞辞贫里⑧，归依宿化城⑨。绕篱生野蕨，空馆发山樱。

香饭青菰米⑩，嘉蔬绿笋茎。誓陪清梵末⑪，端坐学无生⑫。

【注释】

①琉璃：用各种颜色的人造水晶（含24%的二氧化铅）为原料，在1000多度的高温下烧制而成宝石，色彩如流云漓彩，品质晶莹剔透、光彩夺目。中国古代最初制作琉璃的材料，是从青铜器铸造时产生的副产品中获得的，经过提炼加工然后制成琉璃。由于工艺复杂，数量稀少，在一定时期内，人们认为琉璃比玉器还要珍贵。在阿弥陀佛如来常驻净土西方极乐世界中有七种珍宝被合称为"七宝"。在佛经中，不同的经书所译的七宝各不尽同，但普遍都有琉璃。宝地：佛地。多指佛寺。

②龙宫：指佛寺。海龙王到灵鹫山，闻佛说法，心中欢喜，想请佛至大海龙宫供养。佛答应了他。海龙王即入大海化作大殿，佛与诸比丘菩萨共涉宝阶入龙宫，受诸龙供养，为说大法。后世据此佛经故事将龙宫作为佛寺的美称。连栋宇：一幢接一幢的房屋，形容房舍之多。

③檐楹：屋檐下厅堂前部的梁柱。

④琼峰：形容山峰如玉石般美丽。拆：裂。

⑤郢（yǐng）路：通往楚国郢都的路。屈原《九章·抽思》："惟郢路之辽远兮，魂一夕而九逝。"后世用"郢路"形容重返国都之路。迥：远。

⑥雁王：领头的大雁，为佛三十二相之一。佛教徒认为，佛陀可以不同的形象，来人间帮助人们解决很多生活中的玄秘事宜。

⑦鹿女：佛经中所说的仙女。《杂宝藏经·鹿女夫人缘》记载，有婆罗门住在仙山，在仙石上方便，后来有精气，被路过此地的雌鹿舔到而怀孕。当雌鹿将要生产的时候，来到仙人这里生了一个端正殊妙的女孩，只有脚像鹿一样，婆罗门把她养大取之养育长成。这个女孩足迹所到之处，都会生出莲花来。

⑧抖擞：梵语中头陀的意译，即去掉尘垢烦恼。

⑨归依：皈依，信奉之意。化城：一时幻化的城郭。佛教用以比喻小乘境界。佛欲使一切众生都得到大乘佛果。然恐众生畏难，先说小乘涅槃，犹如化城，众生中途暂以止息，进而求取真正佛果（《法华经·化城喻品》）。

⑩青菰（gū）米：俗称茭白。生于河边、沼泽地。可作蔬菜。其实如米，称雕胡米，可用来做饭，古以为六谷之一。

⑪清梵：形容和尚诵经之声。此处借指和尚。

⑫无生：佛教语。谓没有生灭，不生不灭。

【译文】

翡翠似的山色叠重香炉的烟色，琉璃瓦装饰的佛地平正方大。佛寺中房舍连绵，山虎的洞穴临着屋檐。山谷里静悄悄的唯有松树的声音，山林茂密得听不到鸟声。如玉石般的山峰当窗对耸，映射着金色阳光的水涧透过林层闪烁光芒。通往国都的路在遥远的云端，秦岭山阴面的雨外天气晴朗。幻化成雁王的佛祖来享用果品祭献，鹿女踏着花在此间行走。去掉尘垢的烦恼辞别贫困的乡里，皈依佛教修习小乘境界。野蕨菜绕着篱笆生长，空旷的官舍中山樱花绽放。用青菰米做了香喷喷的饭，配着绿笋这样嘉美的蔬菜。发誓陪着诵经的僧侣，正坐着学习佛法的奥义。

【赏析】

这首诗以细腻雕琢的笔法写出化感寺的华丽、庄严、宁静的特点，敷陈描写比较复杂。古代的寺院、楼阁等名胜之处，会邀请文人墨客吟诗题词，以增添盛景。在现代，人们依旧沿袭着这种做法。王维此诗不像为一己述怀而作，而应该是一首专为化感寺所题的诗。王维晚年热衷于颂禅，对于佛教有着真实的敬意，所以颇为用心地为化感寺题诗。此诗首联突出"宝地"，写出化感寺的繁华兴盛。"龙宫连栋宇"突出化感寺的气派之大，"虎穴傍檐楹"以"虎穴"之词将气派、华丽的寺庙重新代入山色之中。第三联极写寺院环境清幽，第四联赞美寺院山色绮丽奇幻。"郢路""云端""秦川""雨外"既将读者引入开阔缥缈的山云，也将诗笔过渡到下文对神迹的想象描写中：佛以雁王之相献身，神女在山谷间自在穿梭。这些神迹的出现，在上文中已有所伏笔："金涧透林明"，所透的金光，是阳光还是佛光？神迹的出现，坚定了诗人去除尘垢、皈依佛祖的信念。诗人简居素食，诵偈学经，希望在佛经中，寻找到安静无纷扰的理想世界。

夏日过青龙寺谒操禅师

【原文】

龙钟一老翁①，徐步谒禅宫②。欲问义心义③，遥知空病空④。

山河天眼里⑤，世界法身中⑥。莫怪销炎热，能生大地风。

【注释】

①龙钟：身体衰老，行动不灵便貌。

②禅宫：僧人所住的房屋；寺院。

③义心义：义心，即第一义心，为"自性清净心""如来藏""真如"之异名，指一切众生先天具有的佛性。《楞伽经》卷一："以性自性第一义心，成就如来世间，出世间上上法。"

④空病空：《维摩诘经·文殊利师问疾品》："得是平等，无有余病，惟有空病，空病亦空。"鸠摩罗什注："上明无我无法，而未遣空，未遣空，则空为累，累则是病，故明空病亦空也。"《大智度论》云："何等为空空？一切法空，是亦空空。"这里指禅师遥指一切皆空的佛理。

⑤天眼：佛教所说五眼之一。又称天趣眼，能透视六道、远近、上下、前后、内外及未来等。《大智度论》卷五："於眼，得色界四大造清净净色，是名天眼。天眼所见，自地及下地六道中众生诸物，若近，若远，若麁，若细，诸色无不能照。"

⑥法身：佛教语。梵语意译。谓证得清净自性，成就一切功德之身。

"法身"不生不灭，无形而随处现形，也称为佛身。

【译文】

老态龙钟的一位老人，缓缓行来参谒佛寺。想要聆听第一义的奥妙，听说您能了解空病空的法理。山河变幻能尽收于天眼眼底，世界周行能内涵于法身之中。莫要奇怪这里能让炎热之气消散，因为他能使大地四处起风。

【赏析】

王维此诗大概作于天宝后期，当时他在五十岁上下。古人在四五十岁的时候，就已然认为自己是个老人，感慨白发丛生，年老体衰了。此时奸臣当道，王维醉心于佛法之中，游寺访僧，寻求内心的安宁。

以佛理入诗，容易写得过于抽象，而王维使用了"山河""世界""大地"等在空间上非常开阔的词语，使得诗歌颇具雄阔之气。不明佛理之人，读到"山河天眼里，世界法身中。莫怪销炎热，能生大地风"，也能感受到诗歌中的雄浑之气，感受到佛身的宝相庄严。山河、大地为何能尽于天眼，在法身之中呢？这实际上是对上句"义心义""空病空"的一种遮诠，涉及的佛理，可以概括为"缘起性空"。《楞严经》云："非因缘生，非自然生""本如来藏""三界唯心，万法唯识""何期自性，能生万法"，山河、世界皆是相，而缘起法的本质是空性如来藏。王维在宏阔的意象中诠释佛理，是在向禅师证道。实际上，王维对自己的佛法体悟是颇有信心的。

王维此诗不仅诠法巧妙，而且在人世关系处理上也很老到。他在诠释佛理的同时，赞美禅师"遥知空病空"，具天眼法身，能令大地生风，对禅师的佛学修养加以极高的赞誉。

登辨觉寺

【原文】

竹径从初地^①，莲峰出化城^②。窗中三楚尽^③，林上九江平。

软草承趺坐^④，长松响梵声^⑤。空居法云外^⑥，观世得无生^⑦。

【注释】

①初地：佛教语。谓修行过程十个阶位中的第一阶位。三乘共修"十地"中，以"乾慧地"为"初地"；大乘菩萨"十地"中，以"欢喜地"为"初地"。

②化城：一时幻化的城郭。佛教用以比喻小乘境界。

③三楚：战国楚地疆域广阔，秦汉时分为西楚、东楚、南楚，合称三楚。《史记·货殖列传》：以淮北、沛、陈、汝南、南郡为西楚；彭城以东，东海、吴、广陵为东楚；衡山、九江、江南、豫章、长沙为南楚。

④趺坐：盘腿端坐。

⑤梵声：和尚诵经的声音。

⑥空居：幽居。法云：佛教中，法云谓佛法如云，能覆盖一切。这里指山云之上。

⑦观世：观察世事。无生：佛教语。谓没有生灭，不生不灭。

【译文】

竹林小径从寺中延出，莲花似的山峰耸出于佛法幻化的城郭后。窗中能够尽览三楚的风貌，森林远处九江安平开阔。盘腿端坐在软绵绵的青草上，长松中传来和尚诵经的声音。幽居在山云之上，观察世事体悟无生的道理。

【赏析】

王维的一部分以僧侣、佛寺为主题的诗，以了悟见长，如《夏日过青龙寺谒操禅师》，将佛法奥义以诗语遮诠。这首《登辨觉寺》则以"登"字为线索，描写山顶佛寺远眺之所见，以景色描写见长。

首联"初地"在佛经中是菩萨十地的初地（《华严经·十地品》），同时解指入山初始之地。"化城"在佛经中是说，小城涅槃境界犹如化城，众生中途暂以止息，进而求取真正佛果（《法华经·化城喻品》），在诗中则指代登山达到山顶。诗人用佛语，贴切地描述了登山的进程。

颔联承接山顶之意写起，描写山顶之所见，景象宏大，"窗中""林上"四字一字数千里。登高望远，千里江山尽展于眼界之平面。近处是山林，山林之外是大江，这样看起来，好像江水流于山林之上。临此豁然开阔之山景，诗人意兴勃发，但却盘腿静坐，因为他听到唱诵佛经的声音。

颈联以"软草""长松"为主语，作出"承"与"响"的动态，仿佛青草与青松，也能够通人性，进而传达知晓佛音。

尾联"空居法云外"照应辨觉寺，以"观世"收束上文所写登临远眺之景。我凡体肉身之辈，观三千世界，人情百态，而体悟佛法大观。此诗以"感"而"悟"，虽用佛典，而未具体地谈论佛法；虽未谈论佛法，而写登眺所见之宏远景象，却让读者似乎感受到了佛理的微妙之处，可谓兴象深微。

投道一师兰若宿

【原文】

一公栖太白①，高顶出云烟。梵流诸壑遍②，花雨一峰偏③。

迹为无心隐，名因立教传④。鸟来还语法，客去更安禅⑤。

昼涉松路尽，暮投兰若边。洞房隐深竹⑥，清夜闻遥泉。

向是云霞里，今成枕席前⑦。岂唯暂留宿，服事将穷年⑧。

【注释】

①太白：山名。在陕西省郿县东南。海拔 1193 米，慎蒙《名山记》："太白山，在凤翔府郿县东南四十里，钟西方金宿之秀，关中诸山莫高於此。其山巅高寒，不生草木，常有积雪不消，盛夏视之犹烂然。故以'太白'名。"

②梵：梵语 Brahmā 的音译词。意为寂静，高净。

③花雨：佛教语。诸天为赞叹佛说法之功德而散花如雨。《仁王经·序品》载："时无色界雨诸香华，香如须弥，华如车轮。"后用于赞颂高僧颂扬佛法之词。

④无心：佛教语。指解脱邪念的真心。立教：树立教派，弘扬佛法。

⑤语法：讲说佛法。安禅：佛教语。指静坐入定。俗称打坐。

⑥洞房：幽深如洞的内室。

⑦枕席：枕头和席子。也泛指床榻。

⑧服事：服侍。穷年：终其天年；毕生。

【译文】

一位高僧在太白峰修行，高高的山顶上云烟飘荡。寂静的气息漫布众多的山壑，佛法功德的花雨偏聚在一峰上。行迹因为心无邪念而隐蔽，名声因为树立教派、弘扬佛法而传播。鸟儿飞过的时候他在讲说佛法，客人离开之后他在静坐入定。白天走到松林小路的尽头，晚上在寺庙边投宿。幽静的内室隐藏在深深的竹林中，清净的夜晚听见遥远的泉水声。过去听闻声名像是在云霞般高处的人物，现在就在我的床榻前。哪里只是暂时的留宿，希望能够毕生服侍佛祖。

【赏析】

诗人倾心佛法，拜访高僧。希望这位高僧能够指点自己，获得心灵的宁静。

首句点出高僧居于名山峻岭之上，"高顶出风烟"既写山峰高耸入云，又暗含瞻仰高僧仙风道骨之意。三、四两句以"梵流"与"花雨"，将禅意佛心染遍名山峻岭。同时，诗人心中敬畏佛法，诵念勤修，心中有佛法，则处处是佛法，山峰山壑无能例外者。

第五至第八句描写高僧的修行境界。高僧普度众生，惠及禅客与禽鸟，而无论鸟之飞来与飞去，与客之到访与离开，高僧只是一味语法安禅，得失随缘，心无增减。既然禽鸟也受到了高僧的开示，这岂不是说，诗人所投宿的这处禅院处处通灵，故而接下来四句描绘院落的清幽，虽然不再直接用佛教的典故，但已然处处遍染禅机。

尾章，诗人再次吐露对修习佛法的诚心。"向是云霞里，今成枕席前"，传神地写出了诗人能够得以拜见高僧的欢愉之情。虽然在高僧这里的留宿是短暂的，但是修习佛法不在于地点，也不拘于地点，诗人愿意毕生修习佛法，希望自己也能够早日到达"得失随缘，心无增减"的境界。

青龙寺昙璧上人兄院集

【原文】

高处敞招提①，虚空讵有倪。坐看南陌骑，下听秦城鸡②。眇眇孤烟起，芊芊远树齐。青山万井外，落日五陵西③。眼界今无染④，心空安可迷⑤。

【注释】

①招提：梵语。音译为"拓斗提奢"，省作"拓提"，后误为"招提"。其义为"四方"。四方之僧称招提僧，四方僧之住处称为招提僧坊。北魏太

武帝造伽蓝，创招提之名，后遂为寺院的别称。

②秦城：秦地的城池。秦国以咸阳为都，与长安相距不足二十千米，故诗歌中用"秦城"代指长安。

③五陵：长陵、安陵、阳陵、茂陵、平陵五县的合称。均在渭水北岸今陕西咸阳市附近。此处指长安郊外。

④无染：佛教语。谓性本洁净，无沾污垢。

⑤心空：佛教语。谓心性广大，含容万象，有如虚空之无际。亦指本心澄澈空寂无相。

【译文】

寺院坐落在又高又宽阔的地方。虚空之境难道有端倪可以寻觅吗？坐在这里看着南边路上的车马，听着山下长安城的鸡鸣。一片苍茫中孤独的炊烟升起，苍翠茂盛的树林排列在远方。青山毗邻万户人家的城池之外，太阳从五陵以西落下。这里的眼界开阔不受干扰，虚空的心灵不会受到迷惑。

【赏析】

此诗大约作于天宝二年（743年），诗人与王昌龄、裴迪以及弟弟王缙一同游览长安郊外的青龙寺，拜访昙璧上人。王维为此诗作序云：

"吾兄大开荫中，明彻物外，以定力胜敌，以惠用解严，深居僧坊，傍俯人里。高原陆地，下映芙蓉之池；竹林果园，中秀菩提之树。八极氛霁，万汇尘息，太虚寥廓，南山为之端倪。皇州苍茫，渭水贯于天地。经行之后，趺坐而闲。升堂梵筵，饵客香饭。不起而游览，不风而清凉。得世界于莲花，寄文章于贝叶。时江宁大兄持片石，命维序之，诗五韵，座上成。"

序言称颂可主人的境界："大开荫中，明彻物外，以定力胜敌，以惠用解严"，又赞美主人居所优美，有精丽的池塘，繁茂的竹林果园，坐落高山，毗邻大河。诗人描绘主人用礼佛与餐食周到地招待客人，客人到此身心愉悦。可以说，序言是一篇符合标准制式的客人拜访主人、赞美主人的文章。拜访主人并赞美主人的住处优雅、品行美好，并非仅仅是无谓的客套，而是一种应当的礼节。

王维此诗景色安排得跌宕起伏。诗歌从"高处"写起，以"看"字写到了山下的往来行人，以"秦城鸡"写到了人间烟火，"坐看南陌骑，下听秦城鸡"的语词安排，读来不仅有登高望远之想象，而且仿佛听到了那络绎不绝的车马声，此起彼伏的鸡鸣声，描写寺院，却写出一番热闹的景致。

"眇眇孤烟起"衔接"秦城鸡"描写山下平原，"芊芊远树齐"虽然与上句皆写远景，但"远树"已是山中之树。"青山万井外，落日五陵西"将高峻的青山与繁华的市井，炫目的落日与暮色沉沉的郊原，收容在高处观望者开阔的视野中。色彩在反差中归于和谐，景色在跌宕中归于静谧。在寺院中见此辽阔无染之景，顿时心神舒畅，仿佛心灵在这山中受到了佛法的洗礼。

附：《同王维集青龙寺昙壁上人兄院五韵》（王昌龄）

本来清净所，竹树引幽阴。檐外含山翠，人间出世心。圆通无有象，圣境不能侵。真是吾兄法，何妨友弟深。天香自然会，灵异识钟音。

《同王昌龄裴迪游青龙寺昙壁上人兄院集和兄维》（王缙）

林中空寂舍，阶下终南山。高卧一床上，回看六合间。浮云几处灭，飞鸟何时还？问义天人接，无心世界闲。谁知大隐者，兄弟自追攀。

《青龙寺昙壁上人院集》（裴迪）

灵境信为绝，法堂出尘氛。自然成高致，向下看浮云。迤逦峰岫列，参差间井分。林端远堞见，风末疏钟闻。吾师久禅寂，在世超人群。

送邢桂州^①

【原文】

铙吹喧京口^②，风波下洞庭。

赭圻将赤岸^③，击汰复扬舲^④。

日落江湖白，潮来天地青。

明珠归合浦^⑤，应逐使臣星^⑥。

【注释】

①邢桂州：指邢济。桂州在今广西省桂林市，唐代名桂州。以姓加任职地称呼古代的官员，是古代的一种惯用称呼。

②铙（náo）吹：铙歌。军中乐歌。为鼓吹乐的一部。所用乐器有笛、觱篥、箫、笳、铙、鼓等。京口：在今江苏省镇江市，位于长江边。公元209年，孙权把首府自吴（苏州）迁此，称为京城。公元211年迁都建业后，改称京口镇。

③赭圻（zhě qí）：山岭名。晋桓温曾于其山脚下筑赭圻城，在今安徽省繁昌县西北。晋桓温曾于其麓筑赭圻城。《晋书·桓温传》："隆和初，诏徵温，温至赭圻，诏又使尚书车灌止之，温遂城赭圻居之。"赤岸：山名。在江苏六合东南。《南齐书·高帝纪上》："治新亭城垒未毕，贼前军已至……自新林至赤岸，大破之。"将：侧面。《诗·大雅》："在渭之将。"

④击汰：拍击水波。亦指以桨击水、划船。《楚辞·九章·涉江》："乘

舲船余上沅兮，齐吴榜以击汰。"舲：小船屋，可泛指小船。

⑤合浦：古郡名。汉置，在今广西壮族自治区合浦县东北，盛产珍珠。

⑥使臣星：使星。语出《后汉书》："和帝即位，分遣使者，皆微服且单行，各至州县，观采风谣。使者二人当到益都。投李郃候舍。时夏夕露坐，郃因仰视，问曰：'二使君发京师时，宁知朝廷遣二使耶？'二人默然，惊相视曰：'不闻也！'问何以知之。郃指星示云：'有二使星向益州分野，故知之耳。'"

【译文】

军中铙歌奏响于京口，在风浪中又顺流而下到达洞庭。古代的赭圻城侧面临接着赤岸山，穿梭其中的小船拍击起水波。太阳落下，江湖上显得分外苍白。潮水涌来，江湖与天空混成一片青色。明珠又回到了合浦，应该是追随着使臣的行迹吧。

【赏析】

这首诗为送别任职桂州的官员而作。据诗中提到军歌、使臣等线索推断，邢济应当是带着朝廷任务前往在唐代属于偏远边陲地区的桂州的。故此诗不是一般的送别诗，而是一首壮行诗，气韵雄阔，声调爽朗。

起句以军乐为行人送行，颇具声势。"风波"二字点明行人沿水路前行的同时，也写出了水路行船的颠簸风浪。"洞庭"这一意象写出一种开阔感。颔联和颈联描写水路行途与沿途之景。

第三句"赭圻"的典故用得比较偏僻，现存的诗歌中，用此词的诗非常少；"赤岸"一词王昌龄等人也曾用过，但也是一个不太常用的词。诗人选取这两个有些生僻的词，可能是因为这两个词都与军事典故相关联，比较符合诗歌创作时的语境：赭圻和赤岸山都因有天险可据而成为江南地区的军事要地。王维在此有意使用了句中对："赭"对"赤"、"圻"对"岸"，下一句中，"击"对"扬"，"汰"对"舲"。在今天看来，似乎"汰"对"舲"不太工整，就古意而论，"舲"指小船，而"汰"又写作"汏"，指大水，今天所用的"汰"字的淘洗意义（如"淘汰"），用的是其引申义。

颔联对得非常奇险，而颈联用词上，"日落"与"潮来"，"江湖"与"天地"，"青"与"白"，都是非常工整标准的对仗，语词在诗中也极为常见。诗人先将常见的景物组成画面，再巧妙地以颜色渲染，江湖日暮之景即成佳景，似如画中。王维细致贴切地写出了日落之后清冷色调的色彩变化：太阳刚刚落下的时分，天色尚未暗淡，只是苍白；天色逐渐转暗，天地间呈现一种青色。这种的色彩又被诗人渲染到了"江湖""天地"这样广阔的空间中，使得整个诗句的诗境雄俊阔大。巧妙的色彩变化、爽朗开阔的气势，让这两句诗千古流传。

　　末句"合浦"照应诗题中点名的朋友任职地"桂州","使臣星"的典故点名朋友的身份。"明珠"以比喻的手法对朋友加以赞美，比较贴切。同时，末句写得颇具想象力：朝贡到中原的明珠回到广西合浦了，为什么呢？大概是因为追随君王使臣的脚步吧。末句的情景出自于假想与推测之中，却巧妙照应了诗题与诗歌前六句所写的水路实景，颇见作者才思。

送李判官赴江东

【原文】

闻道皇华使①，方随皂盖臣②。封章通左语③，冠冕化文身④。

树色分扬子，潮声满富春。遥知辨璧吏⑤，恩到泣珠人⑥。

【注释】

①皇华使：皇帝的使臣。《诗序》："《皇皇者华》，君遣使臣也。"

②皂盖：古代官员所用的黑色蓬伞。《后汉书·舆服志上》："中二千石、二千石皆皂盖，朱两镳。"

③封章：言机密事之章奏皆用皂囊重封以进，故名封章，亦称封事。左语：异族语言。

④冠冕：古代帝王、官员所戴的帽子。

⑤辨璧吏：此处将李判官比喻为东汉朱晖。《后汉书·朱晖传》载："骠骑将军东平王苍闻而辟之，甚礼敬焉。正月朔旦，苍当入贺。故事，少府给璧。是时阴就为府卿，贵骄，吏慑不奉法。苍坐朝堂，漏且尽，而求璧不可得，顾谓掾属曰：'若之何？'晖望见少府主簿持璧，即往给之曰：'我数闻璧而未尝见，试请观之。'主簿以授晖，晖顾召令史奉之。主簿大惊，遽以白就。就曰：'朱掾义士，勿复求。'苍既罢，召晖谓曰：'属者掾自视孰与蔺相如？'帝闻壮之以晖为卫士令。朱晖受到东平王刘苍的礼遇。刘苍在正月朔旦入官朝贺，少府应该依惯例给王子玉石，外戚阴就竟然不

给，导致刘苍在朝堂上有些尴尬。后来刘苍的属官朱晖把璧骗到手拿走并找人为刘苍送到了朝堂上。阴就佩服他是义士，没有追究他。

⑥泣珠人：神话传说中鲛人流泪成珠。晋张华《博物志》载："南海外有鲛人，水居如鱼，不废织绩，其眼能泣珠。从水出，寓人家，积日卖绡。将去，从主人索一器，泣而成珠满盘，以与主人。"后用于蛮夷之民受恩施报之典实。

【译文】

听说皇帝的使臣，随着地方官员出使。用机密的奏章上奏异族事务，用中原的衣冠礼义教化被发文身的蛮夷。树色分开扬子江的水色，富春江两岸潮声满满。我知道您是正直仗义的官员，能把朝廷的恩德，带给那些知恩图报的少数民族。

【赏析】

此诗诗题一作"送李判官赴东江"，东江又称龙江，在广东南部，珠江水系干流之一。

"树色分扬子，潮声满富春"景色描写形象生动，今天的读者读来，滔滔江水和葱郁江岸如在目前。但诗歌的主题是送行出使少数民族的官员，关于主题的核心内容却不容易打动今天的读者，因为这一类的事情似乎与今人的生活体验有些遥远。

作者通过古雅的典故、词汇，将自己对少数民族地区治理的一些思考写入诗中。"封章通左语"强调朝廷与边疆的沟通，"冠冕化文身"强调移风易俗的必要性。《礼记·王制》载："东方曰夷，被发文身，有不火食者矣。"孔颖达疏："越俗断发文身，以辟蛟龙之害，故刻其肌，以丹青涅之。"古人认为，没有经过教化、衣冠不太周整的原始居民喜欢文身。衣冠周整、行为合乎礼义，文身的习俗会自然消失。在古代中原人看来，除了原始部落，文身的人大多不太正经："有三五文身恶少年控马"（宋代孟元老《东京梦华录》）。结句从两个方面谈出使问题："遥知辨璧吏，恩到泣珠人"，使臣应该正直，怀有恩泽偏远边疆诚意；皇帝的恩泽应该实施到那些知恩图报的人当中。此诗的写作是官场应酬的一种，但诗人在这种应酬诗中，明确地写出了自己的见解。

酬比部杨员外暮宿琴台朝跻书阁率尔见赠之作

【原文】

旧简拂尘看①，鸣琴候月弹。桃源迷汉姓②，松树有秦官③。

空谷归人少，青山背日寒。羡君栖隐处，遥望白云端。

【注释】

①旧简：旧书。简，指竹简。

②桃源："桃花源"的省称。晋陶渊明作《桃花源记》，谓有渔人从桃花源入一山洞，见秦时避乱者的后裔居其间，"土地平旷，屋舍俨然。有良田、美池、桑竹之属。阡陌交通，鸡犬相闻。其中往来种作，男女衣著悉如外人。黄发垂髫，并怡然自乐。"渔人出洞归，后再往寻找，遂迷不复得路。后遂用以指避世隐居的地方，亦指理想的境地。

③秦官：《史记·秦始皇本纪》载，秦始皇上泰山封禅，突遇下雨，在松树下避雨，后来将这棵松树封为五大夫（五大夫，爵位名。秦、汉二十等爵的第九级）。

【译文】

拂去旧书上的尘土读书，等候月光明亮时弹琴。像桃花源一样的地方让汉人迷路，松树的姿态好像秦朝的大夫。空谷归来的人十分稀少，青山的背阳面分外寒冷。羡慕您隐居的地方，能静静遥望白云端际。

【赏析】

王维的同僚杨员外，虽然公务繁忙，但仍颇有雅兴。他为自己在郊区建了清净的琴台，引来王维的羡慕、赞誉。比部，是古代官署名。三国魏始设，为尚书的一个办事机关。隋、唐、宋属刑部。虽然在唐代"比部"已经改名，但是诗人写诗时经常继续沿用古代名称。

从诗歌前六句的描写来看，这个琴台单从物象上来说没什么特别的地方，甚至可以说极其简单。琴台位于山坡背阳面，几本书、一张琴，几株桃树、松树（都是常见树种，并不名贵）。这样简单的琴台有什么可赞的呢？正因琴台陈设简朴而洗尽京城的繁华气，才凸显主人的雅兴，性情的真率。虽然杨员外在刑部任职，但他仍然富有读书人的清雅情致。一个人无事的时候，看看书，弹弹琴，才是真正地享受生活。

越是简单的生活，越难以用雕琢的诗句加以描述。诗歌三、四两句用工整的对仗，古雅的典故，描写桃树、松树两种平常的树种。"桃花源"的典故让人联想到琴台幽雅的环境，"五大夫松"的典故既映衬杨员外的身份，又让人联想到松树遒劲的姿态。用典贴合，意境绝隽，故成名句。

奉和圣制从蓬莱向兴庆阁道中留春雨中春望之作应制

【原文】

渭水自萦秦塞曲，黄山旧绕汉宫斜①。

銮舆迥出千门柳②，阁道回看上苑花③。

云里帝城双凤阙④，雨中春树万人家。

为乘阳气行时令，不是宸游玩物华⑤。

【注释】

①黄山：指渭水旁的黄麓山，在陕西省兴平县北，汉时有黄山宫。

②銮舆：皇帝的车驾。

③上苑：上林苑的别称，汉武帝刘彻于建元三年（公元前138年）在秦代旧苑址上扩建而成的宫苑。

④凤阙：汉代建章宫有凤阙。阙，指宫门前的望楼。

⑤宸游：指帝王出巡。宸，指北极星所在，用来代指帝王。

【译文】

渭水径自萦绕着秦朝的要塞曲折流去，黄麓山曾经环抱着汉宫。皇帝的车驾远远驶出千门万户间的夹道杨柳，在阁道回看上林苑的繁花。宫殿的两座阙楼如同架在云中，细雨滋润着春天的树木和帝都的万户人家。因为阳气畅达，皇帝顺天道而行时令，并非为了游玩美好的景物。

【赏析】

这首诗题中的蓬莱宫，即大明宫。大明宫在宫城东北。兴庆宫在宫城东南。开元二十三年（735年），筑阁道使大明宫与兴庆宫相通，并一直延伸到城东南曲江，以便于皇室出行。唐玄宗由阁道出游时，在雨中春望赋诗，并发起士大官员们属和，王维应皇帝之命而作此诗。

首二句，诗人先以渭水、黄麓山将长安宫阙大致定位。后文所铺设的宫阙、阁道以及长安城的人家，都被置入了山环水抱的背景图中。三、四两句中，皇帝乘坐銮舆出场，"迥出"写出阁道之长，"千门柳""上苑花"写出阁道周围景致的富贵繁华。"回看"二字又将皇帝游玩的兴致写了出来。

五、六两句紧贴"回看"展开：云雾中，凤阙高耸；云端下，万家攒聚，春树兴荣，滋润着春天的细雨。从内容上看，五句写宫城，六句写帝都百姓；从章法上看，五句"凤阙"照应"上苑"，六句"春树万人家"照应"千门柳"，无论从内容上还是章法上都能写得面面俱到。高峻壮丽的宫阙、繁华昌盛的帝都，被带入云雨之中，被写入山环水抱之间。盛唐长安城的神采，如画般展现在读者面前。

诗歌前六句已经将皇帝所命之题一一写出：宫阙、阁道、雨中、春望。虽然应题而作，但是措辞间毫不板滞。末联再次点出皇帝出游事，将前六句的景致都收束于这次游历之中。王维写道，皇帝趁着春天阳气畅达，推行时令而有此行，并非为了赏玩景物。时令，指古代按季节规定关于农事的政令。此联虽是回护之笔，但也委婉地提醒了皇帝，要推行当季的农事政令，而不可沉溺于游玩景物。

敕赐百官樱桃

【原文】

芙蓉阙下会千官①，紫禁朱樱出上阑②。

才是寝园春荐后③，非关御苑鸟衔残。

归鞍竞带青丝笼④，中使频倾赤玉盘⑤。

饱食不须愁内热⑥，大官还有蔗浆寒⑦。

【注释】

①芙蓉阙：指皇宫门前两旁的楼观，形似芙蓉。

②上阑：汉代宫观名，在上林苑中。

③寝园：陵园。春荐：唐李绰《岁时记》载："四月一日，内园进樱桃，寝园荐讫，颁赐百官各有差"。荐：祭献。

④青丝笼：系有青丝绳的篮子。

⑤中使：宫中派出的使者。多指宦官。

⑥内热：也叫内火，中医证名《政和证类本草》卷二三引孟锐曰："樱桃热，益气，多食无损。"

⑦大官：《汉官仪》曰："大官，主膳羞也"，即主管宫廷饮食的官员。

【译文】

芙蓉阙下聚集了众多的官员，紫禁城内朱红的樱桃从上阑宫中捧出。刚刚到祖先陵园完成了春季祭献，不是御花园的鸟儿叼残了樱桃。回家的马鞍上纷纷系有青丝绳笼子，宫中使者频繁倾倒着红色美玉的盘子。饱食樱桃无须担心内火，膳食官还提供寒凉的甘蔗汁呢。

【赏析】

王维在文部为郎时作此诗。据《禅鉴》载，天宝十一年（752年）三月乙酉（28日）改吏部为文部，肃宗至德二年（757年）十二月复旧。本诗即作于天宝十一载之后。

樱桃在古代是难得的贵族食物，俗话说，"樱桃好吃树难栽"。樱桃树怕冷、怕热、怕旱、怕涝，在古代的技术条件下，难以展开成规模的种植栽培。直到20世纪80年代，中国大陆才开始将樱桃苗木作为经济作物栽培。唐代宫廷中收获了樱桃之后，待樱桃如珍宝，先向先帝祭献，再分赐群臣。唐代诸多诗人，如白居易、张籍、韩愈、韩偓等，都因获赐樱桃而作诗。但是樱桃诗不易作。桃、李等作物有许多经典故事可以在创作诗歌时加以化用发挥，但关于樱桃的典故、故事却非常稀少。大部分人没有那么多财力、精力"侍奉"樱桃树，导致樱桃树本身就很少。

关于樱桃的典故稀少，对于樱桃的物性如色泽鲜红、光泽珠润、口感酸甜等，在诗中被描写得就比较多了。创作诗歌的诗人，往往希望"另辟蹊径"，不落俗套。崔兴宗有《和王维敕赐百官樱桃》诗，试图借别的果物的典故，对比衬托出樱桃的特点："未央朝谒正逶迤，天上樱桃锡此时。朱实初传九华殿，繁花旧杂万年枝。未胜晏子江南橘，莫比潘家大谷梨。闻道令人好颜色，神农本草自应知。""江南橘"化用了《晏子》"橘生淮南则为橘，生为淮北则为枳"。"大谷梨"语出潘岳《闲居赋》，传言大谷梨夏天成熟，"海内惟此一树"，典故虽然古雅，用来形容樱桃，却不贴切：橘子和梨，在外形上跟樱桃的差距很大，口感也完全不同。通过这两句诗，完全没有写出樱桃本身的特点。

既然赋写樱桃本身难以出新，王维选择从其他角度赋诗：展现赐樱桃之事，以突出皇帝恩典为重点。首联以颇为典雅的词语，描绘了宫中赐群臣樱桃的盛景。第二联前半句写出皇帝不忘先祖之恩义，后半句写出皇帝重视群臣、厚待群臣的恩义，凸显皇恩之词本来容易写得空洞、浮于华词，但王维在这一联却改用活泼之笔，"非关御苑鸟衔残"，以一种玩笑的口吻，描写出一个自然而有趣的场景，可以说别出心裁。第三联具体描写群臣受赐樱桃之景，却没有直接写赐物："归鞍竞带青丝笼，中使频倾赤玉盘"，然而读者在阅读时，却自然而然地将樱桃联想到"青丝笼""赤玉盘"中，果实鲜美，器物别致，令人垂涎。尾联写到了一个细致有趣的小细节：膳食官员为赐物樱桃配备了甘蔗汁以解除"内热"，在一首感谢皇恩的官场诗作中，在凸显宫中行事之周到的诗句中，写出了生活情趣。正因"情趣"之妙，使得这首诗成为唐代樱桃诗中的佳作。

送贺遂员外外甥

【原文】

南国有归舟，荆门溯上流①。苍茫葭菼外②，云水与昭丘③。

樯带城乌去④，江连暮雨愁。猿声不可听，莫待楚山秋⑤。

【注释】

①荆门：山名。在今湖北省宜都县西北，长江南岸，隔江和虎牙山相对。江水湍急，形势险峻。古为巴蜀荆吴之间要塞。

②葭菼（jiā tǎn）：芦与荻。

③昭丘：亦作"昭邱"。春秋楚昭王墓。在湖北省当阳县东南。

④樯：帆船上挂风帆的桅杆。城乌：城头的乌鸦。

⑤楚山：荆山，在湖北省西部，武当山东南。也可泛指楚地的山。

【译文】

一艘回归南国故里的小舟已经启程，在荆门山溯流而上。苍苍茫茫的芦与荻之外，古代楚王墓依偎着一片云水。移动的桅杆带走了城头的乌鸦，长江伴随着暮雨中的忧愁流淌。啼鸣的猿声更加不堪入耳，不要等秋天再到楚山。

【赏析】

这首送行诗以行人旅途所见为切入点，通过描写旅愁，表露作者对行人的关切与担忧。

古代的旅途往往是既漫长又艰险的。诗人没有展开去说旅途到底如何艰难，而只说"荆门溯上流"。荆门，是三峡大坝所在地，多有水流湍急之处，而且有些地方高度落差比较大，所以适合建水电站。但对于乘着小船逆流而上的人而言，路就很难走了：本来就是逆流而行，还要克服高度落差，水流又急。作者单挑出"荆门"这一地点，并写出行人要在这样的地方逆流而上，简明而充分地展现了行路的艰难。聊以慰藉的是，艰辛的旅途中，多有美景可以观览。"苍茫葭菼外，云水与昭丘"，如同在读者面前展现了一幅淡雅的水墨画。水草摇曳，云水渺茫，古迹寥落，行人的小舟，就穿梭在这如诗般的景物之中，又被诗人以诗语吟咏出来。这里的亲朋故旧都不能随行人而去，但城头的乌鸦，似乎在追逐着行人的旅途。江水与傍晚的暮雨，与行人一同伤感着旅途的愁思。诗歌尾句颇具巧思：一般的送行诗会挽留行人，但诗人却说，赶紧走吧，不要等秋天再走。为什么呢？因为秋天如同悲鸣一般的猿啼声，会让旅客心中更加难受。

冬日游览

【原文】

步出城东门，试骋千里目。青山横苍林，赤日团平陆①。

渭北走邯郸，关东出函谷②。秦地万方会，来朝九州牧③。

鸡鸣咸阳中，冠盖相追逐④。丞相过列侯，群公钱光禄⑤。

相如方老病，独归茂陵宿⑥。

【注释】

①平陆：平原；陆地。

②关东：指函谷关、潼关以东地区。函谷：函谷关，建于春秋战国之际。"因在谷中，深险如函而得名。东自崤山，西至潼津，通名函谷，号称天险。"（《辞海》）

③秦地：秦国所辖的地域，后用来借指陕西关中一带。万方：万邦；各方诸侯。九州牧：九州的总管理者，即皇帝。

④冠盖：泛指官员的冠服和车乘。冠：礼帽；盖：车盖。

⑤列侯：汉代所封的爵位。异姓功臣受封为侯者称为"列侯"。饯：设酒食送行。光禄：光禄寺，汉代光禄勋掌管宫廷保卫工作，并且作为诸多侍从的长官。唐代的光禄寺主要掌管皇室饮食。

⑥茂陵宿：汉代文学家司马相如晚年因消渴症（糖尿病）辞去官职，住在茂陵（汉武帝陵寝）。

【译文】

从城池的东门步行而出，试着眺望千里。青山横陈在苍苍树林中，火红的太阳团在平原之上。渭水的北边通着邯郸，从关东地区眺望，出了函谷关。秦地之中，各方诸侯来聚集，共同朝见皇帝。当拂晓鸡啼的时候，城中官员的车马已经一辆接一辆互相追逐了。丞相去拜访列侯，一群显贵在光禄寺设立酒席互相送别。司马相如却正是年老多病，独自回到茂陵的家中。

【赏析】

此诗是一首五言古诗，但诗中多次出现工整的对偶句，如"青山横苍林，赤日团平陆""渭北走邯郸，关东出函谷""丞相过列侯，群公饯光禄"，这是唐代五言古诗的典型特征，而汉代的五言古诗中往往没有高频率的工整对仗出现。"步出城东门"借用了汉代五言诗的诗句。诗歌前六句平实悲壮地展现了关中地区远眺所见的冬日秋景，"青山横苍林，赤日团平陆"壮丽又贴切地展现了冬日山上万木凋零、平野开阔空旷的景象。诗歌第七句"秦地"二字承接上文，"万方会"三字引出下文。临近新年，首都长安地区的官员往来特别热闹，各地的官员来京城朝见皇帝，官员之间互相应酬、建设官场关系网，从公鸡晨啼开始，长安城内充斥着急于奔走的官员。诗人对这些冬日的应酬活动不大感兴趣，于是离开熙熙攘攘的长安城，独自回到城郊。末句"独归茂陵宿"巧妙地与首句"步出城东门"相呼应。诗歌最后，诗人借用司马相如的典故，托言年老多病远离京城交际圈，流露出诗人对官场风气的深深不满，也就点出了冬日出城游览的缘由：躲避城中的各种交际活动。

送李太守赴上洛

【原文】

商山包楚邓①，积翠蔼沈沈②。驿路飞泉洒③，关门落照深④。

野花开古戍，行客响空林。板屋春多雨⑤，山城昼欲阴。

丹泉通虢略⑥，白羽抵荆岑⑦。若见西山爽⑧，应知黄绮心⑨。

【注释】

①商山：山名。在今陕西省商县东。亦名商岭、商阪、地肺山、楚山。地形险阻，景色幽胜。秦末汉初四皓（东园公唐秉、夏黄公崔广、绮里季吴实、甪里先生周术）曾在此隐居。楚邓：楚国和邓国之地。楚国鼎盛时期，疆土西起大巴山、巫山、武陵山，东至大海，南起南岭，北至今河南

中部、安徽和江苏北部、陕西东南部、山东西南部，幅员广阔。邓国在殷商时期，国王武丁封他的叔父为邓侯，建立邓国，故址在今河南邓县。春秋时，邓国为楚国所灭。

②沈沈："沉沉"，盛貌；茂盛貌。

③驿路：驿道；大道。飞泉：喷泉，有时也指瀑布。

④关门：关口上的门。落照：夕阳的余晖。

⑤板屋：用木板搭盖的房屋。

⑥丹泉：丹峦之泉，传说中的仙泉，饮之不死。虢略：虢国来抢夺地方。大致在今河南省。虢国，春秋时期诸侯国。略：通"掠"，夺取、抢劫。

⑦白羽：地名，故址在今河南省西峡县境内。《春秋左氏传·昭公·昭公十八年》载："楚子使王子胜迁许于析，实白羽"，杜预注："于《传》时，白羽改为析"，白羽是古代地名，大约在左丘明作《左传》时改名为析。荆岑：荆山。泛指古楚国境内的高山。

⑧西山爽：指人性格疏傲，不善奉迎。南朝宋刘义庆《世说新语·简傲》："王子猷作桓车骑参军。桓谓王曰：'卿在府久，比当相料理。'初不答，直高视，以手版拄颊云：'西山朝来，致有爽气。'"王徽之在桓温手下担任参军，为人简傲不修边幅，经常不搭理大司马桓温的话茬。

⑨黄绮：汉初商山四皓中之夏黄公、绮里季的合称。"商山四皓"是秦末汉初的四位学者，长期隐居在商山，汉初已八十多岁，眉毛头发都皓白，故称"商山四皓"。刘邦请他们出山为官，被他们拒绝。后来四皓为打消刘邦更立太子的想法，出山为太子宾客。

【译文】

商山上能够包览楚邓之地，翠色重叠，树木茂盛。驿道上喷泉飞洒，关门深处透着夕阳的余晖。野花绽放在古老的戍楼上，旅客行进的声音在空荡的树林中回响。春天下了许多雨，润透了木板房，山中的城池白天也阴沉沉的。丹峦仙泉通着前往虢略的路，白羽之地紧邻荆山。如果见到西山的爽气，应该能够了解夏黄公、绮里季的高洁之心。

【赏析】

　　上洛，唐代郡名，大致在今陕西省商县，原名商州，在天宝元年改名上洛郡。此诗为李太守送行，通篇叙述旅途景色，而且紧扣上洛郡的历史渊源、地方地理特色与民风民俗展开：上洛郡是山城（"商山包楚邓""山城昼欲阴""白羽抵荆岑""若见西山爽"），地势险要，历史上商洛道是长安通往东南诸地和其他中原地区的交通要道，也因此在历史上成为兵家争斗之地（"商山包楚邓""野花开古戍""丹泉通虢略"），据《地理志》载，山地多林木的居民喜欢建板屋，"板屋春多雨"一句，贴合当时当地民情。诗歌对内容素材的选择，贴合送太守赴任上洛郡的主题需要。诗歌对于山景的描写，自然隽秀，"野花开古戍，行客响空林。板屋春多雨，山城昼欲阴"四句，如将深山景致画出，情景相适，可以说是浑成醇雅之作。

叹白发

【原文】

　　宿昔朱颜成暮齿①，须臾白发变垂髫②。一生几许伤心事，不向空门何处销③。

【注释】

　　①宿昔：以往，以前。朱颜：红润美好的容颜，指青春年少。暮齿：指晚年。

②垂髫（tiáo）：指儿童或童年。髫：儿童垂下的头发。

③空门：大乘佛法以观空为入门。《大智度论·释初品》："空门者，生空、法空。"后来以"空门"代指佛寺或泛指佛法。

【译文】

以前红润美好的年轻容颜变成了牙齿松动脱落的老年模样，似乎是片刻间，儿童的髫发变成了银丝。一生有多少伤心事啊，不向佛法中寻求解脱，又如何消解？

【赏析】

小诗抒发了诗人对年华老去的惆怅。诗歌前两句"宿昔朱颜成暮齿，须臾白发变垂髫"使用句中对，对偶工整，而后两句自然流畅，如顺口之感叹。虽然是短短的四句小诗，但诗人赋变化于笔端。

王维状元及第后不久就被贬谪去看仓库，虽然受到张九龄赏识，但是张九龄也因为李林甫等小人的挤兑而远离朝廷，晚年更逢安史之乱，宦海浮沉中，经历的"伤心事"多，而真正施展才华的机会不多。《新唐书》载，王维"丧妻不娶，孤居三十年"，王维在生活中比较孤单，三十多年都没有妻子的陪伴。王维选择心向佛门，以静坐参禅消解内心的苦闷。写诗倾诉愁情，也是一种排解的方式。

扶南曲歌词五首

其一

【原文】

翠羽流苏帐①，春眠曙不开②。

羞从面色起，娇逐语声来。

早向昭阳殿，君王中使催③。

【注释】

①翠羽：翠鸟的羽毛。古代多用作饰物。流苏：用彩色羽毛或丝线等制成的穗状垂饰物。常饰于车马、帷帐等物上。

②曙：天刚亮。

③中使：宫中派出的使者。多指宦官。

【译文】

翠鸟的羽毛装饰着华丽的流苏帷帐，在春天里酣睡，早上也不开帷帐。美人的面庞上突然起了娇羞之色，传出娇娆的声音。"您早些去昭阳殿吧"，皇帝派来的宦官催促道。

其二

【原文】

堂上青弦动①，堂前绮席陈②。

齐歌《卢女曲》③，双舞洛阳人④。

倾国徒相看⑤，宁知心所亲。

【注释】

①青弦："清弦"，青，通"清"，琴瑟一类的弦乐器，拨动其弦，发出清亮的乐音。

②绮席：华丽的席具。古人称坐卧之铺垫用具为席。

③《卢女曲》：乐府古题。《乐府诗集·杂曲歌辞十三·卢女曲》宋郭茂倩题解："卢女者，魏武帝时宫人也，故将军阴升之姊。七岁入汉宫，善鼓琴。至明帝崩后，出嫁为尹更生妻。梁简文帝《妾薄命》曰：'卢姬嫁日晚，非復少年时。'盖伤其嫁迟也。"后以"卢女"泛指善奏乐器的女子。

④洛阳人：唐朝人认为洛阳多美女和好的歌舞妓。这里指美好的舞妓。

⑤倾国：形容女子极其美丽。据《汉书》载，汉武帝时李延年因为音乐才华受到汉武帝的亲近。李延年在皇上面前起舞，唱道："北方有佳人，绝世而独立；一顾倾人城，再顾倾人国；宁不知倾城与倾国，佳人难再得。"皇上叹息道："善！世岂有此人乎？"平阳公主就说李延年有个妹妹。平阳公主热衷于向汉武帝推荐后宫以发展自己的势力，而李延年也希望借妹妹获得更多荣宠。这番献舞是二人早就商量好的。

【译文】

厅堂上发出清亮的丝弦乐曲的声音，在厅前陈列着华丽的坐席。一众歌女唱起《卢女曲》，翩翩起舞的是美丽的洛阳舞妓。大家相看我这能够打动一国士子的容颜也只是白费心力，谁也不了解我内心真正的爱情。

其三

【原文】

香气传空满，妆华影箔通①。

歌闻天仗外②，舞出御楼中③。

日暮归何处，花间长乐宫④。

【注释】

①妆华：指宫人身上装饰品的光华。影箔（bó）通：透露出帘外之意。影，通"景"，光、照。箔：帘子。

②天仗：皇帝的仪仗。

③出：发生。

④长乐宫：西汉高帝时，就秦兴乐宫改建而成。为西汉主要宫殿之一。汉初皇帝在此视朝。惠帝后，为太后居地。故址在今陕西省西安市西北郊汉长安故城东南隅。

【译文】

美人身上的香气充满周围的空气，隔着帘子隐约可见她们饰物的光华。她们的歌声传到了皇帝的仪仗以外，美人在皇帝的御楼中翩翩起舞。傍晚她们要到哪里去呢？是去那繁花间的长乐宫吧。

其四

【原文】

宫女还金屋①，将眠复畏明。

入春轻衣好，半夜薄妆成。

拂曙朝前殿，玉墀多珮声②。

【注释】

①金屋：华美之屋。汉武帝幼时喜爱表妹阿娇，想要以黄金建造屋子让她居住，但阿娇后来失宠被废。

②玉墀（chí）：宫殿前的石阶。珮声：玉珮的声音。唐代五品以上官员的饰物有珮。

【译文】

宫女们回到了华美的宫殿，想要睡觉又担心天快亮了。春天到了轻薄的衣服比较合适，半夜就画好了轻薄的妆容以搭配衣服。天刚刚亮的时候前殿正在早朝，宫殿前的石阶上传来阵阵清脆的玉珮声。

其五

【原文】

朝日照绮窗①，佳人坐临镜。

散黛恨犹轻②，插钗嫌未正。

同心勿遽游③，幸待春妆竟④。

【注释】

①绮窗：雕刻或绘饰得很精美的窗户。

②散黛：以青黑色颜料画眉。

③遽（jù）：仓促。

④竟：完成。

【译文】

朝阳照耀在华美的窗户之上，美人对着镜子坐着。已经画了眉毛却觉得画得轻，几次插钗都嫌弃没有插正。与我同心的人儿你不要催我出游，请等我画完这春日美好的妆容。

【赏析】

扶南曲歌词，虽然是歌词，但并非一般的流行音乐。《通典》云："武德初，因隋旧制，奏九部乐，四曰扶南。"《新唐书·礼乐志》云："天宝乐曲，皆以边地名。自河西至者，有扶南乐舞。"九部乐，是隋及唐初宫廷的九部宴会乐曲。

王维所作的这些宫廷乐曲中，流露着唐代宫廷当年舞乐的盛景。美人如云，歌舞曼妙。这组乐曲最突出的地方在于，乐曲中的女子多有娇憨之态，生动活泼："羞从面色起，娇逐语声来。""散黛恨犹轻，插钗嫌未正。"诗句描写颇为入情，如"入春轻衣好，半夜薄妆成"写出了这群宫娥对恩宠的眷恋与焦虑。君王与宫娥，都沉浸在美好曼妙的歌舞中，一时而言似不妨碍。而今天再回看这些场景，不由得想到安史之乱后梨园弟子落魄江湖。久居太平的人，似乎总是容易忘记忧患的存在。

送祕书晁监还日本国

【原文】

积水不可极①，安知沧海东。九州何处所②，万里若乘空③。

向国唯看日，归帆但信风。鳌身映天黑，鱼眼射波红。

乡树扶桑外④，主人孤岛中。别离方异域，音信若为通⑤。

【注释】

①积水：积聚的水。

②九州：古代分中国为九州。另有"大九州"之说，中国仅为九州中的一州，《淮南子·地形训》："何谓九州？东南神州曰农土，正南次州曰沃土，西南戎州曰滔土，正西弇州曰并土，正中冀州曰中土，西北台州曰肥土，正北泲州曰成土，东北薄州曰隐土，正东阳州曰申土。"

③乘空：凌空；腾空。

④乡树：家乡的树木。扶桑：神话中的树名。传说日出于扶桑之下，拂其树杪而升，因谓为日出处。亦代指太阳。

⑤若为：怎能。

【译文】

积聚的水看不到尽头，哪里知道大海之东是什么样子。九州之间怎么隔这么远，行人此番万里归程，如腾云一般行进。只能通过太阳的方向判断祖国的方向，归程的船帆只能任由海风吹动。大鳌的背壳映着夜晚漆黑的天空，鱼的眼睛中闪烁着被太阳染红的波浪的光泽。家乡的草木似乎离得行人，比太阳升起的扶桑树还要远，晁衡到达孤岛之中。别离之后我们处于不同的国度，怎样才能互通音信呢？

【赏析】

晁衡，字巨卿，日本人，日本名阿倍朝臣仲麻吕，亦名朝臣仲满，朝臣姓，安倍氏，与日本第 90、96、97、98 届内阁总理大臣安倍晋三同脉。阿倍仲麻吕于 716 年（日本灵龟 2 年，唐开元 4 年）从日本启程作为遣唐使前往中国留学，开元五年（717 年）九月到达，并进入国子监太学，取汉名为晁衡。阿倍仲麻吕参加进士考试并及第，在中国出仕，历经玄宗、肃宗、代宗三朝，任祕书监，兼卫尉卿等职。大历五年卒于长安。天宝十二载（753 年），晁衡已入唐三十七年，思乡心切，决定乘船回国探亲。临行前，唐玄宗以及许多诗人都为他作诗赠别，表达了对这位日本朋友深挚的情谊。然而阿倍仲麻吕的归国之路非常不顺，海船触礁后登入孤岛，船上人士遭到土人残杀，幸存的阿倍仲麻吕历经艰险，于天宝十四年（755 年）再次回到长安。

此诗诗语壮阔奇幻。诗歌起笔四句气势浩浩，极写日本国之远。万里的路程虽然遥远，但一般的行程终点，诗人都是有所了解的，而行人的目的地在于未知之地："安知沧海东"，这让人非常担心。大海之上的行程，大部分时间景致非常单调，只能看见苍茫的海水和天上的日月星辰，行人也只能通过太阳的方向来辨别行进的方向，但就算知道应该往什么方向去，很多时候却只能任由海风吹打风帆，难以朝着预定的路线前进。诗歌五、六两句形象而贴切地写出了当时大海中远行的单调与困难。就在这单调且困难的旅途中，诗人想象着大鳌的背壳映着夜晚漆黑的天空，鱼的眼睛中闪烁着被太阳染红的波浪的光泽，尽展奇谲瑰丽之景，凸显出行人不畏艰险的壮怀。诗人尽展奇笔才思之后，笔锋忽然重归于平淡自然，平铺直陈地写出行人即将身处孤岛，音信难通。诗人对行人的担忧与思念，也因为"音信若为通"而达到极致。

附：《送祕书晁监还日本国》诗序：

舜觐群后，有苗不格。禹会诸侯，防风后至。动干戚之舞，兴斧钺之诛。乃贡九牧之金，始颁五瑞之玉。我开元天地大宝圣文神武应道皇帝。大道之行，先天布化。乾元广运，涵育无垠。若华为东道之标，戴胜为西门之候。岂甘心于邛杖，非徼贡于包茅。亦由呼韩来朝，舍于葡萄之馆。卑弥遣使，报以蛟龙之锦。牺牲玉帛，以将厚意。服食器用，不宝远物。百神受职，五老告期。况乎戴发含齿，得不稽颡屈膝。海东国，日本为大。服圣人之训，有君子之风。正朔本乎夏时，衣裳同乎汉制。历岁方达，继旧好于行人。滔天无涯，贡方物于天子。同仪加等，位在王侯之先。掌次改观，不居蛮夷之邸。我无尔诈，尔无我虞。彼以好来，废关弛禁。上敷文教，虚至实归。故人民杂居，往来如市。晁司马结发游圣，负笈辞亲。问礼于老聃，学《诗》于子夏。鲁借车马，孔丘遂适于宗周。郑献缟衣，季札始通于上国。名成太学，官至客卿。必齐之姜，不归娶于高国。在楚犹晋，亦何独于由余。游宦三年，愿以君羹遗母。不居一国，欲其昼锦还乡。庄舄既显而思归，关羽报恩而终去。于是稽首北阙，裹足东辕。箧命赐之衣，怀敬问之诏。金简玉字，传道经于绝域之人。方鼎彝尊，致分器于异姓之国。琅琊台上，回望龙门。碣石馆前，夐然鸟逝。鲸鱼喷浪，则万里倒回。鹢首乘云，则八风却走。扶桑若荠，郁岛如萍。沃白日而簸三山，浮苍天而吞九域。黄雀之风动地，黑蜃之气成云。淼不知其所之，何相思之可寄。嘻。去帝乡之故旧，谒本朝之君臣。咏七子之诗，佩两国之印。恢我王度，谕彼蕃臣。三寸犹在，乐毅辞燕而未老。十年在外，信陵归魏而逾尊。子其行乎，余赠言者。

菩提寺禁裴迪来相看说逆贼等凝碧池上作音乐供奉人等举声便一时泪下私成口号诵示裴迪

【原文】

万户伤心生野烟①，百僚何日更朝天②。

秋槐叶落空宫里，凝碧池头奏管弦③。

【注释】

①野烟：荒僻处的霭霭雾气。

②百僚：百官。朝天：朝见天子。

③凝碧池：唐宫苑中池名。天宝十五年，安禄山兵入长安，曾大宴其部下于此处。

【译文】

千家万户伤心不已，曾经的房舍荒芜不堪生出雾气，百官何时才能再次朝见天子？秋天的槐叶落在清冷空旷的宫廷中，在凝碧池头，却响起宴会的音乐。

【赏析】

天宝十四年（755 年），安史之乱爆发，并于同年攻下东都洛阳。天宝十五年（756 年）在唐玄宗错误决策的影响下，潼关失守。唐玄宗下诏说要御驾亲征，但实际上，他于下诏的当夜带领杨贵妃、杨国忠以及侍卫亲随出逃。在唐玄宗出逃前，出逃计划被严密封锁，长安城中的大量皇亲、大臣都不知道，长安沦陷后，未能出逃的皇亲、大臣成为了叛军的俘虏。王维就在长安沦陷时被俘，并被关押在菩提寺。裴迪冒险去菩提寺探望他并且向他诉说了一些长安城沦陷之后的事情。王维听裴迪说着京城沦陷后的悲惨故事，随口吟出此诗，宣泄着内心的悲痛。

长安城沦陷后，安禄山到处寻访以前的乐工，找到了数百名梨园弟子。他在皇宫中凝碧池旁开庆功宴，陈列搜刮来来的大量金银珠宝，并让这些乐工奏乐。宴会音乐响起的时候，许多乐工内心十分悲伤，纷纷痛苦流涕。叛军拿刀逼着梨园弟子演出，并威胁他们说再哭就杀了他们。一位叫雷海清的乐工将乐器摔在地上，放声痛哭，于是叛军把他肢解了。

战争带来了无数悲剧，雷海清的故事让人悲恸不已，但这只是千百万个战争惨剧中的一个。据《旧唐书》记载，长安城中的宫室被烧毁了十分之九，都城中只剩下了一千户人家，整个黄河中下游，一片荒凉萧条：大量的青壮年战死沙场，广大人民流离失所，无家可归。

此诗首句以"万户"起，但"万户"之地，不见繁华，只见野烟。第二句写到"百僚"，但百官却无法上朝。前两句精练地写出了京城的异动，写出了战争带来的荒乱。在荒乱的战争年代，宫廷陷入一片死寂，这使得凝碧池头宴会的音乐声分外刺耳。诗歌没有直接用到"悲""愁"等词，但在京城的一片死寂之中，在叛军的宴会歌舞声中，诗人的满腔悲愤已在言外流出。

安史之乱平定后，因为王维出任伪朝官员之事，要对他论罪。但王维的弟弟王缙在平乱战争中立有功劳，并为哥哥求情，裴迪呈上王维在被囚期间作的这首诗歌，以证明王维的心迹。唐肃宗被王维的诗歌感动，被王维的弟弟说服，最终从轻发落了王维，仅对他作降职处理。事实上，王维被俘的责任不在于王维。长安城即将陷落之时，唐玄宗计划出逃并严密封锁消息，不少宫妃、公主、皇孙都没有得到消息，以至于难以出逃，甚至后来被追封为皇后、皇太后的唐德宗的生母沈氏，都没能逃出长安，被叛军俘虏，最后下落不明。王维能够活到收复长安、洛阳之时，并得到宽大处理，也算是不幸之中的幸运者。裴迪甘冒奇险，探望朋友，令人钦佩。

菩提寺禁口号又示裴迪

【原文】

安得舍罗网①，拂衣辞世喧②。悠然策藜杖③，归向桃花源④。

【注释】

①安得：怎么才能求得、哪里能够得到。罗网：捕鸟的罗和捕鱼的网。

②拂衣：抖衣去尘。世喧：尘世的喧嚣。

③策：拄杖。藜（lí）杖：用藜的老茎做的手杖。质轻而坚实。

④桃花源：陶渊明《桃花源记》中虚构的世外之地。武陵渔夫偶然间来到了土地肥沃、桑竹林立的桃花源，桃花源与世隔绝，不受当朝徭役、赋税的压迫。渔人离开桃花源之后非常想念桃花源，想要再找，却找不到去桃花源的路了。

【译文】

哪里能够得到逃脱（叛军的）罗网，我将振去衣上的尘土，远离尘世的喧嚣。悠然地拄着藜杖，归隐到像桃花源那样美好的地方去。

【赏析】

王维在安史之乱中被叛军捉住，关押在菩提寺中。裴迪冒险前去探望。被关押的王维得到了友人的探望，得知了外面的消息，他对友人随口吟诗，抒发自己被囚禁期间的心怀。这些诗有两首传世。《菩提寺禁裴迪来相看说逆贼等凝碧池上作音乐供奉人等举声便一时泪下私成口号诵示裴迪》写出了作者对战争悲剧的感触，而《菩提寺禁口号又示裴迪》写出了作者对被释放（叛乱平定之后）生活的憧憬。经历战乱之后，被囚禁的王维希望能够过上淡泊名利的平静日子。

同崔傅答贤弟

【原文】

洛阳才子姑苏客①，桂苑殊非故乡陌②。九江枫树几回青，一片扬州五湖白。扬州时有下江兵③，兰陵镇前吹笛声。夜火人归富春郭，秋风鹤唳石头城④。周郎陆弟为俦侣⑤，对舞前溪歌白纻⑥。曲几书留小史家⑦，草堂棋赌山阴墅⑧。衣冠若话外台臣，先数夫君席上珍⑨。更闻台阁求三语⑩，遥想风流第一人。

【注释】

①洛阳才子：汉代文学家贾谊是洛阳人，少年有才，被称为"洛阳才子"。

②桂苑：种有桂树的花园，此处指南方的精美园林。谢庄《月赋》："延清兰路，肃桂苑。"庾信《咏画屏风》之四："逍遥游桂苑，寂绝到桃源。"皆以"桂苑"形容南朝的精美园林。

③下江兵：新莽末年以王常、成丹等为首的绿林农民起义军的一支。《汉书·王莽传下》："是时南郡张霸、江夏羊牧、王匡等起云杜绿林，号曰下江兵。"此处指反抗朝廷的叛军。

④郭：古代在城的外围加筑的一道城墙。鹤唳：形容惊恐疑虑，自相

惊扰。东晋时，前秦宣昭帝苻坚率兵侵犯东晋，号称百万雄师，在淝水列阵，谢玄等人率精兵八千渡水击之。秦兵大败，前秦军队溃败逃跑，自相践踏，被水淹死的士兵不计其数，把淝水都堵了。幸存下来的士兵丢弃盔甲连夜逃走，听见风声、鹤唳，都以为追兵已至。石头城：古城名，又名石首城。故址在今江苏省南京市清凉山。本楚金陵城，汉建安十七年孙权重筑改名。城负山面江，南临秦淮河口，当交通要冲，六朝时为建康军事重镇。唐以后，城废。这两句指南方受到战争波及，有人连夜逃出富春，江宁郡（南京）城内人心浮动，惶恐不安。

⑤周郎：指三国吴将周瑜。因其年少，故称。《三国志·吴志·周瑜传》："瑜时年二十四，吴中皆呼为周郎。"陆弟：指陆机之弟陆云，陆机、陆云是西晋时著名文士。俦侣：伴侣；朋友。

⑥前溪：古乐府吴声舞曲。《宋书·乐志一》："《前溪歌》者，晋车骑将军沈充所制。"《乐府诗集·清商曲辞一·吴声歌曲一》引南朝陈智匠《古今乐录》："吴声十曲……

七日《前溪》。"《乐府诗集·清商曲二·序》:"郗昂《乐府解题》曰:'《前溪》,舞曲也。'"白纻:乐府吴舞曲名。南朝宋鲍照《白纻歌》之五:"古称《渌水》今《白纻》,催弦急管为君舞。"

⑦曲几:曲木几。古人之几多以怪树天生屈曲若环若带之材制成,故称。小史:官府小吏。此处用王羲之的典故:王羲之曾经到门生家做客,在门生家的木几上留下墨宝,结果被该门生的父亲在不知情的情况下刮去。门生对此十分懊恼。(《晋书·王羲之传》)

⑧草堂:茅草盖的堂屋。旧时文人常以"草堂"名其所居,以标风操之高雅。棋赌山阴墅:前秦苻坚率兵南下,号称有百万之众,京城震惊恐慌。谢安被任命为征讨大都督。谢玄进房间问他计策,谢安神色平和,毫不慌张,回答说:"我心里已经有谋划了。"接着就没声音了。谢安坐车外出去了山间别墅,召集亲朋好友,以别墅为注和谢玄下围棋。谢安平时棋艺不如谢玄,这天谢玄心中害怕,就赌输了。谢安把这座别墅交给他的外甥羊昙管理。后来这一典故,被用来形容人从容镇定,举重若轻。

⑨衣冠:代称缙绅、士大夫。外台:指州刺史。夫君:代指友人。

⑩台阁:汉时指尚书台。后亦泛指中央政府机构。三语:晋王衍向阮修问老庄与儒教异同,修以"将无同"三个字答之,犹言该是相同吧。见南朝宋刘义庆《世说新语·文学》。后以指应对隽语。

【译文】

少年有才的东京才子在姑苏为客,花园虽然精美却不是故乡的路途。九江的枫树已经红了又青,扬州城中一片五湖泛起的白茫茫的水汽。扬州这里还不时地有乱兵经过,兰陵镇前时时响起思乡的笛声。行人在夜晚举着火把回到富春城郭,石头城中的人们风声鹤唳,听闻一点动静就以为要打仗了。现在姑苏地区,有像周瑜和陆云一般的人才互为朋友照应,前溪与白纻歌对舞纷呈。才子的墨宝随意地留在官府小吏家,兵事临头却像谢安那样以山阴别墅作赌注赌棋。士大夫如果评议起在外任职的刺史，应当先提到友人席上的珍品。更听说京城的台阁在寻觅隽秀的人才，遥想您应该是风流第一人。

【赏析】

此诗是王维同崔傅一起唱和其弟弟的诗。安史之乱后，永王李璘在江南拥兵自重，并擅自引兵东巡，使得江南地区笼罩在战争的阴影下。

此诗起笔称赞弟弟的才情，并以乡愁写出对他的关怀。"九江枫树几回青"写出兄弟羁留不归的愁思；"一片扬州五湖白"简练地勾勒出江南的风情，将愁思写入一片空茫的水景中。诗歌中段赞扬朋友们是周瑜、陆云那样的人物，能够像谢安一样临危不乱。诗歌结句点出兄弟朋友们的优异表现已经受到了中央台阁的关注，是天下屈指可数的人才。

此诗精致闲雅中透露出王维对永王此次东巡的所思所想。当时永王在与朝廷的对峙中不占优势，地方和中央对于此次可能爆发的战争没有作太坏的预估，而对于王维的弟弟、朋友来说，一次动乱也是一次展现才干、引起台阁注意的机会。

和贾舍人早朝大明宫之作

【原文】

绛帻鸡人送晓筹①，尚衣方进翠云裘②。

九天阊阖开宫殿③，万国衣冠拜冕旒④。

日色才临仙掌动⑤，香烟欲傍衮龙浮⑥。

朝罢须裁五色诏⑦，珮声归向凤池头⑧。

【注释】

①绛帻鸡人：宫中夜间报更的人。绛帻：红色头巾。送晓筹：报晓。筹，指更筹，更签，古时报更用的牌。

②尚衣：唐殿中省有尚衣局，掌天子之服冕。

③九天阊阖：传说天有九重，这里以"九天"比喻皇宫。阊阖：典出屈原《楚辞·离骚》"吾令帝阍开关兮，倚阊阖而望予"。原指传说中的西边的天门，后义项颇多。泛指宫门或京都城门。

④冕旒：古代帝王的礼冠和礼冠前后的玉串。

⑤仙掌：承露金盘上的仙人手掌，汉武帝为求仙，在建章宫神明台上造铜仙人，舒掌捧铜盘玉杯，以承接天上的仙露，后称承露金人为仙掌。

⑥衮：天子礼服，上画龙，又称龙衮、卷龙衣。

⑦五色诏：用五色纸书写的诏书，指天子诏书。

⑧珮：玉珮，唐代五品以上官员的饰物有珮。贾至为正五品中书舍人。

凤池：凤凰池，指中书省。凤池原指禁苑中的池沼，魏晋以后设中书省于禁苑，因其专掌机要，接近天子，故称凤凰池。

【译文】

头戴红巾的宫廷差役报上早晨的更时，尚衣向皇帝呈上翠羽制作的云纹皮衣。如在九重天之上的宫门已然开启，万国使臣对着皇帝的冕旒叩首。日色在承露铜人的手掌上移动，含香的烟雾期盼着围绕衮龙礼服浮动。早朝结束之后需要准备天子诏书，中书舍人在珮声中走回凤凰池处理公务。

【赏析】

早朝之诗，宜富贵尊严，典雅温厚。此诗是早朝诗中的典范之作，章法缜密，以时间为线索展开。鸡人报筹、皇帝更衣、宫门大开、众臣跪拜，进行朝会、朝罢办公，每一处细节都严谨地遵照着时间顺序加以安排。

首联从皇帝准备早朝写起。刚刚报上晨晓的更次，皇帝在侍从的服饰下从容地更衣，虽然选词典雅，但实际上写得比较平直，只是皇帝准备早朝之时的两个小细节，写出一种从容的秩序感。在这种从容的宫廷秩序之下，第二联气势突起，如在九天之上的宫门，气派十足；各个国家的使节向大唐皇帝跪拜，威仪十足，虽然只有两句，却写出无比恢宏的帝国气象。

五、六两句进一步描绘朝会之景，在上一联展开气象之后，笔锋一转，又以两处细节为焦点展开描写。一般关于朝堂情景的诗句，写得庄严富丽，却难以让人读来觉得有趣，而王维的这两句诗，通过细节描摹，写出了诗趣。第五句有两种不同的解释，一种解释认为"仙掌"指宫廷的仪仗扇，一种解释认为"仙掌"是指承露铜人（古人称铜人为金人）的手掌。今天的读者很容易想象出仪仗扇移动的场景，但铜人的手掌动似乎就不太通了。然而，从整句分析，"动"的主语不是"仙掌"，而是"日色"，同理，第六句"浮"的主语是"香烟"而不是"衮龙"。随着时间的推移，日影在仙人手掌之上移动，就讲得通了。在唐诗以及唐代以前的诗歌中，以"仙掌"形容承露金人手掌的诗很多。如江总《答王筠早朝守建阳门开诗》"御沟槐影出，仙掌露光晞"；杜甫《暮春江陵送马大卿公恩命追赴阙下》"卿月升金掌，王春度玉墀"；有的诗歌以"仙掌"形容山峰，如温庭筠《老君庙》"莲峰仙掌共巉巉"，但是，唐诗中没有将"仙掌"作仪仗扇讲的其他用例。因此，此诗中的"仙掌"应该指承露金人的手掌。古人常常通过描写日、月等事物的影子来描写时光推移，上文所举的以"仙掌"作承露金人手掌的例句中，都含有此种意义。《新唐书》记载，唐代的办公时间与日影有关："学士入署，常视日影为候"，虽然在今人看来这样计时不大精确，但在唐代，这种计时方案可行性高，已经很便利了。

末句将描写重心移到了和诗对象贾舍人身上，"五色诏""凤池头"写出中书舍人的职责、地位与荣耀，这种结尾方式符合官场交流的礼仪。

和太常韦主簿五郎温汤寓目之作

【原文】

汉主离宫接露台①，秦川一半夕阳开。

青山尽是朱旗绕，碧涧翻从玉殿来。

新丰树里行人度②，小苑城边猎骑回。

闻道甘泉能献赋③，悬知独有子云才④。

【注释】

①离宫：正宫之外供帝王出巡时居住的宫室。露台：露天台榭。

②新丰：地名。汉高祖定都关中，其父太上皇居长安宫中，思乡心切，

郁郁不乐。高祖乃依故乡丰邑街里房舍格局改筑骊邑，并迁来丰民，改称新丰。

③甘泉：美好的水泉，又指秦汉时期甘泉宫。献赋：作赋献给皇帝，用以颂扬或讽谏。

④悬知：料知、预知。子云：西汉扬雄。曾经跟随皇帝去甘泉宫，回长安后献上《甘泉赋》以讽谏皇帝。

【译文】

汉朝君主的离宫连着露天台榭，秦岭一半的山脉被夕阳照耀。青山尽被朱旗环绕，碧绿的山涧从殿阁下流淌。新丰县的树林里有人在出行，小型宫苑旁回宫的骑猎人归来。听说在甘泉宫向皇帝献上赋文，料知您特有扬雄一般的才华。

【赏析】

这首"温汤寓目"诗所描绘的宫苑，即是被后人所熟知的华清宫。华清宫原名温泉宫，唐玄宗天宝六载（747年）更名为华清宫。唐玄宗非常喜欢华清宫，从开元二年（714年）到天宝十四年（755年）的40年间，先后出游华清宫36次。但是华清宫在安史之乱中遭到了毁坏。

诗歌前四句描写离宫山景，以色彩夺目为突出特点。秦岭"一半夕阳开"，将夕阳红与暗影绿交织在一起。夕阳染红了一半的山岭，又可见山岭之绵延、壮阔。颔联"青山""朱旗""碧涧""玉殿"四个物象色彩明快，而风韵不同。青山为朱旗所环绕，华丽热闹；山泉水仿佛从玉石殿阁下流出，幽雅清冷。在景物描写中，诗笔的开阖变化悄然展开。

前四句描写"寓目"所见，以景为主体；颈联写入到寓目所见，以人为主体。郊县的树林中，行人安然地踏上旅途；小而精致的宫苑城边，打猎的人骑马兴高采烈地归来。生活化的场景，平淡而不华丽的用词，以王维的笔力写出，却有着极强的画面感。

末句切合题目中的"和太常韦主簿"之事，所用典故贴合诗事。汉代的甘泉宫以甜美的泉水得名，适合用来指代唐代的温泉宫；扬雄献上《甘泉赋》受到皇帝重视，又被后人传为名篇，表达了作者对朋友的赞美与祝福。《甘泉赋》虽然极力描写皇帝游幸甘泉宫的盛况，其主旨却是讽谏帝王的过分奢丽之举。前人如陆时雍、王夫之等人认为王维此诗也是含蓄地带有一些讽谏意义的。"青山尽是朱旗绕，碧涧翻从玉殿来"中"尽是""翻从"二词，描写皇帝出游景象，华丽优雅之中，又写出一种奇特感。然而这一出游的景象，是不是富丽得有些过头了呢？王维是唐玄宗的臣子，写得很含蓄；白居易则直接地写出了玄宗游幸的过分之处："……八十一车千万骑，朝有宴饮暮有赐。中人之产数百家，未足充君一日费……"（《骊宫高》）

酬郭给事

【原文】

洞门高阁霭馀辉，桃李阴阴柳絮飞。

禁里疏钟官舍晚①，省中啼鸟吏人稀②。

晨摇玉珮趋金殿，夕奉天书拜琐闱③。

强欲从君无那老，将因卧病解朝衣。

【注释】

①官舍：官署；衙门。

②省中：宫禁之中。"省，察也。言入此中，皆当察视，不可妄也。"

（颜师古注《汉书》）

③天书：帝王诏书。琐闱：镌刻连锁图案的宫中旁门。常指代宫廷。

【译文】

深邃如洞的宫门和高高的楼阁浸润在夕阳的薄雾中，桃李枝叶阴阴，柳絮飞舞。晚上的官衙中，传来宫内钟声稀疏的钟声，宫内鸟儿啼鸣，官吏稀少。早晨佩戴着玉珮步入金殿，傍晚捧着皇帝的诏书拜别宫廷。想勉强同您一起，但我因为卧病，将要脱下官衣了。

【赏析】

这首酬答郭给事的诗，作于天宝十四年（755年）。"郭给事"名郭承嘏，"给事中"供职于宫廷内，是唐代门下省要职，相当于皇帝身边的顾问。王维在天宝末年亦曾出任给事中，与郭给事是同僚，但年岁稍长。门下省原是宫内侍从官的办事机构，在唐代已成为国家最高的政务机构之一。

诗歌前半句描写傍晚的门下省：深邃如洞的宫门，沐浴在夕阳散雾中的高阁。楼前楼后种着桃李、柳树，绿树成荫，啼鸟纷鸣，不时传来深宫中的钟声，省中的官吏到傍晚基本完成了一天的公务，纷纷离宫回家了。傍晚时分的中枢权力机构，一派幽静清雅的景象，并且官吏清闲，可以反映出政事清平。从官吏傍晚"按点下班"反映出官吏理事有能力、海内无事，这种写法是唐代人思维观念的反应。中国古人常常用"垂拱而治"恭维皇帝。《尚书·武成》以"谆信明义，崇德报功，垂拱而天下治"形容周武王缔造的太平盛世，这一观念对中国古代士人产生了深远影响。

古代士人常常以能够接近权力中心为荣耀。诗歌的五、六两句描写郭给事的日常办公生活，强调朝趋金殿，暮奉诏书，直接参与到核心政令的制定与传达工作，写出一种"荣耀感"。面对清平的时局，荣耀的职位，王维却说"强欲从君"，自己是想要和他们一起工作的，但是这太勉强自己的身体了，自己已经年老体弱了。诗歌的结句，是一种委婉的推脱之词。

诗中以清雅之笔写出"政事清平"的门下省，然而作此诗时，海内是否真的清平无事呢？实际上，安史之乱马上要爆发了，但唐玄宗依旧喜欢过清闲日子："朕今老矣，朝事付之宰相，边事付之诸将，夫复何忧！"高力士直言"边将拥兵太重""自陛下以权假宰相，赏罚无章，阴阳失度，臣何敢言"（《资治通鉴》），然而亲信的直言完全没有警醒唐玄宗，王维也没有能力让玄宗醒悟，考虑"穷则独善其身"，委婉地向同僚写了这首诗。

同崔员外秋宵寓直

【原文】

建礼高秋夜①，承明候晓过②。

九门寒漏彻③，万井曙钟多④。

月迥藏珠斗⑤，云消出绛河⑥。

更惭衰朽质，南陌共鸣珂⑦。

【注释】

①建礼：汉宫名，为尚书郎值勤之处。

②承明：古代天子左右路寝，因承接明堂之后，称承明。

③九门：禁城中的九种门。古宫室制度，天子设九门。寒漏：寒天漏壶的滴水声。

④曙钟：拂晓的钟声。

⑤珠斗：北斗星，因斗星相贯如珠，古人称为珠斗。

⑥绛河：银河。天河在北极之南，南方属火，尚赤，因借南方之色（绛红）称之。

⑦鸣珂：玉石装饰品发出声响。珂：马勒头上的玉质装饰物。

【译文】

秋高气爽的晚上，在建礼宫值勤。承明寝路静静地等候皇帝清晨经过。禁城的寒漏已快滴尽，万户人家中响起纷杂的晨钟。月亮渐渐远去，藏在如珠的北斗之后，云彩散开，银河闪现出来。我对自己衰弱老朽的体质感到非常惭愧，我们伴随着玉珂的叮咚声，一起走在南陌回家的路上。

【赏析】

本诗中间两联写得非常出彩。三、四两句雄丽卓绝。"九门"写出宫廷的繁华，计时用的漏壶滴水声是非常轻微的，繁华宫廷的秋夜，寒凉袭人，静得能听见滴水的漏声。"寒漏彻"恰恰写出了繁华九门中的寒冷清寂。井是以前居民区极为平常的设施。千家万户的晨钟纷纷响起，打破了夜晚的宁静。"万井"极大地延伸了诗歌描写空间，写出一种雄阔气格。五、六两句彩丽隽秀，写出拂晓夜空的深邃清澈。"藏""出"二字用得有趣，写出了星空的动感。

末句承接首句建礼宫值勤之事，"共鸣珂"写出同僚间的和谐关系，作者自谦为"衰朽质"，崔员外这样前程似锦的年轻人，友好地与自己共同回家，让自己感到惭愧。

送钱少府还蓝田

【原文】

草色日向好，桃源人去稀。手持平子赋①，目送老莱衣②。

每候山樱发，时同海燕归③。今年寒食酒④，应是返柴扉。

【注释】

①平子赋：比喻文章精美，或咏归隐及哀愁。东汉张衡字平子，曾作《归田赋》，希望"谅天道之微昧，追渔父以同嬉；超埃尘以遐逝，与世事乎长辞"抛开荣辱，退隐田园。

②老莱衣：老莱子穿着彩衣娱戏，以使父母开心。《列女传·楚老莱妻》载："老莱子孝养二亲，行年七十，婴儿自娱，著五色采衣。尝取浆上堂，跌仆，因卧地为小儿啼，或弄乌鸟于亲侧。"

③海燕：燕子的别称。古人认为燕子产于南方，须渡海而至，故名。

④寒食：节日名。在清明前一日或两日。一说为纪念介之推。相传春秋时晋文公负其功臣介之推。介之推愤而隐于绵山。文公悔悟，烧山逼令出仕，介之推抱树焚死。人民同情介之推的遭遇，相约于其忌日禁火冷食，以为悼念。以后相沿成俗，谓之寒食。一说据《周礼·秋官·司烜氏》载"中春以木铎修火禁于国中"，认为禁火为周的旧制。

【译文】

草色日渐青翠美好，向桃源去的人稀少。手持张衡的《归田赋》，目送像老莱子那样孝顺的人离去。（您回到山中）经常等着山中樱桃花绽放，时时与燕子一同回家。今年寒食节饮酒的时候，您应该已经回到乡村柴门故居了吧。

【赏析】

钱少府，即钱起，"大历十才子"之一。这首诗大约作于乾元二年（759年）。当时安史之乱战局越来越有利于唐朝官军，朝廷官员对于朝政多有积极的期待，王维起笔"草色日向好，桃源人去稀"，一方面是写春景，另一方面也带有一定的隐喻意味：因为朝廷形势如春草般复苏，日渐繁荣，归隐去桃源的人越来越少。那么钱起为什么要在这时候回到乡村去呢？下文第四句以"老莱衣"的典故，说明钱起是为了奉养父母，尽孝道，所以才归乡的。比之王维年轻时直接用"道不行，乘桴浮于海"（《济上四贤咏·崔录事》"余欲共乘桴"）的典故，王维在此诗中的措辞谨慎、妥帖。五、六两句以简练清秀之笔，写出田园情趣。末句想到寒食节时众人出游饮酒，而钱少府此时应该在家乡的村居中，无法参加酒会。钱少府尚未离去，诗人已经颇为不舍，为不能与友人聚饮感到遗憾。

送杨长史赴果州

【原文】

褒斜不容幰①，之子去何之②。鸟道一千里③，猿声十二时。
官桥祭酒客④，山木女郎祠⑤。别后同明月，君应听子规⑥。

①褒斜：古道路名。因取道褒水、斜水二河谷得名。通道山势险峻，历代凿山架木，于绝壁修成栈道，旧时为川陕交通要道。幰（xiǎn）：古代车上的帷幔。

②之子：这个人，指杨长史。

③鸟道：形容道路险峻狭窄，似乎只有鸟能飞过。

④官桥：官路上的桥梁。祭酒：酹酒祭神灵，古人出行前祭祀路神。清人高步瀛认为，"祭酒"用张鲁的典故。张鲁以五斗米道收拢人心，称受道之人为祭酒。他的祭酒们主持建造义舍，供路人使用。张鲁为五斗米道的第三代天师，教祖张陵之孙，一开始投靠益州牧刘焉，刘焉死后与其子刘璋失和，割据汉中地区，后投降曹操。

⑤女郎祠：张鲁女之祠堂。《水经注》载，五丈溪南有女郎山，山上有女郎冢、女郎道，山下有女郎庙及捣衣石，传言是为纪念张鲁的女儿。

⑥子规：杜鹃鸟的别名，又名蜀魄、蜀魂、催归。传说为蜀帝杜宇的魂魄所化。它总是朝着北方鸣叫，六、七月鸣叫声更甚，昼夜不止，发出的声音极其哀切，犹如盼子回归，所以叫杜鹃啼归，这种鸟也叫子规。

【译文】

褒斜道路狭险容不下车辆，您这是要去哪里？险峻的鸟道绵延千余里，沿途昼夜十二时辰唯有猿啼相伴。官桥边有款待行人的祭酒，山林中掩映着女神的庙祠。分手之后我们只能同看明月，你大概正在听子规鸟的哀鸣吧。

【赏析】

果州，今位于四川省南充区域。因南充城西有盛产柑橘的果山，故名为果州。长史，是州刺史的属官，唐制，上州刺史别驾下，有长史一人，从五品。

诗歌以著名的险峻要道"褒斜"开篇，简要写出行人道路险阻难行。

对于不了解蜀道的读者来说，"不容幰"即道路容不下车的帷幔（也即容不下车）的描写，足以让读者想象出褒斜险径的狭窄难行。第二句以一声叹息，传达出作者的担忧之情。三、四两句只是径笔直叙，却写得分外生动、精彩。因为三、四两句提出蜀道之行的两个要点：险绝的道路非常漫长、沿途比较荒凉。"一千里""十二时"既对仗工稳精妙，又极其贴合所要表达的句意。恰当的语词组合让此联读来浑然天成。五、六两句反复用张鲁的典故。高步瀛认为，张鲁的祭酒开的义舍、为女儿建的寺庙都属于"义俗荒陋"，按照正统读书人的理解，五斗米教实际上就是一种迷惑百姓的邪教。这两句以典故写出沿途景致，突出一种不同于京城地区的巴蜀风情。"别后"一句意与南朝谢庄《月赋》"美人迈兮音尘绝，隔千里兮共明月"相近。结句"子规"一词既突出蜀地风情，又写出诗人盼望友人归来的情感。

此诗起句"褒斜"古径以陕西为起点，经"一千里"推进到汉中地区（颈联），进而到达果州（尾联）。"褒斜""鸟道""官桥"照应紧密，"山木""猿声""子规"互相映衬。首联以"去何之"送别，末句以"听子规"盼归。可以说全诗章法极其紧密精巧。

送别

【原文】

下马饮君酒，问君何所之。

君言不得意，归卧南山陲①。

293

但去莫复问，白云无尽时。

【注释】

①归卧：谓辞官还乡。陲：边疆，靠边界的地方。

【译文】

从马上下来喝您的酒宴，问您将要到哪里去。您说您不得志，要回到南山边上住。只管去吧，我无须再问，白云的飘荡没有尽头。

【赏析】

小诗淡然片语，感慨无限。诗人与朋友的感情，纯粹朴实，令人动容。

诗歌整体读来，优雅含蓄，但实际上，诗中的一些诗句，如同口语："问君何所之""但去莫复问"。一般的送别诗，往往深致地抒发依依惜别之情，并以饱含深情的诗语描绘景物。但这首送别诗却巧妙地运用口语，再现了诗人与朋友送别时的对话。"你要去哪里？"我们今天送别朋友，也会这样问，而后朋友回答他要去哪里以及为什么要去。最朴实无华的话语，往往饱含最为朴实纯粹的感情。

诗歌第五句"但去莫复问"，仿佛一句叹息。朋友点到为止地说"不得意"，似乎诗人已经充分领略了朋友的无奈，"莫复问"表露出诗人对朋友深深的理解。"白云无尽时"究竟在说什么？是说悠悠白云知晓我们的无奈，还是说托付白云带去我无尽的思念？诗人没有明确交代，只是平平叙述那无尽的白云。就是在这种没有说尽的情境中，茫然的惆怅写满字里行间。

赠韦穆十八

【原文】

与君青眼客①，共有白云心②。不相东山去③，日令春草深④。

【注释】

①青眼客：比喻指意气相投的好友。典出《世说新语·简傲》。阮籍不拘礼教，但为人至孝，甚至因为母亲去世吐血，在母亲的丧礼上只待见情趣相投的朋友，轻慢循规蹈矩的吊客。阮籍能为青白眼，"见礼俗之士，以白眼对之。及嵇喜来吊，籍作白眼，喜不怿而退。喜弟康闻之，乃赍酒挟琴造焉，籍大悦，乃见青眼。"后来用"青眼"比喻对人看重或喜爱，亦指知己。

②白云心：比喻归隐之心。

③相：一作"向"。东山：谢安的隐居之地。

④日：一作"自"。

【译文】

我与您是意气相投的朋友，都有着归隐的心思。还没有去东山隐居，一天天春草的颜色渐渐变得深郁。

【赏析】

什么样的朋友最为真挚深切呢？诗人这首赠送朋友的诗没有正面去写如何与朋友情深义厚，只是说，与朋友都有这些傲世之情，怀有归隐之心。志趣相投，已足见二人交谊之深。首句用了阮籍的典故描绘诗人与朋友，用最简洁的语言写出了诗人和朋友洒脱不羁的神态气质。然而诗人与朋友又被俗务牵绊，没有到东山隐居，东山的草空自生长繁茂。想起山林的翠色，诗人心中充满遗憾和向往。

临高台送黎拾遗

【原文】

相送临高台，川原杳何极①。日暮飞鸟还，行人去不息②。

【注释】

①川原：河流与原野。杳：远得看不见踪影。何极：用反问的语气表示没有穷尽、终极。

②不息：不停止。

【译文】

在高高的楼台上送别，河流与原野杳杳无边。傍晚飞鸟还巢，可是行人依旧踏上旅途。

【赏析】

此诗为送别而作，即景生情。登高台而见广袤的河流、原野，在原野上又见得日暮飞鸟还巢，皆是眼前平实之景，而送客之怀、居人之思，俱在不言之表。瞭望无尽的原野，使人联想起旅途之人的行程是那样的漫长，而太阳西下，飞鸟已经回到巢穴，偏偏行人不得不踏上旅途，在这样的对比中，诗人自然缱绻地写出了送别的离愁。

红牡丹

【原文】

绿艳闲且静，红衣浅复深。花心愁欲断，春色岂知心。

【译文】

艳丽的绿叶优雅闲静，红色的花瓣深浅纷呈。可是花儿心中的愁思几乎要令人断肠，美好的春色不能够了解我的心意啊。

【赏析】

诗歌以秾丽之语描绘红牡丹盛开的繁盛春景。在如此春景中，却无人知心，"花心"的孤独惆怅难以遏制。

崔兴宗写真咏

【原文】

画君年少时，如今君已老。今时新识人，知君旧时好。

【译文】

为您画像时您还青春年少，如今您已经走入暮年。现今新认识您的人，能够通过这幅画领略您旧时的风采。

【赏析】

诗人看到友人年轻时的画像，感慨岁月流逝，以新识之人能够领略崔兴宗旧日风姿这一角度，巧妙地传达出诗人对岁月变迁的感慨。

书事

【原文】

轻阴阁小雨①，深院昼慵开②。坐看苍苔色③，欲上人衣来。

【注释】

①阁：同"搁"，停辍。

②慵：懒。

③坐：且。

【译文】

　　淡淡的阴霾天中连绵的小雨已经停了，深深的院落白天懒得开门。且看那苍翠的苔藓颜色，好像要染到人的衣服上来。

【赏析】

　　这首小诗写得妙趣横生。细雨初停，天色微阴，诗人独自待在深深的庭院里，连院门也懒得打开。庭院里静无一人，唯有满目青苔，有趣的是，这些青苔似乎跃跃欲试，想要到诗人的衣服上来。一种比较有诗意的理解方式是：经过小雨滋润过的青苔，轻尘涤净，格外显得青翠。它那鲜美明亮的色泽，特别引人注目，让人感到周围的一切景物都映照了一层绿光，连诗人的衣襟上似乎也有了一点"绿意"（《唐诗鉴赏辞典》林家英）。另外一种生活化的理解方式是：由于古代士大夫往往穿着宽袍大袖，衣裾离地不远，院落中又往往以石头铺路，以奇石作景，连绵小雨之后，院落中处处生满青苔。诗人在院落中，衣襟上难免沾染上青苔，分明是自己不经意间弄脏了衣服，但他却说：是青苔特别想到我的衣服上来。诗人诗心之妙，将无情之物写得有情。

　　小诗看似随便写来，在结构上却非常严谨。首句描绘细雨初停而没有放晴的天色，为诗歌画上了背景色。在这似阴非阴、欲晴不晴的背景色中，第二句勾勒出一座深深的院落，未开的院门，写出院落的幽静。慵懒的神态，又贴合雨中人物的感受。第三句"苍苔色"照应"小雨"，而"坐看苍苔色，欲上人衣来"又以闲趣扣住了第二句中的"慵"字。诗歌照应回环紧密，但读者读来只觉淡雅婉转，流畅自然，可见诗人妙笔已达化境了。

送沈子归江东

【原文】

杨柳渡头行客稀，罟师荡桨向临圻①。唯有相思似春色，江南江北送君归。

【注释】

①罟（gǔ）师：渔夫。圻（qí）：通"碕"，弯曲的水岸。

【译文】

杨柳青青的渡头行客稀少，渔夫向着曲折的水岸荡着船桨。只有相思像春色那般，江南江北陪着你回家。

【赏析】

诗歌首两句只是平平地叙述送行之景：渡头上杨柳青青，行客稀少，渔夫向着岸边划船。在这凄清的春色中，诗人对朋友的相思之情已经超越了空间的限制：我的相思就像那浓浓的春色，无论是江南江北，都陪着远行的你。唐汝询《唐诗解》云："盖相思无不通之地，春色无不到之乡，想象及此，语亦神矣。"诗人亲到渡头送行是以形送友，望着渔人划船而去是以目送友，诗人的相思与春色一起伴朋友远行是以神送友，多维的描写，使诗人将送别之情写得淋漓尽致。

秋夜独坐

【原文】

独坐悲双鬓，空堂欲二更①。雨中山果落，灯下草虫鸣。

白发终难变，黄金不可成②。欲知除老病③，唯有学无生④。

【注释】

①二更：指晚上九时至十一时。又称二鼓。

②黄金：道教仙药名。晋朝葛洪《抱朴子·仙药》："仙药之上者丹砂，次则黄金，次则白银，次则诸芝。"

③老病：年老多病。

④无生：佛教语。谓没有生灭，不生不灭。

【译文】

独自一人坐在那里悲伤两鬓斑白，在空旷的厅堂坐到天将二更了。雨中听到山果落下的声音，灯光下草虫纷纷啼鸣。白发终究难以变回黑发，黄金这样的丹药也难以炼成。要想除去年老多病的烦恼，唯有学习不生不灭的佛法。

【赏析】

此诗出语平易轻便，自然淡泊。

首联描写出一位在萧瑟的空堂上独坐的长者，无人陪伴，只有自己两鬓斑白的头发，勾起这位长者内心的凄凉。颔联描写萧瑟的秋景。秋雨打落了山中的野果，虫子躲到屋边，在灯下鸣叫。在秋风秋雨中，它们恐怕最后都难以躲过凛冬将至的命运。长者面对萧瑟的秋景，不禁感慨白发难以逆转，而返老还童、成仙得道的丹药又炼不成，他认为，学习佛法，能够除掉年老多病的烦恼丝。

很多人都会寻求各种各样的方法，来缓解岁月的流逝所带来的焦虑。吃丹药的古人和吃不正规保健品的现代人的焦虑是相似的，诗人也有七情六欲，一部分诗人的情感比常人更为敏感。这首诗中，王维就染上了一种因年老而普遍存在的焦虑与伤感，他认为学习佛法就不用再如此烦恼了。

参考文献

[1] 刘宁 . 王维孟浩然诗选评 [M]. 上海：上海古籍出版社，2002.

[2] 陈铁民 . 王维集校注 [M]. 北京：中华书局，1997.

[3] 张清华 . 王维年谱 [M]. 上海：学林出版社，1988.

[4] 萧涤非 . 唐诗鉴赏辞典 [M]. 上海：上海辞书出版社，1983.

[5] 赵殿成 . 王右丞集笺注 [M]. 北京：中华书局，1961.

附录

旧唐书·王维传

　　王维字摩诘，太原祁人。父处廉，终汾州司马，徙家于蒲，遂为河东人。维开元九年进士擢第。事母崔氏以孝闻。与弟缙俱有俊才，博学多艺亦齐名，闺门友悌，多士推之。历右拾遗、监察御史、左补阙、库部郎中。居母丧，柴毁骨立，殆不胜丧。服阕，拜吏部郎中。天宝末，为给事中。

　　禄山陷两都，玄宗出幸，维扈从不及，为贼所得。维服药取痢，伪称瘖病。禄山素怜之，遣人迎置洛阳，拘于普施寺，迫以伪署。禄山宴其徒于凝碧宫，其乐工皆梨园弟子、教坊工人。维闻之悲恻，潜为诗曰："万户伤心生野烟，百官何日再朝天？秋槐花落空宫里，凝碧池头奏管弦。"贼平，陷贼官三等定罪。维以《凝碧诗》闻于行在，肃宗嘉之。会缙请削己刑部侍郎以赎兄罪，特宥之，责授太子中允。乾元中，迁太子中庶子、中书舍人，复拜给事中，转尚书右丞。

　　维以诗名盛于开元、天宝间，昆仲宦游两都，凡诸王驸马豪右贵势之门，无不拂席迎之，宁王、薛王待之如师友。维尤长五言诗。书画特臻其妙，笔踪措思，参于造化，而创意经图，即有所缺，如山水平远，云峰石色，绝迹天机，非绘者之所及也。人有得《奏乐图》，不知其名，维视之曰："《霓裳》第三叠第一拍也。"好事者集乐工按之，一无差，咸服其精思。

维弟兄俱奉佛，居常蔬食，不茹荤血；晚年长斋，不衣文采。得宋之问蓝田别墅，在辋口，辋水周于舍下，别涨竹洲花坞，与道友裴迪浮舟往来，弹琴赋诗，啸咏终日。尝聚其田园所为诗，号《辋川集》。在京师日饭十数名僧，以玄谈为乐。斋中无所有，唯茶铛、药臼、经案、绳床而已。退朝之后，焚香独坐，以禅诵为事。妻亡不再娶，三十年孤居一室，屏绝尘累。乾元二年七月卒。临终之际，以缙在凤翔，忽索笔作别缙书，又与平生亲故作别书数幅，多敦厉朋友奉佛修心之旨，舍笔而绝。

代宗时，缙为宰相，代宗好文，常谓缙曰："卿之伯氏，天宝中诗名冠代，朕尝于诸王座闻其乐章。今有多少文集，卿可进来。"缙曰："臣兄开元中诗百千余篇，天宝事后，十不存一。比于中外亲故间相与编缀，都得四百余篇。"翌日上之，帝优诏褒赏。缙自有传。

新唐书·王维传

王维字摩诘，九岁知属辞，与弟缙齐名，资孝友。开元初，擢进士，调太乐丞，坐累为济州司仓参军。张九龄执政，擢右拾遗。历监察御史。母丧，毁几不生。服除，累迁给事中。

安禄山反，玄宗西狩，维为贼得，以药下利，阳瘖。禄山素知其才，迎置洛阳，迫为给事中。禄山大宴凝碧池，悉召梨园诸工合乐，诸工皆泣，维闻悲甚，赋诗悼痛。贼平，皆下狱。或以诗闻行在，时缙位已显，请削官赎维罪，肃宗亦自怜之，下迁太子中允。久之，迁中庶子，三迁尚书右丞。

缙为蜀州刺史未还，维自表"己有五短，缙五长，臣在省户，缙远方，愿归所任官，放田里，使缙得还京师"。议者不之罪。久乃召缙为左散骑常侍。上元初卒，年六十一。疾甚，缙在凤翔，作书与别，又遗亲故书数幅，停笔而化。赠秘书监。

维工草隶，善画，名盛于开元、天宝间，豪英贵人虚左以迎，宁、薛诸王待若师友。画思入神，至山水平远，云势石色，绘工以为天机所到，学者不及也。客有以《按乐图》示者，无题识，维徐曰："此《霓裳》第三叠最初拍也。"客未然，引工按曲，乃信。

兄弟皆笃志奉佛，食不荤，衣不文采。别墅在辋川，地奇胜，有华子冈、欹湖、竹里馆、柳浪、茱萸沜、辛夷坞，与裴迪游其中，赋诗相酬为乐。丧妻不娶，孤居三十年。母亡，表辋川第为寺，终葬其西。

宝应中，代宗语缙曰："朕尝于诸王座闻维乐章，今传几何？"遣中人王承华往取，缙裒集数十百篇上之。

王维年表

纪年	年岁	生平经历
武后长安元年（701年）	1	王维出生。
中宗景龙三年（702年）	9	知属辞。
玄宗开元三年（715年）	15	离家赴长安。
开元四年（716年）	16	在长安。
开元五年（717年）	17	在长安，间至洛阳。
开元六年（718年）	18	在长安。
开元七年（719年）	19	在长安。本年七月赴京北府试。
开元八年（720年）	20	在长安。本年春，就吏部试，落第。是年每从岐至王范等游宴。
开元九年（721年）	21	春，擢进士第，任太乐丞，寻坐累，谪济州司仓参军，秋离京赴任。
开元十年（722年）	22	在济洲。
开元十二年（724年）	24	在济洲。
开元十三年（725年）	25	在济洲。
开元十四年（726年）	26	本年暮春，离济洲司仓参军任。
开元十五年（727年）	27	似于本年官淇上。
开元十六年（728年）	28	隐居淇上。
开元十七年（729年）	29	在长安，从道先禅师学顿教，是年冬，孟浩然还襄阳，王维有诗赠之。
开元十八年（730年）	30	闲居长安。
开元十九年（731年）	31	妻亡于年。
开元二十二年（734年）	34	闲居长安，秋赴洛阳，旋隐嵩山。
开元二十三年（735年）	35	春，仍隐嵩山，寻拜右捡遗，遂赴东都洛阳任职。

纪年	年岁	生平经历
开元二十四年（736年）	36	在洛阳，为右捡遗，冬十月，随玄宗还长安。
开元二十五年（737年）	37	春，在长安为右拾遗。夏，赴河西节度使幕。
开元二十六年（738年）	38	五年自河西赴长安。
开元二十七年（739年）	39	在长安，似宫监察御史。
开元二十八年（740年）	40	迁殿中侍御史。是年冬，知南选，自长安经襄阳，州，夏口至岭南。
开元二十九年（741年）	41	春自岭南北归，归至长安，隐居终南山。
天宝元年（742年）	42	在长安，是年春，复出为左补阙。
天宝二年（743年）	43	在长安，宫左补阙。
天宝三年（744年）	44	在长安任左补阙，营蓝田辋川别业。
天宝四年（745年）	45	迁侍御史，尝"受制出发"在南阳郡临湍驿中与神会和尚晤谈，问"若为修道"事。又，出使榆林、新秦二郡当在是年。
天宝五年（746年）	46	转库部员外郎当在是年。
天宝六年（747年）	47	仍官库部员外郎。
天宝七年（748年）	48	迁库部郎中似在是年。
天宝八年（749年）	49	仍官库部郎中。
天宝九年（750年）	50	三月初，丁母忧，离朝屏居辋川。
天宝十年（751年）	51	守田表，仍居辋川。
天宝十一年（752年）	52	服阙，拜吏部郎中，是年吏部改文部。
天宝十二年（753年）	53	仍官文部郎中。
天宝十三年（754年）	54	仍官文部郎中。
天宝十四年（755年）	55	转给事中。十一月，安禄山反。
天宝十五年（756年）	56	仍为给事中，六月，安禄山破潼关，寻入长安，玄宗出幸蜀，王维扈从不及，为贼所得，服药取痢，伪疾将遁。七月肃宗即位于灵武，改元至德。八月，安禄山宴其群臣于凝碧池，命梨园诸工奏乐，诸工皆泣，维于菩提寺中闻之，悲甚，潜赋凝碧诗。九月之后，被迫为安禄山给事中。

王维诗全鉴

纪年	年岁	生平经历
肃宗至德二年（757年）	57	九月，唐军收长安，十月收洛阳。唐军入洛阳后，维及诸陷贼官皆收系，寻被勒至长安。王维在长安与郑虔、张通等并囚于宣阳里杨国忠旧宅。十二月，陷贼官以六等定罪，王维以凝碧诗尝闻于行在，又是时其弟王缙官位已显，请削己职以赎兄罪，肃宗遂宥之。
乾元元年（758年）	58	是年春复官，责授太子中允，加集贤殿学士，迁太子中庶子、中书舍人。施辋川庄为寺，正在是年冬。
乾元二年（759年）	59	仍官给事中。
上元元年（760年）	60	夏，转尚书右丞。
上元二年（761年）	61	仍官尚书右丞。是年春，弟缙为蜀州刺史未还，维上表气尽削己官，放归田里，使缙得还京师。五月四日，缙新除左散骑常侍，维进上谢恩状。七月，王维卒，葬于辋川。